醫仙地主婆

2

風文創 204

月色如華 著

風文創 204

目錄

第十七章

沈公子終於要回京了，林家棟送了一把親手做的小軟弓給他，順帶配了一些漂亮的箭，鄭老則是一對瓷瓶。

林小寧就不明白，這個朝代的人怎麼那麼喜歡瓶子，皇家喜歡、官家喜歡、富人喜歡。瓶子這玩意，又不能當飯吃，又沒有使用價值，就擺那兒好看，或可放放書畫卷，哪就那麼招人喜歡啊？

但沈公子高興得對鄭老連連施大禮，鄭老自豪得不行。

蘇大人僱了二十幾輛馬車來接沈公子及一百多名兵，同時告訴林小寧，她想要山頭一事已報去朝堂，這幾日就應該有回信了，請她耐心候著。

蘇大人說話時帶著笑顏，面色極為舒服溫暖，令沈公子看得愣住了，又看看林小寧，笑著上了馬車。

林小寧拿出一封信，道：「沈公子，能幫我將這封信捎給胡大人嗎？有勞了。」

沈公子笑著接過信。

這次沈公子是滿載而歸，鄭老的瓶子是天下聞名，林家棟親手做的軟弓與箭，又華麗又實用，深得他心。他雖不懂功夫，可喜歡狩獵，箭法還行。

眾人不知道的是，林老爺子還偷偷給了他一小罈參酒，讓他帶回去給尚書大人喝。他學會了這裡的神奇算術，還帶回了一個蹲坑，許多瓷片，還有一些磚、一麻袋的方老師傅的秘方泥。付冠月送了十幾套毛衣褲，有四套是給胡大人的，其他的請他帶回去給家中女眷與老爺子穿。

這些都是他來之前胡大人千般交代的，務必把桃村的新鮮事物帶來京城。當初胡大人回京時，提過這個茅坑，反正他是想像不出來，到了林家才知道，那個丫頭片子，竟然能想出法子把茅坑建得如此富麗堂皇，清水縣城及周邊家家戶戶都用上了，可京城還沒動靜呢，哪能這樣？

磚與泥是他留的心眼，目前邊境正建防禦，這些磚泥是方老師傅的秘方所製，他帶回京試試，若是真像他們所說磚硬泥黏，比城牆還牢固，那可是大功一件！

桃村真是不錯，這麼多人卻如此和諧，不吵不爭，安居樂業。聽林家棟說，其實要他們不吵不爭很簡單，就是不斷給他們找活做，有錢掙，人都忙著掙錢了，哪有時間爭吵，就是有些家長裡短的口角，睡一覺起來也就沒事了。現在家家戶戶都有餘錢，與清水縣城的百姓比，那是只上不下，大家豐衣足食，脾氣也就平和了。

沈公子聽了林家棟這番話，欽佩不已，改口稱林家棟為林兄，自此後，兩人稱兄道弟。

後來又聽到說這番道理也是那邋遢丫頭提出來的，想起胡大人還說丫頭辨症極為了得，下藥還會下心法，胡大人對丫頭的心法十分信服，對太醫說過心法一事，更說丫頭道天下事歸根結柢與瞧病辨症同一道理，就是直接找到主症，主症消除了，表症也就沒了。

胡大人這席話讓皇上與他老爹都沈思良久，一時間茅塞頓開；而太醫們對心法一說則極有興趣，一直不停追問。胡大人道：緣分至，心法到，天下萬事萬物都如此，不可強求。

眾太醫們為了這句話，寢食難安，幾乎魔症了。

看來桃村的治理，正是找對了主症，主症就是窮山惡水出刁民，如果民眾富庶，也就少了那些紛爭，但這法子又得掌握好度，得讓他們一直對銀子有慾望，不停地想掙，不然有了一點錢就犯懶，家宅中對財產的爭鬥又是沒完沒了。

桃村啊桃村，真是風水寶地，這一趟實在是去得太值了，還帶回一百多個精壯的兵，這回寧王一定高興，回頭與胡大人商量一下去，看看桃村能不能做成重傷兵治療之地。

沈公子坐在馬車上，心滿足意地想著，看到林小寧給胡大人的信封上寫得有些難看的毛筆字，不禁笑了。

這個丫頭實在有趣，容顏出色卻不好打扮，穿得破舊；出身低賤，有了銀子，不是藏著掖著背地裡發財，卻廣散銀兩修路、收流民，讓林兄做上了正六品安通大人；沒進過學堂卻識字，知道修建學堂，還讓女子們有一技之長。

沈公子想著胡大人讓他相看那丫頭，是不想肥水流入外人田，可是胡大人再神，卻不知這丫頭早被人相看上了，蘇兄對那丫頭，可不像是一般的官員對百姓。

沈公子惡趣地笑了。胡大人啊，這肥水到底還是流到外人田裡去了……

沈公子派隨行人員提前進京報信，帶著一百多人，樂悠悠地不疾不緩，十幾天後才抵京。

才到城門口，寧王手下一個統領就在那兒迎著，把一百多人交接完帶走了。

回到尚書府，卸下隨車的貨物，沈公子高興地吩咐下人把鄭老的瓶子擺到自己家老爹的書房。

沈尚書大人回府時看到鄭老的瓷瓶，好生得意，連道那胡老頭再也不能在自己面前得瑟了，然後又細細問了桃村的事情。

沈公子把林小寧給胡大人的信拿出來，沈尚書一看信封的字就笑。「這是那丫頭寫的字？真是不大好看，我明天上朝就給老胡。」

第二天，寧王傳沈公子入府。

寧王書房，沈公子要行禮，寧王擺手。「常宇，不必客氣，坐吧。」

沈公子看到大黃威風凜凜地坐在那兒，忍不住過去又摸又哄。「大黃真威風，不過六王爺，這次我在桃村看到兩頭銀狼，比大黃還威風。」

「銀狼？哪來的銀狼？」寧王極有興趣地問道。

沈公子笑道：「那兩隻銀狼是桃村的林家從小就抱來養的，長大後與狗一樣，和人可親呢。我第一天喝了些酒，迷迷糊糊還認錯了，以為是條白狗。志懷告訴我不是狗，是銀狼，我還以為銀狼是牠的名字，第二天才知道銀狼就是銀狼，不是狗，真是鬧了個大笑話。」

寧王大笑起來。

沈公子把桃村的情況述說一遍。

沈公子道：「六王爺，其他姑且不論，只說這桃村的風水如此養人，林家丫頭醫術了得，一百多個傷兵，那般重傷，這麼短時間便痊癒。在下想，能否把桃村建成一個傷兵的治療之地？如此一來，那傷兵只要四肢健全，就能好得與常人無異，這可是源源不斷的兵力啊！」

「此事不妥，那麼多傷兵，光來去就多少費用，得是特等精兵重傷者才可行。」寧王道。

沈公子笑笑。「倒也是。不過，桃村的確養人，六王爺你看看我的身體，這去桃村才住多久，你看我現在與你有得拚了，健得很。」

寧王一拳捶在沈公子的胸口，道：「你小子是吃了什麼好的？一拳下去，都是硬的，怎麼長得這麼結實？」

「六王爺，胡大人吃了什麼好的，我就吃了什麼好的。我這樣算什麼？你沒去桃村看看那三個老爺子，那是長得多年輕、多康健啊。鄭老以前是身患勞疾的，現在看模樣，就如四十出頭一般，林老與方老也都像四十出頭。你再看胡大人，在清水縣待的那陣子，回京城那模樣，你認得出嗎？那兒真是個好地方，桃村實在是個風水寶地。」

「清水縣桃村？」寧王又問：「照你說來，那林家大丫頭長得出色，卻喜歡穿得破破舊舊，不好打扮？」

「是的六王爺，那林家大丫頭平日裡喜歡在瓷窯與地裡亂竄，衣服倒也不破，就是普通的布衣，老是灰撲撲的，看著邋遢，不過這女子的確是奇女子。」

「打不打扮都是奇女子，那丫頭多大年紀？」

「說是十四歲。」

寧王聽了沈思不語。

沈公子道：「六王爺，我這趟回來，還帶回磚與泥，是那方老的秘方所配，聽他們說這泥的黏合牢固超越我朝城牆，我將它們放在馬車上，六王爺是否試一試？」

「有這等事？」寧王道。「小七、小八，趕緊叫人把沈少馬車上的貨搬進來。」

「就去，王爺。」書房外人聲應著。

寧王進了宮。

皇帝看到寧王的大黃，又摸又逗。「大黃真乖。」大黃親熱地搖頭擺尾，逗得皇帝呵呵直笑。

寧王笑道：「皇兄，你只知道說這句，害得下面的人都學會了，見面就是大黃真乖。」

皇帝也笑。「大黃本來就乖，救了我的六弟，哪有比牠更乖的狗啊！」

寧王搖頭笑著。「大哥，你可還記得去年秋天我遇刺的那個地方？」

皇帝道：「當然記得，怎麼了？」

「那個地方就離清水縣不遠，離桃村很近。」

「清水縣桃村？就是胡兆祥做縣令的那個地方？」

「是的皇兄，那次不只是大黃救了我，還有一個小丫頭也救過我，為我包了傷口上了藥。」

「六弟，這事你當初怎麼不說呢？這丫頭應該好好賞賜一番啊。」

「先不說當時的事，只說這丫頭，你猜是誰？」

「六弟你是說……」

「對，皇兄，我猜這丫頭八成就是胡兆祥說的那個知音丫頭。」

「你如何這般猜測？」

「皇兄，桃村只有一個女子會醫術，這個女子就是胡兆祥的知音丫頭，林家的大小姐。這次的傷兵你也知道了，都是她治好的。你沒看到那一百多個傷兵，那樣重傷，治好後通常也是半個廢人，可現在與常人無異，還更甚從前，皇兄你說奇不奇？我為何能猜著是她，當初救我的丫頭與這個林家大小姐年紀相仿，還有，都不好打扮，喜穿舊布衣。最重要的一點，這個女子養了兩隻銀狼、兩隻狐狸，一隻是雪狐，名叫望仔。當初救我的女子，身邊就有一隻雪狐，聽到她叫望仔。」

「雪狐與銀狼？那可都是不多見的。」

「正是，所以這女子肯定是當初救我的那個小丫頭。」

「六弟，這丫頭果真是奇，竟有雪狐、銀狼相伴。這丫頭與大黃救了你，我一定要重重賞賜。」

「皇兄，我不是要為她討賞，要賞我自己自然會賞。我一直沒提她救我一事，是因為我根本不需要她救，當時只要暗衛找到我，我就沒事。大黃也是她的狗，是她送了我。我當時不喜她，但後來我的傷口好後，竟然疤痕都沒留，也沒有任何隱痛。世間再好的藥都不能讓這麼重的傷口不留疤痕，況且我當時的傷還拖了兩天半。皇兄你再想想，那丫頭治好的一百多個傷兵，與我如出一轍，全是一點隱痛都沒有。」

「你為何會不喜她？」皇帝笑了。

「皇兄，這事你別多問了，反正我與她言語不快。」

「你啊，六弟，那丫頭獵戶出身，是一個山野丫頭，聽胡兆祥說，那是敢說敢做。」

「皇兄，你可沒見過她，你就為她說好話了。」

「她救了你，我自然就覺得她是個好的。」

「皇兄，我的事你別多過問了，當初如若不是你叫所有人欺瞞我，從小就騙說我功夫天下第一，我豈會遭刺？」

「六弟啊，你從小好武，看你那般辛苦，我哪裡忍心捨得……」皇帝面露愧色。

胡大人下朝後，坐在轎中，讀著沈尚書捎給他的林小寧的信，讀完就又返回宮中。

胡大人歡欣無比。丫頭真能想，傷兵能做什麼，他一直沒想出招來，現在讓丫頭給解決了！

胡大人進了御書房，還來不及行禮，寧王便笑。「胡大人才下朝，又急急返來，有何要事？」

胡大人不緊不慢地對皇帝行完禮，道：「皇上，六王爺，微臣為留在桃村的傷兵以及將來的傷兵之事前來相商。」

「喔，且說來聽聽。」

「微臣才收到沈尚書捎來的信。林家丫頭在信中說到關於留在桃村的兩百多傷兵的安置，她想建一個傷藥成藥坊，專門為戰場上的傷兵們提供止血、止痛的成藥，如果不是特別致命的外傷，基本上一敷就好。這樣，桃村的傷兵們也有收入了，戰場上的傷兵又可得到及時的治療。更重要的是，做成藥的都曾經是傷兵，對於傷藥的製作過程，會更加認真用心，因為他們都明白戰場上受傷的痛楚與不便。這就是緣啊，皇上，緣分至，心法到。」胡大人激動得全身發抖。「微臣便急急返身而來，丫頭還在信中附了兩包藥粉，說可找受傷的兵來試試這種傷藥。」

「藥粉在哪？」寧王道。

胡大人遞上兩個小紙包。

皇帝道：「劉公公，傳人去京城營裡找一個受傷的兵來。」

寧王道：「不必。」抽出劍就在左手臂上劃出一道血口，把胡大人與皇帝驚得雙手下意識地握緊拳，劉公公則在一邊牙痛似的吸著氣。

皇帝又心痛又急，道：「六弟，你——」

胡大人手忙腳亂地把藥粉撒在寧王傷口上，血立刻就止了。

過了一會兒，寧王道：「神藥！上藥就止血，半刻就止痛！」

皇帝拉過寧王的手臂細瞧。寧王手臂上的傷口因為藥粉，血已凝結成一道。「六弟，真不痛了？」

「是的，這個丫頭所配傷藥真乃神藥！」

皇帝大喜。「此藥如此之神，實乃我朝大幸也，只是六弟你珍貴之軀，怎能傷身試藥？以後切不許這般魯莽。」

「皇兄，我自小戰場殺敵，哪懼這點痛楚？我就是想試下那丫頭的藥。」

皇帝笑著對胡大人道：「清水縣令蘇志懷前陣子上報，胡愛卿你那知音丫頭不要一千兩銀，要青山頭一座。朕前陣子已批了，一千兩銀是你出的主意，確實是太少了，虧你想得出來。」

胡大人樂道：「皇上，國庫如此吃緊，那丫頭定能想出法子來安置傷兵們，這不就想出來了嗎？」

皇帝又笑。「胡愛卿，那丫頭建傷藥坊有什麼要求？朕定然滿足於她。」

胡大人道：「回稟皇上，丫頭說她可無條件提供傷藥給我朝兵營兩年，但請皇上賜她清水縣周邊良田千頃。」

「准。」皇帝笑道。

「皇兄，得加上在桃村建一個精兵重傷療養的據點。」寧王微笑道。

「准。」皇帝又笑。

寧王笑道：「我朝哪裡都是良田，對吧？胡大人。」

胡大人正色說：「正是，六王爺。」

「桃村周邊無人居住的良田，劃千頃賜於胡大人的丫頭可好？」

「六王爺所言正合微臣之意。」

皇帝無奈搖頭。「你們這般捉弄那丫頭，一個是知音，一個還是救命恩人，你們兩個人啊，真是不怕丟我朝的臉面。」

「皇兄，胡大人這是為你省銀子呢，現在國庫吃緊，千頃良田可賣得不少銀兩，荒地又能賣得多少？那丫頭如此聰慧，怎會為難於這等小事，胡大人你說是吧？」

「皇上，六王爺所言正是，只是剛才皇上所說，一個是知音，一個還是救命恩人？」

寧王笑道：「胡大人，你可知道你的知音丫頭也曾救過我，大黃便是那丫頭的。」

「這是怎麼回事？」

寧王便把去年遇刺一事又說了一回。

胡大人聽了大駭。「那定是夏國刺客！」

「胡大人英明，正是夏國刺客，此事我沒有聲張，而是派人潛去夏國，得知一事……」

皇帝使了個眼色，劉公公便去了門外守著。

三人在書房密談。

一週後。

寧王府，後花園。

皇帝、寧王、劉公公站在一面砌好的牆前。

兩個小廝用兩根大腿粗的木棍狠命敲打牆面，牆面絲毫無損。

寧王道：「皇兄，這是常宇帶來的磚泥，說是比城牆還牢固，果然如此。」

皇帝很是開懷。「馬上派人去桃村，運磚泥去邊境做防禦。」

寧王沈思片刻，說道：「皇兄，這回我親自去。」

皇帝驚訝。「六弟，切不可這樣魯莽，出行要小心，那夏國必有後招。」

寧王的臉色動容。「小小夏國難纏又卑鄙，無恥行徑花樣百出。夏國公主與柯奸人死了後，竟與老二、老三、老五聯手，屢屢犯我邊境。皇兄，這三人是我皇家的敗類，你當初一念之仁放了三個小人去封地，讓他們捲土重來。夏國不滅，這三個小人不死，我此生難安！」

「那三個賣國小人，是我皇室大恥……」皇帝情緒激動，氣喘不已，說不出話來。

劉公公驚嚇，趕緊上前伺候著道：「皇上，小心動怒傷身啊。」

寧王屏開下人，一把抱起皇帝，劉公公急急在後面跟著。

寧王抱著皇帝進了主屋，放在軟椅上，輕撫他的胸背問：「皇兄，現在可好些？」

劉公公倒了一杯熱茶，皇帝喝下茶後，歇了一會兒，黯然說道：「我這身體雖然大好了，但沒斷根，一上火動怒就這樣，實在是傷腦筋。養的那幫太醫一點用都沒有！那三個小人，我真是太恨了！我對不起開國的聖祖皇帝，對不起父皇，也對不起你……」

「皇兄不必憂心，我一定想辦法收復失地。」寧王安撫著。

皇帝悲戚嘆息。

「皇兄，夏國為何頻頻動作？夏國預言是什麼？如果夏國如此相信『天下安寧，寧安天下』的預言，我們為何不信？既然預言說二十年內夏國將滅於我手，我今日便立下重誓，必定滅夏，讓皇兄一統天下！」

蘇大人來了桃村。

林小寧撇撇嘴道：「蘇大人，我的青山頭呢，還沒批下來嗎？」

蘇大人溫和一笑。「林小姐，我正是為此事前來。青山頭已批，文書與地契已交給林老爺子了。」

林小寧笑說：「蘇大人真是喜慶的人，一來我這兒就有喜事，一會兒好吃好喝招待，蘇大人吃完再走。」

蘇大人微笑。「林小姐客氣了，我想討一些淨房東西，我的老家想改建。本是想付銀子，怕林小姐再次罵人，只好給林小姐討個人情了。」

林小寧拍手笑道：「蘇大人這回上道了，本就不必付銀子，東西我派人送去，全用最上等的瓷片。一會兒吃飯時，把你老家的地址留下。還有，你老家要多少個蹲坑，我得多裝兩套以備用。」

蘇大人一邊道謝一邊問：「林小姐，妳的淨房東西為何不銷到清水縣以外的地方去呢？必定家家爭搶，為何不在江南富庶之地設個鋪子呢？」

「蘇大人，我說你是喜慶之人吧，果然沒錯。蘇大人一語點醒我了，我這就與大哥考慮去各地開新鋪子賣茅坑！」

這個想法其實一早也有，可那時清水縣周邊就供貨不足，現在慢慢飽和了，正是向外擴張的好時機。

又看看蘇大人的笑顏，她突然覺得好笑，一個這麼斯文俊美的年輕男子，站在面前與自己輕聲對話，情景多妙，如同剪影一般，充滿了想像。

可兩個人開口閉口就是淨房或茅坑，想到此，她就忍俊不禁。

蘇大人仍是溫水般的笑臉。「林小姐過謙了，實是林小姐事務繁忙，自我來清水縣起，林小姐就不斷操勞，先是擴張瓷窯與磚窯，又是建設桃村、蓋商鋪街，然後緊接著安置傷兵，又是為傷兵治療，令人欽佩。」

蘇大人酒足飯飽離去後，林小寧又跑去找王剛。

林小寧心情好得很，笑得陽光明媚。「王剛，去，找一個手藝好一些的製藥的師傅來桃村，年輕些的，三十到四十歲之間最好，會製各種藥就行，不用大師。」

王剛聽到最後一句，笑出聲了，道：「小姐，王剛必不辱小姐使命，這就出發。」

「王剛，銀票拿上。」

「小姐，不用銀票，明日就回。」

第二日下午，王剛帶著一個李姓的製藥師傅回來。

林小寧把李師傅帶到張年的磚屋，拿出一包藥散，道：「李師傅，我的要求極簡單，就是要製成這種藥散或者藥膏都行。還有製些藥材，還要教人製藥，您能做到嗎？」

李師傅鎮定道：「藥材、藥膏、藥散製作，本就是基本功。」

林小寧笑道：「就知道沒找錯李師傅。這裡住的兩百多人，都是你的徒弟，你要教會他們製藥。」

李師傅驚愕道：「兩百多個徒弟，林小姐不是開玩笑吧？」

「當然不是開玩笑，我要大量製作各種成藥與藥材，李師傅的任務就是把徒弟帶好，那你就是我們桃村的大名人了。」

「桃村早就是名村了，林家、鄭老與方老，那都是鼎鼎有名的，我不敢說自己出名，但我既是要帶兩百多徒弟，也得為自己的聲名負責。我能看看那兩百多人嗎？」李師傅笑道。

李師傅站在大部分四肢都有殘缺的傷兵面前，半天不語。

張年有些迫切問道：「怎麼樣？李師傅，他們四肢略有殘缺，可否能製藥？這都是從戰場退下來的傷兵，已無家可歸，如果不能給他們找個安生的活計，難道要人養他們一輩子嗎？那倒不如就回戰場上，拚十個人也要殺一個敵國兵。」

李師傅仍是不語。

林小寧試探地問道：「李師傅可想過？他們當中，雙手完好的可以切片、搗藥，雙腳完好的也可以用腳搗藥，手方便的可以曬藥、煉蜜還有篩藥粉，李師傅只要將製藥過程分成不同的部分，交給不同的人做就行了。」

李師傅猛地抬頭。「林小姐好想法，這等法子妳竟能想到。」

林小寧笑了。「李師傅想不到，那是因為李師傅想的是將手藝傳授，我能想到是因為我是為了讓他們在有限的條件下，把這個事做了。」

其實這與現代工廠作業一般，只是換了一下概念。

成藥坊就這樣低調開張了，沒有作坊，每戶兵的院子就是作坊。林小寧把空間裡各種止血止痛的新鮮草藥拿出來，運到藥坊，藥坊由張年打理看管。

張年將兩百多個兵按特長分類，刀功特別好的可以切片，勁兒特別大的可以搗藥，還有的按曬製、煉蜜、篩藥粉等不同工種，分類安排相關人員。

這樣一來，製作過程雖然繁雜，卻因為分了類別，每個人只需做好一項就完成了任務，又因為專門操練做這項技能，熟能生巧，反而又專門又出彩。

李師傅看到第一批藥散與藥膏，高興得合不攏嘴，這可是一下子帶了兩百多個徒弟啊，整個大名朝都沒哪個製藥師傅比他的徒弟更多。

不久，蘇大人又來桃村了。

這回是著官服來，這是他第一次著官服來桃村。

穿著官服的蘇大人俊朗氣派，雖如此年輕，仍有官威散出。

林小寧有些傻眼，覺得蘇大人穿著官服就如同現代人穿著西服那般正式，看著礙眼。

林小寧在現代最不喜人穿西服，當然，雜誌封面上那些大明星穿著頂級西服的除外。她平素愛名牌，可也是喜歡休閒風格，那種寬寬大大、看似普通卻價值不菲的衣服。

穿越到這兒，最讓她動心的就是這兒的服裝，太合她的心意了，所有不同色的棉布，能做各種差不多款式的衣服，尤其是黑色、深紫色、淺杏色、淡灰色與藏青色，這些顏色的衣服穿上身，她就感覺自己像與衣服融為一體。她的美貌只有在這樣衣服上，才能真正跳脫出來。她的臉上的笑容與細棉布、精棉布相映成輝，這個才是真的她！

蘇大人身著官服，溫和微笑。「林小姐請接公文。」

「蘇大人，你下回來時不要穿官服吧。胡大人穿官服倒也滿像，他的形象用官服來提提場倒是不錯，可蘇大人穿官服，把蘇大人的原本氣質給壓住了，好不適應啊。」林小寧笑道。

蘇大人笑了。「林小姐永遠都這樣出語驚人，我本也不喜官服，但今天的公事太重大了，所以不得不正式出場。林小姐行為真是令人欽佩，名朝奇女子也，蘇某佩服。」

林小寧接過公文打開看。她捎給胡大人的信中關於開傷藥作坊一事，朝堂已批。林家兩年間無條件為名朝免費提供傷藥及治療重傷精兵，務必提前做好萬全準備；忠心報國之舉，定當嘉獎，賞林家良田千頃。千頃良田在桃村周邊處，無人居住的大片土地便是，請林家自行尋找，劃出千頃，地契由清水縣令蘇志懷辦理。

林小寧看了後，哈哈大笑起來。

蘇大人頭一回聽到女子這般豪爽大笑，有些吃驚，但沒表露。

林小寧眉開眼笑地指著文書裡那句話。「蘇大人看到沒，良田千頃在桃村周邊處，無人居住的大片土地就是。我就猜到胡知音這老頭絕不會讓我舒舒服服地得到什麼賞賜，這臭老頭一向是我的剋星，我一碰著他準沒好事，所以我就乾脆一咬牙要了千頃，良田變荒地，幸好我要的千頃沒打折，不然就虧大了。」

蘇大人笑道：「林小姐心志高遠，女子也能如此精忠報國，真教天下男子汗顏。」

林小寧喜孜孜地看著文書道：「哪有你說得那麼好，我就是想做做有良田千頃地主婆的感覺。」

林小寧身裝深紫色的細棉布薄襖，小立領外露出修長的脖子，皮膚紅潤，笑逐顏開，領前與胸前的小盤扣像有了魂似的起伏著。

蘇大人看傻了。

林家人與村長、張年、王剛、魏清凡開了個會。

最後定下，千頃荒地由林老爺子與林家棟去挑選。製藥坊暫時由魏清凡協助李師傅打理，村長要監工建三十間大磚屋，每間可放下十到十二張木床，配一個淨房就行。林小寧按現代醫院住院部的方式畫了草圖，交給村長。

張年功夫與王剛不相上下，兩人與她一起去江南置辦新鋪面，專門賣淨房東西。丫鬟梅子跟著，好有個照應，馬車夫就不另找了，由張年趕車。

林小寧把大量草藥裝進成藥作坊的一個空屋，就要出發去江南了。

林老爺子本不允她出遠門，可奈何她的心已長上了翅膀，多想去江南看看，又有王剛與張年照應著，也只得應了。

京城，御書房。

寧王道：「我的意思還是由我去。」

皇帝沈思許久。「六弟，若是非要去，帶上銀夜與銀影那隊人。」

寧王道：「皇兄放心，肯定帶上他們，泥與磚我都要。」

劉公公細聲細氣道：「皇上，這麼多泥與磚得多少銀子啊？宮中的開支又要削減了嗎？」

胡大人道：「不必削減宮中開支，有法子解決。」

「什麼好法子？胡大人快快說來。」劉公公道。

寧王嘴角翹起。「我也有一個法子，不知道我們二人的法子是不是同一個法子。」

兩人笑了。

當天，皇上下旨——林家獻磚泥給名朝邊境築防禦，忠心可鑑，六品安通林家棟加官三級，升為從四品安通大人，隨名朝從四品京官俸祿。從此，「安通」一職載入官職冊中，為名朝正式官職，隸屬京城通政司，為外放官職。

寧王帶著林家棟的加官聖旨、官文、官印、官服與大黃坐上馬車，隨身兩個小廝坐在後面的兩匹馬上。

銀夜與銀影及另八名護衛騎著馬，隨行護送著寧王離京。

寧王半靠著軟墊，大黃窩在他的腿邊，他輕摸著大黃。「大黃，有好幾天才能到呢，多睡睡。」

大黃瞇著眼睛，輕輕頂了頂寧王的手，腦袋趴在寧王的腿上。

京城向外的官道又寬又平坦，但馬車內仍然是顛簸的，寧王一下一下地摸著大黃，也睏了。

這是冬日的下午，太陽高照，日頭暖暖的，天卻涼涼的，馬車精緻實用，並不華麗，在官道上行走著，馬蹄聲催人眠。

第十八章

寧王睡著了，發現自己身處邊境，戰事正激烈，他不斷殺敵卻又不斷有敵兵上前，永遠殺不完，腥血飛舞，濺滿了身。

他的鼻腔充滿著血腥味，讓他覺得心裡也是血腥的，十分難受。

敵兵越來越多，他不斷地揮著劍，銀夜、銀影兩人不知道去了哪裡。他揮劍的手累得發抖，看著眼前的敵兵，隱約覺得極不對勁，不斷提醒自己這是一個夢，只是一個夢。

他收起劍道：「你們殺不了我，我是寧王。」

敵兵果然消失了。

他發現自己又身處迷茫的山林之中，無論如何也走不出去。他輕聲自問：「如果真是夏國要滅於我手，為何我卻困於此處？」

當初遇刺後，派出的人手回來報，王妃是夏國公主，是夏國安插的奸細，夏國大巫師臨死前預言：天下安寧，寧安天下。寧王就是滅夏之人。

王妃是奸細——

怪不得她偷服避子丸，原以為是她不喜懷孕讓容貌受損，原來只因為她是潛在他的身邊的夏國細作！

寧王想到此，生出難言傷感。這個女人與他同床同席時，是何等心情？厭惡？憎恨？想他寧王從小眾星捧月，三歲習武，七歲就與宮裡護衛搏鬥交手，十五歲掛帥去邊境平亂，殺敵無數，英勇無畏，卻被一個女人安排的人刺殺，狼狽逃到山洞，命懸一線，因為喝了大黃的奶才保持體力，等到自己人找來。

再回憶起她的一顰一笑，溫柔體貼，全是假的，如她彈的那曲〈江山錦繡〉一樣，還道是曲由心生，卻是笑話，她從來只是夏國公主，一個小小夏國竟然出此下作手段侮辱名朝皇室，這等奇恥大辱，此生若不滅夏心難安！

事發後，他沒有進過她的院子。

一個絕色奸細在他身邊待了兩年，讓他又傷感又痛恨，但他最後仍成全了她尊嚴，賜她鶴頂紅。

他記得山洞裡，大黃頭回出現時，對他的親熱無比……後來，他再一次昏迷過去，依稀感覺到傷口的痛楚不再，醒來時看到一個女子的臉。

那張臉記不清，只記得那雙眼睛，水洗過一般乾淨清澈，他不由得就怒了，卻不知道為何就要發怒……

寧王驚醒過來，噠噠的馬蹄聲仍然在繼續，大黃還趴在他的腳下睡著，掀開車簾，日頭已偏西，頓覺口乾舌燥，吩咐隨從遞來水袋，狠狠喝下半袋水，才緩過神來。

林小寧在往江南的馬車中，胸口一陣揪痛，大呼：「張年，快停車！」

張年停下馬車，道：「小姐，怎麼了？」

王剛掀起簾子，看到梅子這個傻丫頭還在車裡呼呼睡著，林小寧面色煞白，望仔與火兒在那兒急得直跳，忙問：「怎麼了？小姐。」

林小寧搖頭道：「沒事，剛才心口痛，我號下脈看看。」她閉眼號脈，脈象平穩，健康得很，便安慰地摸了摸望仔與火兒，道：「沒事了，繼續趕路吧。」

望仔與火兒蹭著林小寧，林小寧把牠們放到腳上，摸著說：「江南是個好地方，望仔與火兒還沒去過，對吧？」

望仔點頭。

「江南盛產糧食與絲綢，還有各種水產，人人富庶，世家大族很多，街道繁華勝過京城。這回我們去了，要好好逛逛，買些好東西，望仔與火兒也見見世間。」林小寧笑道。臨要去江南之前，蘇大人百般叮囑：「到了江南，到蘇家落腳，我給老家帶了信，他們都非常高興妳去江南，說會好好招待，不要住客棧，客棧人太雜。」

林小寧嘴上應了，心裡道：我才不去世家大族住呢，規矩多得一塌糊塗，我這性子肯定是惹人不喜的，就不去打擾人家了，自己玩自己的多有趣，話說自己前世還沒去過江南呢，這會兒定要好好玩玩。

林小寧一行人白天趕路，晚上尋了間客棧休息，七天半後，終於到了江南。

江南的冬天並不舒服，又濕又冷，不過一行人尋到一家看起來很好的客棧，客棧就座落在江南最繁華的東街上，叫「雲頂客棧」，很高雅的名字。

一行人在三樓上房住下了。

雲頂客棧的生意不錯，用過餐後，天色已暗，眾人上樓休息，一路馬車顛簸，的確辛苦。望仔與火兒隨著林小寧一起休息，房間裡一個炭爐燒得旺旺的，暖得很，林小寧很快進入了夢鄉。

第二天，林小寧穿著羊毛衣褲，套一件藏青色棉襖，與梅子一起去逛街。張年與王剛去找鋪面，晚上回客棧碰頭。

梅子這個沒見過世面的小丫鬟，看到如此繁華盛景，眼花撩亂，看到各種飾品，都邁不動腳了，眼光極為渴望。

林小寧被她的樣子逗得哭笑不得，掏出十兩銀子。「賞妳一路伺候我辛苦的，買個喜歡的東西吧。」

梅子喜道：「小姐，真是賞給我的？」

「是了，賞妳的，妳可以挑一件好的，再配幾件便宜的。」

梅子眼睛盯著一雙精緻的雕花銀鐲子，道：「小姐，我可喜歡這對鐲子呢。」

林小寧問櫃裡的夥計。「夥計，這對鐲子怎麼賣？」

「十兩重的鐲子就賣十兩銀子。」

梅子心疼。「這麼貴？」

林小寧也覺得貴。這對鐲子哪有十兩重啊？頂多就四兩重，加上手工費就五兩也差不多，竟然敢賣十兩銀子，這不是坑人嗎？便道：「這對鐲子頂多四兩重，你敢賣十兩銀子，你可知道奸商二字怎麼寫？」

夥計不屑道：「我家的鐲子就是賣十兩，妳不買拉倒。」

林小寧火了，一掌拍在櫃上，怒道：「你這狗眼看人低的小人，叫你們掌櫃來！」

夥計更不屑了。「掌櫃沒空理妳這丫頭，走走走。」

林小寧拉著梅子出了鋪子，看著門楣上的匾額「金銀鋪」，笑道：「本小姐我今天不買你家鐲子，我要買下你家鋪子，買你家鋪子來賣茅坑！梅子，走，我們去找周記珠寶。江南這麼富的地方，周記珠寶是百年老號，肯定有分號在此，我們買首飾本就不應該在這種小破店買。」

梅子有些委屈又有些開心，悄聲問：「小姐，妳真帶我去周記珠寶買首飾？」

「當然，找個路人問下周記珠寶在哪裡。」

梅子歡快地尋到一個小媳婦打扮的女子，問道：「請問姊姊，這附近可有周記珠寶的分號？」

小媳婦聽到梅子嘴甜叫姊姊，高興地說：「就在這條街前面呢。看到沒？那個門口有對好大的金色麒麟的那家。」

周記珠寶門口一對金色麒麟，門楣上的周記珠寶四個字金光閃閃，氣派得很。

梅子站在門口發怯，不敢動步。

林小寧笑道：「真夠俗的，與那周公子的做派一樣。」說完便徑直走了進去。

梅子忙跟在後面，作賊似的小聲喚著——「小姐，小姐，等等我。」

周記珠寶店的這家鋪子比清水縣的大多了。櫃檯裡，琳瑯滿目的首飾擺得整整齊齊。有兩個夥計站在櫃檯邊上，鋪子兩邊還放著兩排桌子，每桌都坐著幾個衣著華貴的夫人或小姐，桌上有茶盅，還有木托盤，裡面放著不同的首飾，邊上立著一個夥計。

林小寧走到櫃前，清脆叫道：「夥計，把你們的銀鐲子拿出來我們瞧瞧。」

其中一個立刻熱情招呼著。「兩位小姐請坐這邊等，先喝杯熱茶，我馬上把鐲子送來。」

梅子聽到夥計叫兩位小姐，心虛地看看林小寧。

林小寧在空桌邊坐下，另一個夥計立刻上前倒熱茶，林小寧抿了一口，是上好的茶。周記珠寶很有行銷手法，賓至如歸，服務周到。

梅子在林小寧身邊坐如針氈，極不自然。林小寧笑著拍拍她。「沒事，小姐我在呢。」

梅子很悲壯地點點頭。「嗯，小姐在，梅子不怕。」

林小寧一口茶差點噴出來。

年輕的夥計拿著個木托盤，裡面放了各式的銀鐲子，還有一對鎏金的，對對精緻無比，比起剛才小破店那對鐲子真是雲泥之別。

梅子眼珠子都要掉下來了，小聲問道：「小姐，這個得多少銀子？」

邊上立的夥計道：「小姐手上拿著的這對八兩銀子，這對細的是六兩，這對最粗的是十兩，而這對鎏金的，裡面是銀，也只要八兩。」

梅子鬆了一口氣。林小寧暗想：周記珠寶做生意還是很實惠的，便問：「這條街上有一間叫金銀鋪的首飾鋪，你們可知道他們家？」

夥計不緊不慢道：「那家鋪子怎能與周記相比？不過那鋪面位置不錯，是他們家祖傳的鋪面，只可惜被現在的東家做壞了。」

「怎麼做壞了？」

夥計笑道：「那東家是個敗家子，好好的鋪子做壞了。」

林小寧心中有了數，笑說：「夥計，再拿一些很細的銀鐲子來，我也要挑挑。」

小夥計端來了細鐲子，林小寧一看便道：「粗了，要再細一點的。」

小夥計問：「小姐是想要細到什麼樣的？」

林小寧道：「要很細很細，細到不能再細的那種。」

小夥計道：「倒是有幾對那種小姐要的細的鐲子，那個一般不是帶的，是放著好看的，比較貴，是用來考師傅手藝的。」

「對，就是要那種。」

小夥計又端出幾對銀鐲子，真真是細，細到如線一般，雕花工藝精美無比。林小寧挑了兩對全帶在左手上，細細的銀鐲相碰撞時發出動人的聲音，她眯著眼睛笑道：「就這兩對。」

梅子買了那對八兩的，鐲子約重五兩多的樣子，帶在手腕上喜不自禁，興奮得臉蛋紅紅的。

林小寧想想又叫夥計端上純金鐲子出來，挑了五對極漂亮的，送給付冠月、小香、孫氏、張嬸及魏清淩。孫氏是鄭老的兒媳，鄭老對自己可是大方得很，燒出的瓷器全在自己手中呢。張嬸又與孫氏共同打理棉巾作坊，財源滾滾，算是年底的嘉獎吧。

林小寧看梅子那雀躍的樣子，連同她的八兩也一起付了銀票，又問：「小夥計，那金銀鋪的鋪面是祖上傳下來的？不知東家是哪家？」

「金銀鋪的東家姓金，以前做首飾做得不錯，後來老東家去了，少東家當家後就成了這樣。」

「夥計，你看他的鋪子能賣嗎？」

「那就不知道了，他家鋪子位置是不錯，但太舊了，東家也不捨得翻新。」

「他家位置好，你周記當初怎麼不在那兒開鋪子？買下他家的鋪子也沒什麼啊，你周記可是百年老號。」

夥計道：「周記開鋪時，金家老東家還在，生意也不錯，不可能賣鋪子，加上我們周記開鋪時是算過風水的，金家的鋪子位置是好，可做首飾卻旺不長久，果不其然，金老東家一去，就不行了。」

林小寧對夥計笑道：「謝謝你了，回頭再來照顧你的生意。」

小夥計熱情地送林小寧與梅子出去。

梅子一出門就把剛才那十兩銀子交回。「小姐，剛才鐲子是妳付的銀子，這十兩還給妳。」

林小寧笑著。「不必了，梅子，這十兩是賞妳的，剛才給妳買鐲子，算是安慰妳之前在那小破店受的氣。」

梅子高興地把銀子收回去，興奮道：「小姐，梅子作夢都想不到有一天能到這麼闊氣的鋪子買鐲子。我從小沒了爹娘，被嬸嬸賣了，第一家主子是清水縣的一個大戶，嫌我手笨又不懂規矩，又給賣了，幸被小姐買來。小姐對我這般好，賞我銀子，還買來這麼貴重的鐲子送給我，我要一輩子伺候小姐。」

林小寧笑著說：「一對鐲子就買了妳一輩子啊，梅子，妳的命真賤。」

梅子真誠說道：「小姐，我命好，跟了小姐吃到了沒吃過的，喝到了沒喝過的，小姐還從不打罵我，我命好著呢。」

整整逛了一天，中午在一間飯館吃了簡單食物，梅子精力旺盛，一點不知道疲倦，不停東看西看，卻一件東西也沒買。

林小寧問：「梅子，妳不買東西了嗎？」

梅子羞澀地說：「小姐，我想把銀子省下來給我叔叔嬸嬸家。」

「妳嬸嬸都賣妳了，妳還顧他們家，妳不恨他們嗎？」林小寧奇怪得很。

梅子卻道：「我怎麼會恨他們呢？嬸嬸賣我是不得已，家裡太窮了，總不能賣自己的兒女吧？我爹娘死後，叔叔、嬸嬸就把我接去，那麼窮也沒賣我，一直到我大了，嬸嬸又生了兩個弟弟，實在是沒法子了，才賣了我換些銀子。」

林小寧聽了有些難過，梅子性格真單純，便道：「過年時，放妳假去看叔叔、嬸嬸，開春後帶他們來桃村，如果是老實的人，我給他們在兩處窯裡找個活計吧。」

梅子激動得聲音都變調了。「小姐說的可是真的，過年放我回家？還給我叔嬸在窯裡找活計？」

「當然是真的，小姐我何時說話不當真過？」

梅子掉下了眼淚。「小姐對我真好。小姐，我叔叔、嬸嬸很能幹的，力氣又大，插秧除草可快呢。」

林小寧哈哈大笑道：「梅子，那妳會什麼？」

梅子又破涕而笑。「我笨，是小姐不嫌棄我，對我好，但我現在認識好多字了，都可以看書了，基本能看懂呢！我還會炒菜，都是小香小姐的學堂裡學的，我現在做飯，辛婆婆也說好吃呢！還有針線活，我現在的針線活與少夫人的手藝都不相上下啦。」

林小寧拍著梅子的肩膀。「好梅子，好樣的，勤快好學，現在都與大戶人家的小姐一樣了，什麼都懂呢。」

梅子羞澀低下頭。「小姐不要打趣我了。」

回到客棧，與王剛張年會合，王剛道：「鋪子看了幾家，位置都是略偏的，價格還高得很，帶個小院子的就要千兩銀子，好位置價格更高，還不賣，但我們是賣茅坑，偏一些沒影響。」

林小寧鬼鬼祟祟地笑著說：「王剛……」

王剛笑了。「小姐只管吩咐，王剛定能辦到。」

林小寧笑道：「這裡有一戶姓金的人家，在東街坊正中間開了一家首飾鋪子，名叫金銀鋪，鋪子是祖上傳下的，雖然舊了但位置很不錯，又大。金家老東家過世了，少東家是個敗家子，他們家的鋪子現在是慘澹經營。王剛，去找那姓金的人家，把他家金銀鋪買下來，銀錢方面不要虧待人家，小姐我要在江南最繁華熱鬧的東街正中心賣茅坑！」

張年疑惑道：「小姐，這人家鋪子是祖上傳下來的，要是不肯賣怎麼辦？」

林小寧笑著指著王剛道：「王剛會告訴你這種事情應該怎麼辦。」

第二天下午，金家的鋪子就過戶給了林小寧。

林小寧身著淡灰色棉襖，走進金銀鋪，梅子在她身後狐假虎威、趾高氣揚地昂首挺胸走著，王剛與張年跟在兩邊。

金銀鋪的首飾都搬空了，就剩下櫃檯與門楣上的匾額沒搬，幾個夥計在一邊立著。

掌櫃熱情地招呼。「林小姐，很快就搬空了，會打掃得乾淨淨的，這些人是店裡的夥計，如果小姐要人手，可以請他們繼續做，都是不錯的人，機靈得很。」

林小寧輕笑著。「那是，你的夥計的確是機靈得很呢。」

昨天那個小夥計也正在其中，看到林小寧，頓時面色蒼白。

梅子對小夥計說：「我家小姐不買你家的鐲子，我家小姐要買就買你家的鋪子！」

掌櫃不明就裡，樂呵呵道：「那是那是，東家的鋪子很是不錯，祖上傳下來的，一直沒捨得賣，林小姐與東家有緣，竟然賣了，真是緣分，不知道林小姐打算在這鋪子做什麼生意呢？」

林小寧笑道：「我要在這兒賣茅坑！」

金銀鋪這樣輕鬆到手，張年很是驚訝，偷偷追問著王剛，王剛俯耳私語，張年笑了。「白天不肯賣的東西，半夜去買，鐵定賣，還報了禮部尚書沈大人的名號，銀錢方面又沒虧待他，怪不得那金家少爺那麼痛快就賣了。」

林小寧笑道：「我們要買就要買得雙方都開心才行，雖然半夜跳進人家房間難免有些嚇人，可耐不住沈大人的名號響啊。」

張年笑道：「原以為是強買，不料強買也是有許多門道的，真是學到了。」

「可惜我的知音老頭不是一品，不然也不會用沈大人的名號了。」

王剛笑道：「小姐就那麼想讓胡大人升官？」

「當然想啊，胡大人若是一品官，說出來多有面子。」

王剛又笑。「小姐，妳可知道胡大人的官雖然只是三品，但這個官職是極核心關鍵的職務，可不要小看胡大人這三品官，那是連王丞相都不敢輕舉妄動的官職，不然王丞相當年只能拿事貶胡大人的官，卻一點動不了胡大人的根基與家人。現在胡大人復職又升官，王丞相再想動他，更沒可能。」

「王丞相有權力貶胡大人這樣的官嗎？這不是皇上才有的權力嗎？」林小寧驚訝地問。

「當時皇上身體極差，所有朝中政務都是王丞相作主的。王丞相那人陰得很，現在動不了胡大人，卻在背地裡使陰。」

「王剛，你可是說刺殺那事，是王丞相做的？」

「我與胡大人都覺得是，但苦於沒有證據。」

「這個臭不要臉的王丞相，不是個好貨！官場上比不過人家就來這種陰招，卑鄙無恥下流！皇帝不是身體不好嗎？那我把他的身體治好了，皇上身體一好，王丞相的權不就沒那麼大了嗎？」

王剛看了屋裡的張年，欲言又止。

張年意會，笑著出了屋。

王剛壓低聲音道：「小姐，妳可知道，我當初賣的人參、靈芝，最後竟輾轉到了皇上手中，皇上服後，身體已好不少？」

「那更好辦了，王剛，我出千年靈芝、千年人參、千年三七各一株讓胡老頭獻給皇上，讓皇上的身體好得棒棒的，胡老頭不就立大功了嗎？你說，這樣胡老頭能不能升官啊？」

王剛失笑。「小姐有多少這些寶藥啊？」

林小寧神秘笑著。「你還是少問為妙。」

王剛哈哈大笑。

林小寧笑道：「王剛，你晚上好好睡一覺，明天去買匹馬，我給你寶藥，你送到京城給胡老頭。我與張年再逛兩天，拜訪了蘇府後就回桃村，你從京城直接回桃村。」

「什麼？小姐，妳把寶藥帶在身上？」

「是啦是啦，你家小姐我是個窮鬼命，喜歡帶著幾株寶藥墊底行不？記得，把我們買的棉布扯一大塊下來，好包著寶藥，別顯山露水的。」

王剛哭笑不得。「小姐，妳才是顯山露水好不好，出遠門竟然帶著這些千年寶藥，地主也沒有妳這樣的氣派！」

「王剛，我不是地主，我是大地主婆！」林小寧笑嘻嘻地說。

王剛走後的兩天，林小寧成天抱著望仔與火兒，與梅子大鬧人似的逛街、購物，逍遙自在，只等著玩夠了回桃村，明年開春翻新鋪面就可開張了。

回桃村前，林小寧從空間採了一株參，買了一個木盒子裝好，一行四人去了蘇家拜見蘇老爺子。

蘇老爺子可是運過不少好東西到桃村呢，絲棉絲綢就不得了，都是按車計的。

蘇府很大，有丫鬟引著林小寧與梅子坐上一頂小轎，往後院方向行去。張年則引到前院。

林小寧掀開轎簾看著，但見樓臺庭院、迴廊曲折，石桌、石凳、正屋、偏屋、青磚……只是牆面少許斑駁，有修補過的痕跡，散發著時間的底蘊。因是冬日，院牆邊的枝木已蕭條，枝葉是修剪過的，地面卻是不見一片枯黃；而小道邊的菊花正豔，爭搶嬌妍，一排排圍著小道彎曲延伸著，鮮麗色彩讓人眼中勃勃生機，真是好一派世家風景。

林家也很大，大到能迷路，但與蘇家這兒一磚一瓦一草一木透出的氣質完全不能同日而語。蘇家的氣質是渾厚的，是說不清道不明的，複雜的、蠻橫的、憂傷的。

而林家的氣質是單純的，活躍的、剛硬的、溫暖的。

轎停了，又有丫鬟上前來，引著她與梅子進了一處院子。

她不知道自己是怎麼走到了屋裡，站在一群青年的、中年的、老年的女人面前，只聽到丫鬟說了幾句話就退到了一邊。

林小寧走神了，根本沒聽清丫鬟到底說了些什麼，梅子怯生生地跟在身邊。

一個年老的婦人，大約五十多歲，臉上是一道道富貴的皺紋，笑起來眼彎彎的，身著極其精緻華美的錦襖，雙耳掛著的翡翠墜子綠得像要滴流出來一般，坐在上座，那座椅也是精緻無比，還鋪著軟褥。

老婦人笑道：「這就是懷兒說的林家大小姐？模樣真是標緻。」

身邊一群女人和著。「是啊是啊，真是標緻，美人胚子……」

林小寧穩了穩心神，看著年紀應該是蘇大人的祖母。

她行了個禮道：「蘇老夫人，丫頭此番前來蘇州是為了置鋪，如今事已辦成，這兩天就要回去，這株參是從我家後山上採得，特意送給您老人家的。」

梅子立刻上前，把木盒子雙手遞上，蘇老夫人身邊的丫鬟上前接過盒子。

蘇老夫人笑道：「林家小姐有心了。」

丫鬟卻彷彿要看林小寧笑話似的，打開木盒恭敬送上前。「老夫人請看……」

這下，屋中的一眾女眷們卻大驚失色。

蘇老夫人半天才嘆道：「林家有心啊有心啊，之前林家送的參酒，我兒一喝下去，病根就斷了，後來又送來淨房東西，如今林小姐來蘇州，竟又送上此等寶物。這等寶物，實是有價難尋。」

蘇老夫人邊說邊從手上褪下一對羊脂玉鐲，林小寧手腕上就多了這對鐲子。

蘇老夫人拉著林小寧的手道：「林小姐，到蘇州置鋪面怎麼不先來府中？這事我安排管事去辦就行，哪需要妳一個姑娘家出面啊？妳們這幾日是住在客棧，可是受罪了。現在來了府中，可要多住幾天才行。」

林小寧暗道，蘇老夫人一身氣度，絕不是有錢能撐出來的。蘇家世家大族也絕不是有錢能撐出來的，蘇大人平時裡的那些做派，也不是有錢能撐出來的。

林小寧笑著回答：「真是謝謝蘇老夫人了，天冷了，我這幾日就得回桃村，不能在府上一直待著。」

蘇老夫人道：「只待幾天就成。啊，丫頭，我也不讓妳陪我這個老太婆，叫個與妳年紀相仿的，陪著一起在城裡好好逛逛。」

女眷們便同聲道：「老夫人哪裡會老？年輕著呢，福氣著呢……」

這下林小寧真是頭大了，怕什麼來什麼！

她就這樣被蘇老夫人與蘇夫人強行安頓下來了，並指派了兩個丫鬟來伺候著，還有一個小姐模樣的，說是蘇府的表小姐，來陪林小寧一起逛蘇州城。

林小寧認了自己住處的小院子，認了兩個丫鬟還有表小姐紅玉，又暈乎乎地被拉到宴席中。

這是午宴，蘇老夫人坐在正座上，席間擺滿了各種食物，銀炭爐子擺了兩個，房間裡暖烘烘的。

梅子跟來，立在桌邊小心伺候著。

林小寧十分不適，這一眾女人，個個打扮精緻得像孔雀，但她實在是餓了，便在一群孔雀當中大口吃大口喝，說著應酬話。

貴氣逼人的蘇夫人笑道：「林小姐性子活潑可愛，怪不得懷兒那麼喜歡。」

林小寧拿筷子的手頓住。

蘇老夫人笑道：「妳這個蠢笨的，嚇著林小姐了。林小姐，懷兒他娘一向這樣口沒遮攔，不理她，妳慢慢吃，要吃飽飽的，可別學著她們這幫傢伙，吃什麼都像貓一般，難養得很。林小姐是個好的，看妳這般吃法，我都胃口大好。來，把剛才林小姐吃的那菜給我挾一些來。」

一頓飯下來，林小寧面色煞白，頭昏眼花，應酬話還真是傷腎勞神。

她在心裡嘆一口氣，看那蘇老夫人與蘇夫人還有那表小姐吃飯，實在是看得眼睛都累，吃個菜還要人家挾過來，這種福她可是享不了。天冷，就算是屋裡溫暖如春，可吃飯菜要趁熱吃，胃才舒服，這一來一去，菜都涼了，怪不得大宅院的女人一天到晚身體不好，這樣吃法又成天不出門，身體能好才怪！

好不容易散了宴席，蘇老夫人關切道：「小寧兒肯定是累了，瞧這臉色難看的，快快帶她回院裡休息去。」

又轉臉對蘇夫人道：「淑慧，妳帶小寧兒去吧。天冷，叫人多擺兩個炭爐子在屋裡，還有小寧兒帶來的那個丫頭，怕小寧兒習慣她伺候了，就給安排在偏屋裡與小寧兒一起休息。都累了，晚上等琦兒回來再行擺宴，琦兒一直唸叨著小寧兒呢。」

晚宴是在前廳裡擺的，張年也在席，蘇老爺與蘇夫人坐在蘇老夫人的右側。幾桌席，男男女女，好像還有蘇家幾個庶子都坐在席間，規規矩矩地坐著，臉上是清一色的笑容，像雕刻出來一般，全是一個樣。林小寧看得心中感嘆。

蘇老爺很顯年輕，臉上有著蘇大人的影子，俊朗風流，對林小寧相當客氣，不停地問著林老爺子與鄭老，問了年紀又問身體健康，還問最近如何。

林小寧禮貌回答。

蘇老爺問了鋪子，問了淨房東西，又問林家棟與付冠月，然後又問小香與小寶……

林小寧硬著頭皮應對著，初時還記得用敬語，最後竟變成像回答查戶口一般硬邦邦的，等她反應過來時，覺得自己相當失禮，看到梅子在她身邊立著，傻乎乎的也不知道提醒。

林小寧在這個溫暖如春的正廳裡，汗濕了前胸與後背。

最後，蘇老爺又說起那罈參酒，感嘆道：「真是沒想到我多年的病根，竟然一罈參酒就給喝好了，斷了根。這參真是好參啊，年分絕不低。林家對蘇家如此有心，先是送參酒，現又送參，這等情意，我蘇家必放心上啊！」

林小寧如坐針氈。

終於，蘇老夫人與蘇夫人笑著吩咐開席，總算是解了林小寧的圍。

席間，林小寧味同嚼蠟，多少江南特色菜餚都沒有吃出香鹹滋味。這時，張年又大聲道：「唉呀，小姐，怎麼吃這麼少，莫不是生病了？」

林小寧還沒來得及瞪張年一眼，蘇老夫人便發話去請大夫過來。

太好了，裝病解圍！林小寧對蘇老夫人感激笑著，仔細斟酌著用語。「可不是嘛，一路就受了涼，可出門在外，人緊張著，一直沒發出來，這一見到蘇老夫人，就如同到了家一般，心裡就是踏實著呢，病也就發出來了。」

蘇老夫人聽著，笑得一雙眼睛彎彎的。「林小姐真是路上受苦了，本來到了蘇州就應該來府裡的。看吧，現在受了涼，可不能掉以輕心，馬上讓廚房熬一碗薑湯先祛祛寒，一會兒大夫過來後，讓大夫好好瞧瞧。」

張年又道：「不用請大夫了，小姐自己就是大夫。」

林小寧咳嗽起來，打斷了張年的話。

蘇老爺便問：「林小姐會瞧病？」

林小寧道：「哪裡會，村裡人一些頭疼腦熱的，就給一些清熱的藥材，他們成天做活，身體棒得很，吃了藥就好。」

張年又道：「小姐是謙虛，我們這幫傷兵傷重得很，小姐一給下藥，就好得全全的。」

蘇老爺子笑笑，也沒把張年的話當回事，便道：「林小姐身體要緊，還是要請大夫診治為好。」

林小寧點頭。「謝謝蘇老爺。」

宴席過後，林小寧一回院子，大夫就隨著蘇夫人與蘇家表小姐來了。林小寧看到大夫就像看到救星一般，眼中發亮。

大夫是個老大夫，聽蘇夫人說是常給蘇家人看病的，是蘇州城內最好的大夫，極擅長治女人體虛之症。

一個丫鬟上前把一塊絲帕放在林小寧的手腕上，大夫隔著絲帕閉目號脈，然後說道：「並未受涼，怕是受了累，小姐身體很好，開一帖補中益氣的方子服了，好好休息兩天便無礙。」

蘇夫人的表情放鬆，寒暄了一通，又對屋裡丫鬟道：「小心伺候著，可不能讓林小姐再受累。」便離去了。

丫鬟趕緊著去煎藥，林小寧讓另一個丫鬟退下，屋裡終於清靜了。

林小寧坐在床上，與梅子兩人突然偷笑起來，梅子笑道：「小姐身體棒得很，哪裡是生病？是小姐不喜應酬吧。」

林小寧笑著。「梅子看得出來？」

「我跟著小姐這麼久了，知道小姐的脾氣與性子，當然能看出來啊。」梅子捂著嘴笑。

「那梅子妳說怎麼辦？」

「稱病啊，休息啊，再過兩天病就好了，就回家了唄。」

「梅子，我在席間與蘇老爺說話，到了後來有些腦子犯糊，都不知道用敬語了，妳都不知道提醒。」

「我那會兒也腦子都糊了，蘇家的規矩真多，我也不習慣啊小姐。妳說蘇老爺問那麼多、那麼細，是什麼意思？還不是因為妳被蘇大人看上了。」梅子曖昧低語。

「梅子，別瞎說！」

「小姐，蘇夫人都明說了，蘇大人喜歡小姐。」梅子開心道。

「蠢丫頭，我與蘇大人之間可是很純潔的。」

「小姐，我看蘇大人對妳就是喜歡的，蘇大人可是真不錯喔，蘇府又大，當然我們林府也不差，少爺還是六品安通大人呢。」

「行了，不要再瞎說。信不信我把妳的嘴縫上？」林小寧罵道。

「好了，小姐我不說了。」梅子笑著。

第十九章

第二天，林小寧窩在屋裡不動彈。

蘇老夫人、蘇夫人來探病，看到林小寧氣色不錯很是高興，寒暄了下，然後千叮萬囑地交代著丫鬟才走了。

林小寧暗道，這好好的身體這樣下去，怕是真的要病了。

蘇老夫人與蘇夫人才走，蘇家表小姐又來探病，也是相互客氣了幾句。

表小姐熱情說道：「林小姐，可要安心養病，昨兒個煎的藥喝了沒？丫鬟有沒有拿醃梅子來給妳配藥啊？等病好後，我帶妳到蘇州城裡逛逛，蘇州城女人家家的東西最多，都是頂好的，京城裡的人都常來這兒採購呢。蘇家的絲綢就這樣，極有名，在京城有好幾個分號呢！妳病好了呀，我帶妳到城裡的蘇家總號裡去挑幾疋好的絲綢緞子，做幾身好衣裳。」

說話間，眼睛飛快地瞄了一眼林小寧的杏色棉衣，表情略顯不屑，然後又關切道：「林小姐是清水縣桃村人，聽說桃村是當初的災民村。災民啊，多是破衣粗衫的，性子又野蠻，多嚇人。林小姐在桃村待著實在太委屈了，怎麼不遷到城裡去呢……林小姐不是在蘇州城裡置了一間鋪子嗎？林家是要搬到蘇州來住嗎？蘇州城當然比桃村好得多了。我聽懷哥哥說清水縣鋪子也是小小的，東西也不全……唉，妳說我姑父是怎麼想的，怎麼也不活動一下，讓蘇大哥到蘇州城來做官，跑到清水縣那種窮地方做官，多吃苦啊……」

林小寧累了。「紅玉小姐，我不會遷到蘇州城來的，桃村很好，我喜歡桃村。謝謝妳來看我。梅子，我頭疼得很，來給我按一下。」

表小姐一愣，聽出了林小寧逐客的意思，才要起身告辭，丫鬟又通報有人探病，是趙姨娘與她的兩個女兒。

表小姐攔住了，厲聲喝道：「不長眼色的東西，沒看到林小姐不舒服嗎？要靜養，不能見客了，讓她們都打發回吧。」

說完了後，竟又不走了，坐在林小寧的床邊，語重心長道：「唉，這些庶女、姨娘們，成天在後院攪得不得安寧清靜，現在手長了，還想伸到林小姐的院裡來了。林小姐放心，我回頭就告訴姑媽去，讓她好好懲治一番，這些人竟然想來探妳的病，也不看看自己的身分……」

這時，聽到屋外有個女聲叫著：「是林家小姐不讓我們探病，還是紅玉小姐不讓我們探病？我們來探病，可是通報過老爺的。怎麼著，紅玉小姐說我們手伸得長，妳的手伸得那是比我們的還長。我姨娘就算是半個奴才，也都是蘇家人，那我這兩個蘇家的小姐怎麼算，雖不是嫡出，也是主子不是？說我們不看看自己的身分，那表小姐又是什麼身分？又是哪門子的主子小姐？可是我蘇家人？管得倒是寬，都管到蘇家後院的事了。夫人、老夫人還不說我們是半個奴才呢，妳一個表小姐倒是這樣說了，我今天就不明白了，想要討個理。紅玉小姐隨我們一起到夫人、老夫人那兒去說說理吧！」

表小姐聽了此話，面色極為難看，轉身出了屋。

林小寧聽到院裡傳來的陣陣爭吵，又聽到一記耳光響，陡然絕望地哀號了一聲。梅子尖叫起來。「小姐，怎麼了？」

表小姐聽到林小寧的哀號與梅子的尖叫，立刻衝進屋子，趙姨娘等人也不甘示弱地衝了進來。

表小姐衝到床前，看到林小寧痛苦表情，急道：「來人啊！林小姐，怎麼了？是哪兒疼，是肚子疼，還是頭疼？」又對著前來的丫鬟大聲喝斥。「趕緊去找大夫，木頭似的杵在這兒做什麼？個個都傻了，妳們就這樣伺候林小姐，還不快去！」

丫鬟疾跑而去。

林小寧的屋裡一堆婦人女子嘰嘰喳喳地問著：「林小姐可是肚子痛？來月事了嗎？頭痛，是受了風吧？還是哪兒痛？」

表小姐的丫鬟一個端盆子打熱水，一個急得跳腳去找老夫人。一時間，林小寧暫住的小院裡人仰馬翻，雞飛狗跳……

林小寧痛苦地呻吟著。「我沒事，不要叫大夫，也不要叫蘇夫人與蘇老夫人，我靜一會兒就好的，妳們都離開，讓我靜一會兒吧。」

表小姐正色道：「林小姐都病成這個樣子了，怎麼能不叫大夫？大夫馬上就來，妳忍一忍啊。」

不多時，蘇夫人來了，對著趙姨娘三人喝道：「妳們先下去吧，林小姐有病在身，不可這麼多人打擾。」

趙姨娘聽了不敢言語，帶著女兒退去。

又過了一會兒，大夫與蘇老夫人來了。蘇夫人、蘇老夫人、表小姐隨身的丫鬟站得滿屋都是人，林小寧哀求道：「不要，不要這麼多人在我屋裡。」

蘇老夫人讓丫鬟們去了側室，留了一個貼身的，上前拿起一塊絲帕，小心放在林小寧的手腕上，然後才退下。

大夫再上前，又是閉目號脈。

蘇老夫人與蘇夫人一臉焦急，大夫道：「小姐沒事，只是受了驚，開個安神的方子吧。」

表小姐道：「大夫，林小姐剛才都疼得大叫呢，可不能就這樣敷衍了事，這可是蘇府的貴客，您再好好看看。」

蘇夫人驚問：「什麼，痛得大叫？是哪兒痛啊？」

蘇老夫人也關切地問道：「林小姐，剛才是哪兒痛啊？」

林小寧心中嘆息。「蘇老夫人、蘇夫人，我剛才是頭痛，頭痛難忍。」

蘇老夫人道：「大夫，再仔細看看吧。」

林小寧嘆了一口氣，大夫也嘆了一口氣，又重新號脈。過了好久，才道：「小姐這是受驚受涼，邪氣入侵，引發頭痛，不能見風，服安神鎮痛溫補的方子，休息兩天便好。」

蘇老夫人聽到大夫此話，說道：「就是啊，頭痛肯定就是受風了。頭前你來看時，還說沒有著涼，只是受累，怎麼可能？一個姑娘家，千里迢迢來蘇州城，這麼遠，天又冷，舟車勞頓的，就是一個成年漢子都吃不消啊。天可憐見的，可不就是著了涼，受了風嗎？」

大夫開了方子，丫鬟們抓藥煎藥，蘇老夫人、蘇夫人細聲安撫著林小寧，又再三囑咐屋裡伺候的丫鬟與梅子，這才安心離開。

林小寧真的病了。

半夜就覺得極不對勁，抬手號自己的脈，號不出所以然卻渾身不適又反胃，吐得一塌糊塗，還鬧肚子，最後吐的全是膽汁。

她虛弱地躺在床上嘆氣，梅子急得快哭了，馬上去找人。

蘇家半夜時分，又是一陣雞飛狗跳，大夫一臉倦容又進了林小寧的屋子。

又是丫鬟上前把絲帕放到她的腕上，老大夫面色凝重地號著脈。

屋裡一片死寂，連林小寧的虛弱呼吸聲都清晰在耳。

老大夫道：「因為受涼了，寒氣入六腑，所以引起反胃，我換一帖祛寒的方子吧。」

蘇老夫人因為太晚沒通報，屋裡是蘇夫人與表小姐。蘇夫人也是盡顯疲態，表小姐雖然頭髮有些亂，但到底是年輕，神采奕奕。

蘇夫人聽到大夫的說法有些不滿，但也實在是累了，什麼也沒說。

林小寧再一次聲明。「我沒病，什麼藥也不用吃，什麼方子都不用開，讓我安心睡一覺，明天就會好。」

表小姐安慰著。「林小姐，有病怎麼能不吃藥呢？姑媽，您先休息去吧，今天晚上我守著林小姐，您放心。」

林小寧快要瘋了，大聲道：「我不要吃藥，我就是吃了大夫開的藥才吐的，才渾身難受的！」

這話本是胡亂說，可一說出來，林小寧突然反應過來——下午，表小姐送藥過來，她不肯喝，表小姐溫柔地勸著，她實在推諉不過就意思意思地喝了幾口，這藥肯定有問題！

林小寧猜測，自己號脈號不出所以然來，應該是中毒了，中毒這種脈象，她的水平是根本號不出來的。

完了，自己成了人家後院紛爭的犧牲品了。到底是哪個要害她？

蘇夫人聽了林小寧的話，輕言細語安慰著。「林小姐，我小時候與妳一樣，就不愛吃藥，嫌苦，但藥是得吃的，剛才大夫說了，妳吐是好事，是吃了藥的反應，說是把邪寒之氣逼出來了。乖，藥要堅持吃，吃完了睡一覺，明兒個就好了。」

表小姐也道：「是啊林小姐，姑媽說得沒錯，病了就得吃藥，不然會越來越重。」

蘇夫人離去後，表小姐又坐在林小寧的床邊，苦口婆心道：「林小姐可是嫌藥苦？我讓丫鬟多拿一些醃梅子，有各種各樣的，要不煮一碗梅子湯，一會兒吃了藥後，喝了梅子湯就不苦了。」

林小寧輕輕笑了。「紅玉小姐有心，我沒事了，這會兒不吐了，天這麼冷，萬一妳也受涼了那可怎麼好？妳去休息吧，明天再來陪我好嗎？」

表小姐千不放心萬不放心地交代一遍才走。

表小姐一走後，林小姐叫梅子上前，湊在耳邊低語：「偷偷去廚房看看我的藥渣有沒有倒掉，沒倒就藏起來，再偷偷去找張年，我可能是中毒了。」

梅子眼睛瞪得老大，驚嚇得說不出話來。

林小寧拍拍梅子的臉蛋。「不要聲張。我估計藥渣裡應該是查不出什麼問題的，現在這個毒不知道輕重，讓張年去找一個能解毒的大夫，喬裝一下來看我。鋪子的修葺沒好就停工，解完毒後，馬上帶我回桃村，聽到沒？我現在要好好休息睡一大覺，我不管妳用什麼方法，我要明天醒來後，床邊有個解毒大夫。」

梅子眼淚刷地掉了下來，林小寧道：「梅子不要哭，小姐我死不了，妳去辦事時，千萬記得別讓蘇府的任何人知道，聽清楚了嗎？」

梅子使勁點著頭。

林小寧看到梅子出了屋，艱難起身，把門拴死，然後閃身進了空間。

望仔與火兒一看到她就撲到她懷裡。

「好望仔，好火兒，我可能中毒了，你們一邊玩去，我喝些水，泡個澡……」

林小寧泡在溫暖的湖中睡著了，等醒來時，望仔抱著一株參過來，抓起扯了幾根鬚，放在口中嚼碎後嚥下去，舒服多了，但有一絲冰冷的感覺，線條似的在胸腹之處藏著，始終去不掉。

她起身喝了一些泉水，安撫了一下望仔與火兒道：「你們聽話在這裡玩著，外面凶險得很，我們很快就回桃村了。」

出了空間，打開門栓，躺到床上又睡著了。

當她被人輕輕喚醒，睜開眼時，看到梅子在床前。

梅子眼紅紅地輕聲道：「小姐，妳這一覺睡得真久。早上讓大夫扮成婦人進來了，只說是請來看鋪子的，妳有事要交代。大夫已給妳號了脈了。」

林小寧揉著眼睛。「怎麼個說法？」

梅子俯耳說道：「是一種極陰的毒，天下至寒，叫什麼寒子，說是專門讓女子不孕的，但凡有虛寒之症的女子服用了，絕不會有任何不適反應，悄悄地就會終身不能有孕。」

梅子有些臉紅，但還是說了下去。「那人說，小姐的身體極為康健，世間少有，這種拉吐的反應是陽剛漢子服了寒子才會有的。說是如果五內陰陽調和，無虛寒之症，誤服寒子就會吐，會鬧肚子，是在排那寒子的寒毒。那道冰冷的線是沒排完，服溫補湯藥半月就無事了。萬幸啊，是誰這麼歹毒，要加害小姐？張年聽了這事，要衝到後院來討說法，還要砍那害小姐的人，我給攔住了。」

「妳是個聰明的，這不是我們的地盤，又無憑無據，就算查，也只能查到替罪羊，一點用也沒有。妳告訴張年不可衝動亂來，收拾好東西，我們明天就回桃村。」

林小寧知道自己身體並無大礙，放下心來，又覺得睏倦，瞇了一會兒，表小姐便來了。

林小寧笑咪咪地招待著，把蘇府的丫鬟全都屏開，又讓梅子去屋外守著，嘴甜地說道：「今天我精神好多了，想聽聽紅玉小姐說說蘇州的風景，妳們在外面守著，可別讓那些姨娘庶女的人來打擾我們。紅玉小姐真是個可人兒，模樣長得好不算，性子忒好，大方心細，真是大家風範。」

表小姐聽了眉開眼笑。「今兒個林小姐當是好多了，瞧這氣色就好，真是好事，昨天晚上可是嚇著我了。」

「是受寒了，這次出門的確辛苦，幸得紅玉小姐、蘇老夫人、蘇夫人費心招待，兩日三請大夫來問診，真是辛苦妳們了，我實在是過意不去啊，瞧我這不爭氣的身體。」

「可別這麼說，大夫不是說林小姐的身體好著的嗎？別多想，只要慢慢調養就會好起來的。」

「也是，聽到紅玉小姐這麼說，我就放心了，只是過意不去昨天晚上打擾妳們那麼久。昨天妳嚇著了吧，真是過意不去。」林小寧一邊說一邊又笑道：「紅玉小姐與蘇大人應該是青梅竹馬吧？」

表小姐呆住了，臉紅紅地低下頭，聲如蚊蚋道：「從小便是一起玩的，懷哥哥對我很好。」

林小寧又笑。「紅玉小姐可是心儀蘇大人？」

表小姐臉更紅了，低著頭不說話。

林小寧笑得很冷。「紅玉小姐心儀蘇大人，心儀便是，扯上我做什麼？」

表小姐驚道：「林小姐這話是何意？」

林小寧冷笑。「何意？紅玉小姐難道不明白嗎？我喝的藥裡有什麼問題，妳應該是一清二楚的，沒想到紅玉小姐這麼年輕，就深得後院彎彎繞繞。」

表小姐驚恐地看著林小寧，最後，結結巴巴道：「林小姐說什麼我聽不明白，妳的藥裡有什麼問題，我哪裡會清楚？生病自然是要喝藥的啊，藥是大夫開的，丫鬟煎的，林小姐可不要往我身上潑髒水啊。」

林小寧看著年僅十四、五歲的表小姐，不過比自己大一點點，長得嬌豔動人，此刻眼神恐懼又慌亂。才多大的姑娘啊，心思竟然這般複雜惡毒，寒子雖對人性命無害，但致人不孕，在古代對一個女人來說，比要了性命還惡毒。

林小寧狠狠地盯著慌慌張張的表小姐，又道：「這事只當沒發生過，妳還是表小姐，我還是鄉下丫頭。沒事不要來我屋裡轉悠，也不要在我的院裡對什麼姨娘、庶女、丫鬟之類的擺妳那小姐主子做派。」

「林小姐，妳……妳……妳潑我髒水！我沒在妳的藥裡下毒，我好意端來給妳喝，妳會吐，那是著涼了。」

林小寧不耐煩起來。「不管是不是妳，但我認定是妳！紅玉小姐，妳太小看我這個鄉下丫頭了，我服的藥渣子丫鬟倒得快，但張年找回來了，紅玉小姐敢不敢嚐一點藥渣？」

表小姐面色大變，渾身像篩糠一樣抖了起來。

林小寧道：「妳走吧，別在我面前出現。」

表小姐倉皇離去。

梅子溜了進來，臉上泛著光。「小姐，怎麼就知道是她做的？」

林小寧臉有些難看。「我不知道。我是猜的，詐她的。」

梅子驚訝。「小姐怎麼猜的？」

林小寧失笑。「梅子，妳想，我只是客人，誰與我有仇要害我？」

梅子搖頭。「沒人與小姐有仇。」

「對啊，沒人有理由害我，可紅玉小姐與蘇大人年紀相當，又一直住蘇府，肯定是長輩允了，有聯姻的意思。」

「是啊！」梅子大悟。

「我來蘇府，兩位蘇夫人對我禮遇有加，妳覺得她會怎麼想？」

梅子眼中發亮。「明白了小姐，妳真聰明。她那麼惡毒，這種壞人嫁給蘇大人，真是糟踢了蘇大人。」

「梅子，蘇府的事，我們不要多管閒事。我這次遇此劫也是給我提了個醒，越是風光氣派的世家大族裡，越是一堆齷齪事，還不如我們林家那樣，雖然沒什麼底蘊，可個個都坦蕩蕩、乾淨淨。」

「不管閒事？這是閒事嗎？小姐，難道就讓這個表小姐白白害妳不成？我們把這事報給蘇老夫人、蘇夫人，可別讓那表小姐這麼輕省。」

「梅子，這事是家醜，別讓兩位蘇夫人難辦。算了，我反正無事，就只當還了蘇老夫人與蘇夫人對我的好。聽明白沒？來，給我梳洗一下，我去給兩位蘇夫人辭行。」

蘇老夫人與蘇夫人聽到林小寧要回桃村，不斷挽留。

林小寧笑道：「蘇老夫人、蘇夫人，怕是不多久就要下雪，到時路不好走，困在半道上，那就更遭罪了。明兒個看樣子又是個好天氣，就厚顏請蘇夫人送幾床被子鋪在馬車裡，不會凍著的。這回來蘇州，害得大家一起為了我這個不爭氣的身體受累，真是過意不去。蘇老夫人也跟著受累，我可真是罪過大了，下回等春後我再來，那時我可以多帶一些桃村的特產來給蘇老夫人、蘇夫人嚐嚐。」

說得情真意切，兩位夫人鬆了口，只說再叫人請大夫來看看，如果大夫說她的身體能出行再允。

晚宴前，大夫來了，一號脈便面露笑顏。「無事了無事了，小姐身體好著呢，就是因為受涼，不過還有少許寒氣在體內，日後多注意調養便成。」

蘇老夫人、蘇夫人聽聞也展顏，連聲道：「真的好了？林小姐的身體到底是比我們這些人強得多啊，昨兒個還受涼吐了，今天就好了。」

大夫說：「是啊，小姐的身體可是我瞧過的最好的了，要是換成別的小姐受涼，可是麻煩著呢。」

蘇老夫人與蘇夫人徹底放下心來，關切地交代。「晚上還是在屋裡吃，不要見風。這病才好呢，不能掉以輕心，還得好好休息下，藥還是要服最後一帖，可不能嫌苦……」

林小寧心裡是感激的，畢竟這兩個夫人是真心待她。

她一時間有些恍惚，看著蘇老夫人與蘇夫人的關切神情，那關切是隔著蘇家的世世代代、年年歲歲，腦中又顯出蘇大人的笑顏，不由得想起蘇大人在桃村太陽底下的笑顏。只能留在桃村了，走出桃村，就什麼都不是。

林小寧又想前來蘇州路上那一下痛，其實就是預兆，天意啊，這一劫是天意。表小姐只是老天的一枚棋子，哪人哪事不是天意安排呢？不然，她一個現代靈魂如何能穿到這個朝代？

第二日，蘇夫人清早就起，安排下人把小山一樣的回禮一件件抬到蘇府的馬車上，堆得滿滿當當，讓車夫一路跟著林小寧的馬車送回桃村。

林小寧坐上馬車，把望仔與火兒從空間抱出來後，才讓梅子上車。

梅子奇道：「小姐，牠們兩個可是到了蘇府就不見了，回家時卻知道上車，怕是牠們也害怕蘇府的規矩多呢，真是有靈氣。」

「那倒是，我養的狐狸能沒有靈氣嗎？」林小寧自豪地說。

一人一貨兩輛馬車終於離開蘇州走上了官道，林小寧放聲尖叫，張年掀開簾子急問：「小姐，可是又不舒服了？」

林小寧哈哈大笑，又吁了一下，悄聲道：「沒事了，解放了啊。」

「小姐，什麼是解放？」

林小寧悄聲笑道：「就是說在一個像囚牢一樣失去自由的地方，凡事都不能由自己的性子來，終於出了這個牢籠，就是解放了。」

張年嘀咕：「那蘇府哪裡是牢籠，那是殺人不吐骨頭的地方！小姐好好的身體給折騰成這樣，被人下毒。那大夫說，寒子極難得，因為可致不孕，一直視為禁藥，市面上根本買不到。可有些江湖郎中會悄悄高價賣給大宅子裡的婦人、女子們，專門用來行下作陰毒之事的。一般女子一旦服用寒子，根本察覺不了，若不是小姐那些反應是漢子誤服後的反應，怕還不易查出。女子服了寒子若想要治好，得服用五年八年的狼虎陽藥，但服極陽之藥排那寒子之寒時，全身連骨頭都是痛的，要痛上五年八年，哪個女子受得了啊？只是那物只對有虛寒症的人才有毒效，若是對身體好的漢子，就是又拉又吐，完了服一些溫藥就沒事了。幸好小姐身體與漢子一樣好，才躲過此劫。」

林小寧笑著。「不提這事了，只當沒發生過，我們只是做客兩天，或是不小心被誤扯進他們的後宅之爭也有可能。你們切記不可亂說，知道嗎？」

林小寧歸心似箭，馬車才到桃村村口，梅子看到桃村的牌坊眼睛都紅了，激動之情溢於言表。

牌坊下面的村民當中，一個漢子遠遠地就叫著：「張年，林家大小姐在車裡吧？她大哥又升官啦，現在是從四品啦，俸祿與京城的從四品一樣啦！聽說是以前清水縣令胡大人的手下了。聽蘇大人說這個官是正經的官了，有政務要解決的。」

林小寧從車裡探出腦袋，大聲問：「什麼時候的事啊？」

那漢子道：「就你們走不久的事。你們走後沒幾天，升官的文書就到了，林老爺子還擺了酒呢，林小姐快回去吧，妳大哥做四品官都做好久了。」

林小寧笑著應道：「謝謝大叔報喜。張年，快快快。」

林府門口，付冠月帶著隨身丫鬟迎了出來，林小寧張嘴便問：「嫂子，哥升官是怎麼回事？」

付冠月奇道：「不是妳給胡大人討的官嗎？一會兒再說，我先幫著他們卸貨。妳怎麼買了這麼多東西啊？」

「這是蘇夫人送的回禮，馬車也是蘇府的，嫂子一會兒好好安置一下車夫，一路上可辛苦呢。」

「蘇家人真是客氣，每回都送一車子禮，明天讓鄭老與方老來挑些喜歡的。」付冠月笑著招呼丫鬟、夥計幫著把後面蘇府送的回禮卸下來，安排抬進庫房，又安置車夫，安置馬匹。

林小寧回到桃村就像魚兒跳進河水，鳥兒飛上天空，猛虎回到深山一般神清氣爽，自由自在。

梅子泡了一壺熱騰騰的香茶送到林小寧桌邊，眉開眼笑。「小姐現在可是四品官家的小姐了。」

林小寧雖有疑惑，但沒吭聲，坐在廳堂間品著熱茶，看到付冠月與張年帶著一眾丫鬟與夥計忙前忙後，心中充滿著說不出的踏實。

兩杯熱茶下肚，舒服極了，只見林老爺子一陣風似的大步走進來，拉著林小寧左看右看。「我的寧丫頭瘦了呢！」

林小寧又問：「爺爺，大哥呢？大哥升官是怎麼回事？」

林老爺子說：「不是妳給胡大人寫的信裡提的嗎？捐磚捐泥，妳大哥就做上了從四品的安通大人。這個安通大人可不再是掛名的官職，現如今是要管邊境防禦一事，是重大政事。妳大哥還在磚窯呢，現在磚窯可是忙得很，日夜趕活。」

「管個什麼邊境防禦一事啊？我沒與胡大人提這事啊。」

「咦，不是妳提的？蘇大人說肯定是妳提的啊，那現在家棟可是胡大人的手下了，說是京城通政司的一個官。」

林小寧嘆氣。「捐磚捐泥、管邊境防禦之事？胡老頭又擺我一道。」

林老爺子正色道：「怎麼能這麼說呢？丫頭，這是天大的喜事啊！從四品啊，多大的官啊，我林家真是光宗耀祖了啊！俸祿也與京官從四品一樣，再不是年俸二、三十兩銀了。我們就等妳回來後，一家人齊了，一起去祭祖呢。」

林小寧笑道：「行，爺爺覺得是喜事那就是喜事，我們得官，人家得磚與泥，一個國家的邊境的防禦之事由大哥負責，這是解決了最大的政務呢。反正村外荒山群那麼多，成片成片的，一百年也用不完，儘量用吧！」

林老爺子開心道：「是啊是啊！丫頭，爺爺我有福啊，真是沒想到我們林家能有這樣的日子。他日爺爺我去了，對著祖宗也是面上有光，對起得林家列祖列宗！真是太好了，丫頭去好好休息下，過幾天我們一家人進山祭祖。」

林小寧看著林老爺子開心的樣子，心中無奈地嘆著氣。

這個傻爺爺，吃這麼大虧，一個國家的邊境防禦，得費多少磚泥啊，泥不要錢，可燒磚的人力成本是錢啊。

林老爺子又喜氣洋洋地說：「丫頭啊，妳走後，桃村真是喜事連連，妳大哥升官不說，狗兒他娘又有喜了，鄭老頭高興壞了，今天聽說狗兒娘吐了，鄭老頭就沒過來打牌。」

「那方老師傅呢，他不陪你打牌嗎？」

「可不就是說喜事連連嗎？方老頭忙著和泥，那個泥要的量大，他又非要親自配，方老頭說是屆時交出配方給朝廷，用配方給大兒討個官。妳說是不是喜事連連？真是太好了，桃村是寶地啊，人到這地，就有喜事臨門。

「還有啊，那魏家的清泉酒釀出來了，實在是好味，比神仙酒還過癮，一入口那個爽快，全身都舒服極了，那京城的貴人運磚泥走時還帶了一罈呢，說是給他大哥嚐嚐。對了丫頭，」林老爺子低頭伏身悄悄說：「京城那貴人就是帶走大黃的貴人。貴人說話做事一舉一動太氣派，只道他迷路了，是大黃帶著他走出深山林子，沒想到大黃竟然是我們林家的狗，真是緣分。這與妳之前說的有些不同，但我們沒有多問。」

林小寧目瞪口呆看著林老爺子一頓爽快訴說，暈頭轉向了。「爺爺，你是說大黃來了？」

「是啊，大黃來桃村了。大黃可威風了，與大、小白都不相上下，和大、小白很親熱，天天窩在一起睡覺。大黃現在還有下人專門伺候牠，真是會救人，一救就救了個這麼貴的，還這麼重情義，對大黃好得不得了。聽貴人隨從說啊，這是出門在外才只帶一個小廝，在京城時，那是兩個小廝，一個廚子的配用。看到大黃現如今這樣啊，真是讓人心裡頭高興。」

「這大黃是命好，當初我就說牠都知道為自己掙前程了，現在可成貴族狗了。」林小寧聞言樂壞了。

「那是那是，當初妳送大黃送得對，這就是緣分，大黃是好狗，又是好命。那貴人說是緣分，我也道是緣分。當初妳把大黃送給貴人，然後，這個貴人帶著家棟的升官文書還和大黃來桃村了！」林老爺子開懷而笑，又喋喋不休繼續說道：「只可惜妳沒見著那貴人，真是個俊朗的後生，又貴氣又英武，與蘇大人比起來，是不一樣的俊朗。我看蘇大人對他也是十分恭敬，但他也不過是大了蘇大人兩、三歲模樣。蘇大人說那貴人和胡大人的官職一樣高呢，多貴啊！這麼年輕就這麼高的官職，真是少見。還有啊，那千頃地我們也選好了，那貴人還幫著挑了呢，但現在天冷不動了，開春農忙過了再開那千頃地吧！還有妳說那荒山後頭的地也沒法開，一下子這麼多地，人手都不夠了。蘇大人說明年開春時再介紹一些進城找活的漢子來給我們開地。」

「嗯，爺爺，地的事先不急，春忙後再說。大黃牠現在神志清楚了嗎？不再亂找活物餵奶了？」

「不亂找了，人家貴人說，找了兩隻小狗崽兒，讓大黃餵到了斷奶，病就好了。」

林小寧噗哧而笑。「這人真聰明，我還一直頭痛著大黃的病不好治，這人一個土招就治好了大黃，還斷了根。」

「那貴人是個人才啊，他帶的那些隨從，也個個英武不凡，對他是極為恭敬。貴人只說是來桃村當差辦事，他在桃村待的這陣子，我們仨老頭還帶他們上山去打獵了。他真是身手不凡，拉弓射箭的動作好看得不得了，真是沒見過身手這麼漂亮年輕後生。我原以為習武之人，家棟夠英武帥氣的了，才娶到妳嫂子這麼好看的姑娘，沒想到他比家棟的動作還漂亮。那些隨從也是，打起獵來又狠又準，堪比我當年啊！我們一起打到兩頭好大的山豬，妳嫂子與小香醃了一條後腿給妳留著呢。」林老爺子笑咪咪說道。

「爺爺，那貴人是個什麼身分？」林小寧好奇地問。

「說是三品武官，姓王，蘇大人喊他子軒，他叫蘇大人志懷。」林老爺子很是高興。

「噯，王剛呢，他怎麼沒一起回？」

「他去京城找胡大人辦事了，辦完事後就直接回桃村，估計晚幾天就能到了。」

「那一會兒與清淩說一下。丫頭妳先休息著，我去廚房看看。」林老爺子實在是人逢喜事精神爽，背著手樂顛顛地去了廚房。

這時付冠月與張年已把車夫、貨物都安置好了。張年答應晚上來吃飯，便回自己的磚屋去休息。付冠月進了廳屋就喜道：「小寧，鄭夫人有喜了，爺爺說了沒？」

「說了，還說她今天吐了，要不要去看看？」

「我一早去看過才回的，其實鄭夫人那吐真不算厲害，只是這不是年歲大了些嘛，大家都擔心。請了大夫來看了，說是沒事，開了幾服藥。那大夫說鄭夫人的身子好著呢，不知道是哪位大夫給調的。鄭老說要謝謝妳呢，說等妳回了，要帶鄭夫人來親自給妳道謝。」

「鄭老太客氣了，我一個丫頭，不用的，讓狗兒他娘好生休息著吧。」林小寧笑著擺手。

付冠月笑道：「大夫說，鄭夫人這時可以適當走動走動會更好些。這會兒桃村都傳遍了，都知道妳回來了，我還派丫鬟去他們兩家通知了，明天中午來吃飯呢。鄭夫人今天還說可想吃小香做的拌三絲，想著都流口水，這不明天來了，剛好可以吃是不？」

「嫂子，狗兒娘有喜了，那黃姨娘呢？快生了吧？她什麼反應？」

付冠月抿嘴笑道：「黃姨娘能有什麼反應？鄭夫人爹娘在桃村辦那個大食堂，又都住在鄭家的，黃姨娘的賣身契還在鄭夫人手中捏著，她那可是一點脾氣都沒了，現在聽話得很，但鄭家上上下下對她的身體也都精心伺候著，一點也沒有怠慢。她現在肚子大，開春應該就生了。」

林小寧樂了。「狗兒他外婆還真是厲害，宅鬥高手呢，有她坐鎮鄭家，鄭家也不冷清了。」

「可不是嘛，不過黃姨娘花錢還是厲害，小鄭師傅給的錢都沒有剩下的，估計是藏私房了。鄭夫人的意思是，只要黃姨娘安生不鬧事，那兩成抽頭給了也是值的，畢竟肚子裡的娃也是鄭家的骨肉。」

「嗯，是這個理，花錢買了家宅安寧。」林小寧一邊說一邊拿出包著一堆純金鐲子的小包，打開來放在桌上。「嫂子，明天讓張嬸子也過來一下，我給妳們每個人都帶了一對鐲子。」

第二十章

小香與小寶像小旋風似的跑進來。

小寶一下就撲到林小寧懷裡，大叫著：「大姊，我可想妳呢，妳可算回來了。」

小香看到放在桌子上的金鐲子就尖叫。「啊，好漂亮的鐲子，我要！」

付冠月笑道：「就知道要東西，都給你們挑。小寧啊，妳看妳把小香都帶壞了，都是女先生了，還這麼野。」

林小寧抱著小寶也笑。「嫂子，這是活力，姑娘家可不能死氣沈沈的，跟個老婦似的。我覺得小香這樣滿好，我就喜歡。不過嫂子妳就不能這樣了，妳可是我們的大嫂，我們林家的女子就妳有大家風範，我反正是沒有的。小香估計大了後能比我好些，但也好不到哪去。」

付冠月笑道：「就妳的嘴能說。來，小香來挑挑，可是妳大姊從江南蘇州帶來的鐲子，純金的，這工藝比我們清水縣的要好得多了。」

小香拿起一對看起來最粗的，大叫著：「我就要這對！」

「看妳這財迷的樣子，那對是看著粗，其實分量是這對最重。」林小寧樂了。

「那就要這對，反正都好看，我就要最重的這對。」

林小寧看著小香紅撲撲的臉蛋，愉快地說：「我的小香啊，這對才是妳的，這對圈兒最小，是給妳帶的。這兩對中等圈兒的，是給嫂子與清淩姊的，另兩對是給狗兒他娘與張嬸的。」

小香把鐲子帶在手腕上，高興地甩著手腕看著金光閃閃的光澤，傻笑。

小寶委屈道：「沒有給我買東西嗎？」

林小寧笑著。「梅子，把我買的那些上好的文房四寶拿來給小寶開開眼。」

小寶咧嘴笑了。「有多好啊？大姊，我聽盧先生說上好的那種文房四寶，光墨條就極貴，色澤又黑又亮，還有香味。」

「買的就是先生說的上好的墨條，還有頂好的硯臺，及毛筆、筆洗，都是極名貴的，那都是狀元才用的好東西，大牛、二牛與兩位先生也有，買來送你們，就是想讓你們考中狀元。都買文房四寶了，我也不會買什麼其他禮物，就挑著好的買。」

付冠月笑道：「小寧，妳去看看大、小白吧。大、小白現在越來越懶，一天只晚上吃一頓，其餘的時間就知道窩妳床上睡大覺，妳那床鋪都成狼窩了，大、小白比大黃可是差得遠了。對了，大黃的事，爺爺和妳說了沒？」

林小寧笑著點頭。「能不說嗎？大黃可是爺爺養的狗。小香那會兒一天到晚罵大黃貪吃狗，還記得嗎？」

小香乾笑著。「那都多久的事了，姊還提？現在大黃可威風呢，還認得我。」說到這兒小香興奮了。「我初見大黃時，覺得牠與我們家的大黃可像呢，沒想到就是我們家的大黃，看到我就過來與我親熱，真是好狗。」

「現在說人家是好狗了，當初還嫌人家吃得多呢。」

「姊……」小香跺腳撒嬌。

付冠月笑道：「清淩這會兒就應該回了，清凡現在與妳哥天天待在窯裡，都不捨得回家，魏老爺的屋子都蓋起一大半了，一直在趕活，看看能不能年前搬進去。」

「對了，」付冠月又道。「那就京城的王大人說下回多派幾輛車，拉我們家的茅坑東西去把他府裡的茅坑也修建一下。妳大哥尋思著，想在京城也開個鋪子。」

「大哥那邊，讓他把邊境防禦的磚泥辦好就行，茅坑的事我來處理吧。我先去睡了，可犯睏呢，晚上把飯菜端到我屋裡吃吧，清淩姊來後，妳和她說一下，王剛去京城辦事了，可能要晚幾天回桃村。」

說話間，梅子就拿著裝文房四寶的包袱放到桌上，小寶立刻上前。

林小寧又覺得胸腹間的那條線冰冷冷的，說道：「嫂子啊，妳把鐲子與文房四寶分一下，給他們送去。我回屋開個方子，妳去配齊了，晚上就讓人煎一副給我喝，我若睡著了，妳就得叫醒我，讓我喝下再睡。」

付冠月疑惑地問：「小寧，妳這是生病了嗎？妳以前可不會這樣的。」

梅子解釋。「少夫人，小姐在蘇州受了風寒，吃過兩副藥，還沒好全呢。」

林小寧回屋開了方子，把空間有的藥材拿出來放在桌上，又在方子上把那些藥材都畫上圈圈，然後就躺下睡了。

梅子端了兩個銀炭爐在屋裡，輕手輕腳地把藥材與方子收走。望仔與火兒一回家就衝到林小寧的屋裡與大、小白一起玩著，看到林小寧睏了，乖乖地依偎在一邊。

晚上，林小寧迷糊糊地被叫起，付冠月端著一碗褐色的湯藥在床邊，輕聲道：「小寧，藥的溫度剛好，可以喝了。」

林小寧一口氣喝下，迷糊道：「嫂子，我不吃晚飯了，醒了再吃，讓我睡一會兒。」然後又倒頭就睡。

付冠月心疼地自言自語。「還晚飯呢，這都吃過晚飯一個多時辰了。」

林小寧足足躺了兩天，醒了就喝自己開的藥，餓了就吃梅子端來的食物，晚上抽空就進空間泡澡。兩天後的早上，終於感覺胸腹間那冰冷的感覺消失了，總算能出了屋子。

這時大家都吃過早飯，各自忙活。

林小寧去了廚房，給辛婆要了小籠包與白粥，吃了個飽。然後到後院跑了一圈步，出了一身汗，又回屋去換了一身衣。

健康真是太好了！不乏困、不疲累，一身使不完的精力，人生觀都改變了。

林小寧這天辦了三件事。

第一件事情，她找到魏老爺與清淩問：「魏家的清泉酒釀好，可以賣了，是否要在京城開鋪子？如果要開，去京城置鋪子時，多置一間，林家要賣茅坑東西，最好是靠得近一些，有個照應。」

魏老爺喜氣洋洋地回應。「我正有此意呢，開春就讓清凡去置兩間鋪子，魏家一間，林家一間。」

第二件事情，她叫來村長問：「傷兵病房建好了沒？建好了，年前就得登記村民們佃地的數量，要一家家登記清楚。」

村長自豪地笑著。「傷兵病房建好了，佃地之事也已安排，都報名十天了，現在就是整理一下，登記到專門的冊子上就行。」

第三件事情，她找到林老爺子說：「爺爺，你看鄭老的親家都是住鄭老家裡的，不如把付奶奶接來林家住吧！生兒也可以與小寶一起，有小香督促著功課，多好，不過就兩口人呢，又不是一大家子。」

林老爺子笑道：「丫頭啊，京城王大人來時，付奶奶過來幫忙，住妳大哥的院子，打那之後就沒走。妳回來後一直生病窩在屋裡，兩天沒起床，妳還不知道這事哪！」

林小寧傻笑著，又找來鄭老還有方老，三個老頭被拉到林老爺子的屋子。

林小寧神神秘秘地拿出一個大包。「爺爺、鄭老、方老，這是望仔前陣子採到的參，我送了一株小的給蘇府，還有這四株大的，你們一人一株泡酒喝，另一株，大家切切分了燉湯喝。還有三朵靈芝，也可以燉湯，這是丫頭我孝敬你們三位老爺子的，別省著。望仔採藥很厲害的，我們後面的青山是寶山，別想拿賣銀子，賣不了幾個銀子還招壞人上門，不如就大家吃了，身體好了，又乾淨俐落不出事。也別想著省給小輩吃，年輕人儘量不要吃參，逢年節時燉些湯喝喝也就算了，吃多了反而不是好事，以後再有啥病的，普通藥就沒效果了。之前那株參泡了這麼久了，拿出來你們嚼一嚼就吃掉算了。」

知音臭老頭都送了參了，自家的爺爺與鄭老、方老更不能怠慢，空間裡的參多著呢，可全拿出來太惹眼，只能幾株幾株地拿了。

三個老頭看著桌上的參與靈芝，傻愣愣坐著，一下也沒動，一句話也說不出。

傷藥作坊裡一片溫暖藥香，這是林小寧最愛的味道。聞著這藥香，多重的心思也能放下。

雖然已是冬天，眼見著就要下雪了，但作坊裡的那些舊傷兵，如今的新村民們，正熱火朝天地忙碌著……

李師傅笑容滿面地與張年正聊著，看到林小寧便熱情地過來說著作坊裡的事務。大大小小的事到了李師傅嘴裡，像是趣味無窮的故事一般，她津津有味地聽李師傅細緻說著。「這傷藥真神奇，上回廚房的一個配菜的夥計切菜切到手，來討一些粉抹上，說馬上不疼了，真是好藥材。京城來的貴人都說我們的藥好，載了一車藥走了。桃村的藥材也是比外面要好些，聞著味就知道，品相就更不用說了。我如今帶著這些徒弟，也滿足了，個個都是好樣的，功夫好，製的藥又細緻，果真是得我真傳……」

「李師傅，不嫌你的徒弟多了？」林小寧樂得很。

「看林小姐說的，哪裡會嫌多？我李某也要學盧、衛兩位先生，桃李滿天下，哈……」

林小寧在村裡慢慢逛了一圈，細細審視著林家的、自己的產業。桃村的山是青蔥的、天是藍色的、地是肥沃的、水是甘甜的、人是富足的……

桃村的一切如走之前一樣，她卻有一種隔世之感。她暗自笑道：果真成了一個地主婆了，千頃土地，多美、多闊、多富。

抬頭望天，白晃晃的光打在她臉上，她瞇起眼，這些都是林家的產業，多年後，林家也會成為世家大族，絕不要像蘇府那般，如張愛玲所說的華美之袍，裡面爬滿了蝨子。

林小寧在桃村的田間想起了蘇大人的笑臉，蘇大人的笑臉也帶著蘇府的複雜氣質了。

在桃村下雪之前，京城又來了一批人，是傷兵，不過四十幾個，傷得極重，護送的是一個護衛與一個姑娘。姑娘一臉淡漠，說是太傅之女，從小習醫，來桃村與林家大小姐切磋一下醫術。

「切磋」二字用得極微妙，林小寧分明是察覺到了敵意。

張年安置著傷兵們入傷兵房，護衛就住張年那邊的獨立磚屋。

姑娘姓曾，淡然道：「不用叫我小姐，我不是小姐，也沒有小姐的做派，我從小習醫，大家就以曾姑娘相稱便是。」曾姑娘說話斬釘截鐵，不容反駁。
曾姑娘的氣勢與淡漠的表情，讓林小寧暗暗發笑。
本是要安置曾姑娘在獨立的磚屋裡住著，布置好一些就行，畢竟桃村尚在發展中，條件有限。
曾姑娘卻道：「林家大小姐，不用麻煩了，就住妳家吧，住妳的院子裡，我們可以日日交流學習；丫鬟我只帶了個貼身的，妳再安排兩個就行，不用多，我好清靜……」
林小寧頓時無語。帶了一個貼身的，還要再安排兩個，還叫不用多？她才一個丫鬟呢。當下就不客氣道：「我林家只管傷兵，不管小姐，也不給配丫鬟，妳若是覺得一個貼身的不夠，自己去買。」
曾姑娘冷冰冰地看了林小寧一眼。「叫個人去買吧，銀子我出。帶我先回屋休息吧，累了。」
林小寧被嗆了一大口，愣是沒反應過來。
付冠月很有禮節地帶著曾姑娘回林府了。
林小寧看著曾姑娘的驕傲背影問張年：「天下有這樣的人嗎？」
張年乾笑。「小姐，太傅之女在京城有名著呢。不好女紅，從小習醫，相當聰慧，但自視清高，說話言語極刻薄，所以都十六歲了還沒人迎娶。太傅早前為這事愁得不行，說了幾門親都被她拒絕了，說對方配不上她。她聲名極複雜，拒了幾門親，有些不好的傳言，可她又的確聰慧，年紀輕輕醫術了得，還與一般女子不同，她完全沒有男女分際，聽聞她十二歲就到軍營治傷治病，立下過許多功勞。後來太傅就不指望她能嫁人了，說把她當男兒來養。」

林小寧嗤笑。「如此怪異？」

張年低聲道：「都是傳聞，到底有幾分可信也不知，但太傅之女清高刻薄是出了名的。」

「我看她那是有病，腦袋有病，是個人都受不了，真不知道太傅怎麼受得了這個女兒。」

張年小聲提醒。「小姐小聲些，太傅可是當朝一品。」

「弄了這麼個活寶到我院裡。」林小寧罵道。

冷冰冰的曾姑娘就這樣在林小寧的院裡住下了，她挑了離林小寧最近的，也帶著新茅坑的屋子。貼身的丫鬟來找付冠月拿炭爐，一開口就要四個，說怕姑娘凍著。

付冠月細心地讓燒好爐子，叫人抬進曾姑娘房間。曾姑娘冷漠又客氣說道：「少夫人，我的枕頭可換一個絲棉的嗎？還有褥子，也請給我加一床絲棉的，其他的就不用了，我明天自己去買。不過那兩個丫鬟，麻煩少夫人明天派人給我買一下，我不大喜歡看人牙子的嘴臉，晚飯就端到我屋裡來吧，我不喜人多，謝謝少夫人了。」

付冠月愣了愣，應了一聲便出了屋子。沒多久，派人送去絲棉被給曾姑娘當褥子，又臨時給做了一個絲棉枕送了過去。

林家人晚餐時，付冠月叫人把飯菜端去曾姑娘的屋裡。

林小寧火大了，衝到曾姑娘屋裡質問：「有妳這樣的人嗎，還叫沒有大小姐的做派？褥子枕頭要絲棉的，妳有沒有常識啊？絲棉雖然輕薄，但一壓就硬，用絲棉做褥子與枕頭，天下聞所未聞。吃個飯還要端到屋裡，妳還不大小姐？有臉讓我們叫妳姑娘，說自己沒有大小姐做派，笑死人了。」

曾姑娘聽了不怒不惱，淡然道：「沒聽過人家用絲棉做褥子與枕頭，現在不就聽到還見到了嗎？我說了我不喜人多，才讓人端飯菜到屋裡吃，我怎麼就大小姐做派了？我在這兒是客，我知道不可像在家裡一般隨意，我已小心處之。只是要了絲棉褥子與枕頭，讓人把飯菜端到屋裡，我怎麼就大小姐做派了？林家大小姐妳衝到客人屋裡質問，請問這是林家的待客之道嗎？」

林小寧氣得頭都暈了。「妳還知道妳是客人？妳知不知道禮儀，妳自己聽聽說話那口氣？飯菜要端就自己去廚房端，我家沒那麼多下人。妳自己有一個，不好好用著閒放這兒做什麼？還有明天要買丫鬟自己去買，做客就要客隨主便。」

曾姑娘不屑地看了林小寧一眼，輕輕淡淡道：「我還當林家大小姐是個有禮的，妳可是從四品安通大人的妹妹，卻不知道如此無教養，竟然衝到客人屋裡大聲喊叫。我倒是不知我哪點得罪妳了，說我說話的口氣太生硬，那妳的口氣又好到了哪裡？我來桃村是有公事的，一是要看顧那些傷兵們，二是與妳交流下醫術，倒是不料妳醫術說得過去，人品卻這般惡劣……」

林小寧真的快氣暈了，冷笑道：「曾姑娘，我可算受教了……」

曾姑娘道：「林家大小姐，我生性淡泊，不愛交流醫術以外事情，禮儀指教就不必了。」

林小寧氣急敗壞地回了廳裡，一聲不吭地惡狠狠地吃著飯，像有千般仇恨一樣。

林老爺子、林家棟、付奶奶關切勸著。「可不要氣壞身體，曾姑娘是言語不大讓人舒服，可到底是客人，待不了多久，總歸是要走的，妳因為她生氣，氣壞了身體可是自己的。」

第二日清早，林小寧吃過早飯後，去了傷兵處，察看傷兵的傷勢。

林小寧依然讓張年帶一幫手腳好的舊兵們拿來大量棉巾作坊的棉紗布，把傷口處全抹上作坊裡的藥粉，再重新包紮。

然後一一號脈，作坊有的藥材就用作坊的，不足的就去商鋪街坊的藥鋪裡配齊。炭爐就放在房子裡煮著藥，掛上寫著傷員名的木牌，又能看火勢，又能取暖。

傷兵們的傷勢極重，都得慢慢調養。林小寧讓張年去瓷窯處搬來幾口大缸放在一間空病房裡，只讓人打井水到三分之二處，然後關上門，把幾口水缸加上空間水注滿，只能這樣摻著用，不能太引人注目。

井。

空間水的取水，真是傷腦筋。林小寧想了半天，讓村長找人在自家的後院處挖了一口

這時，冰美人曾姑娘坐在一輛馬車上回來了，趕車的竟然是魏清凡。

車上下來三個丫鬟，一個是曾姑娘帶來的，另兩個應是曾姑娘現買的。

才下車不久，又來一輛貨車，上面是個大箱子。

林小寧笑道：「到底是一品官家小姐，氣派不比常人，屋裡兩個樟木大箱子不夠，還要再買一個。」

箱子抬進了曾姑娘的屋裡，三個丫鬟把大木箱打開，裡面是兩套華麗的床帳，還有各種紗簾。丫鬟們把床帳換成新買的，再把紗簾掛在屋裡、窗子上。

最後，房間打扮得十分女人氣。

曾姑娘自言自語道：「出門在外，已是辛苦，更不能辛苦了自己。我身體好精力好，才能看得更多的病人……」

林小寧在隔壁充耳不聞。她想明白了，曾姑娘這樣的人，與她唇槍舌戰無意義，管她怎麼折騰，反正不折騰林家的銀子與人就行。

一會兒，聽到曾姑娘淡然的聲音傳來——「多謝魏公子為我趕車買人，我一個姑娘家，獨自出門在外，寄人籬下，諸多心酸苦處，得魏公子關照，正如冬日暖爐一般，使人熨貼，真真是多謝了。」

聽到魏清凡道：「不必客氣，曾姑娘，妳出門在外，照應妳也是應當的。林小姐是奇女子，心中有大事，小事方面自然是會粗心些。妳有何事，可找林家少夫人，少夫人大方有禮，待人和氣又細心。妳以後便會知道的，林家是好人家，桃村是好地方，其實我魏家也是客家，魏家的宅子還沒完工呢。」

「奇女子？」曾姑娘淡淡的聲音又傳來。「魏公子是說林家大小姐嗎？她是奇女子？我看她也就是鄉下丫頭，頂多就是個會醫術的鄉下丫頭，因為會醫術，所以在俗世當中，還算有個清麗的身影。」

林小寧哭笑不得地出了門去了病房處。

這時，曾姑娘來了。林小寧真是覺得曾姑娘像個陰魂不散的影子，走到哪跟到哪兒。

曾姑娘傲然站在病房中，身邊立著貼身丫鬟。曾姑娘看到靜靜休息的傷兵，彷彿昨天晚上與林小寧的爭吵從未發生過一樣，淡然問道：「林家大小姐，他們都服藥了嗎？不同的傷口用藥得不同，服的藥也不同的。」

林小寧看了看曾姑娘，微笑道：「我自然知道，曾姑娘一早去縣城買人買物，極為辛苦，先休息吧。」

曾姑娘道：「多謝林家大小姐體貼，我不辛苦，我想看看作坊裡的傷藥，煩請林家大小姐帶路。」

林小寧輕笑。「曾姑娘，我沒時間帶路，我還要去瓷窯處看看茅坑東西呢，傷藥作坊妳想參觀，可找李師傅與張年，他們都熟悉的。」

曾姑娘聽了林小寧的話，毫無表情、一言不發，轉身走向傷藥坊處。

等林小寧從瓷窯處轉了一圈去到傷藥坊，張年上前來悄聲說：「林小姐，曾姑娘真如傳聞所說，說話極為怪異刻薄，把李師傅給氣著了。」

「怎麼個氣著李師傅了？」

兩人向李師傅房間走去。

張年說道：「先是曾姑娘來了作坊，讓我們帶她參觀。李師傅講著拆分製藥過程，讓舊兵們可以發揮所長製作優質藥材與成藥，曾姑娘一點表情也沒有。最後看到無手的傷兵們用腳搗藥，竟然說：『怎麼可以用腳搗藥材？這樣的藥粉用在戰場上的英雄漢子們身上……你們怎麼能這般對待在邊境為我朝浴血殺敵的將士們？』

「李師傅當下就不高興了，搗藥的兵也不高興了。李師傅顧及曾姑娘的身分，就解釋是因為舊兵的傷勢原因，把製藥環節拆分，這樣一來，可用各人所長來製作傷藥。看著他們用腳搗藥，但他們搗得極好，都是腳力極棒的好漢子……

「結果曾姑娘淡寡寡地說：『我知道，李師傅你不必再強調拆分製藥環節，這做法看起來聰明，卻是少了對藥材整體的理解與尊重。而對藥材整體的理解與尊重是弄藥之人的最基本，倘若失了基本，失了對藥材的恭敬，如何能製出好藥？』

「就這樣，等曾姑娘走後，李師傅馬上就捂著胸口說難受。林小姐，這曾小姐不說話就算了，一開口怎麼這麼教人難受啊，我都胸口難受得慌……可她說的話還很有道理，難道我們這麼做是做錯了？」

林小寧與張年走到李師傅的房中，李師傅正蹙眉捂胸。

林小寧笑了。「李師傅，我都知道了，我們沒做錯。傷殘舊兵們為前方英勇士兵們製藥，哪個不用心？這藥裡是有心法的，她曾姑娘說出天大道理也抵不過心法二字。這曾姑娘是個自以為聰明的笨蛋，拿著丁點大的道理當天了，不要理她，我們做我們的，我們製出好傷藥就是最大的說服力，她把天說破，也不能製出我們這樣好的傷藥，李師傅不必和姑娘家較真。所謂好男兒不與女鬥，氣壞了身體可是自己的，不划算。我昨天也被她氣得半死，後來想明白了，那姑娘性子如此，我們只當她說話是放屁。但只能這樣做，不可說出來，不然人家老爹可是一品太傅呢。」

李師傅與張年聽到林小寧這樣一說，都笑了起來。

晚上，曾姑娘還是在屋裡吃著飯菜。

只要曾姑娘不開口說話，林小寧就覺得一切都好，在屋裡吃飯更好，她甚至惡趣地想，曾姑娘不喜與眾人一起吃飯，保不定是因為知道大家不喜她說話，才知趣避開。

曾姑娘只要開口說話，林小寧就覺得非常搞笑，她現在一點也不生氣了，實在覺得曾姑娘搞笑得很。永遠是淡然或輕蔑的表情，說出來的話卻是果斷帶著命令的。不管人家怎麼想，想說什麼就說什麼，而且只要說話就一定是講道理，十分有特色。

當天晚上，林小寧溜到後院井邊，把空間水加進去。

早上起床跑步回來後，她對付冠月道：「嫂子，後院我昨天打的那口井，我剛才嚐了下，很甜。妳去看看，那水比前院的井水好喝多了。」

付冠月不疑有他。「好的，我一會兒看看，如果那兒的水好，以後我們家用水就用那兒的吧。」

曾姑娘一早就去了病房，等林小寧去時，看到曾姑娘又在那兒說道理。

她對著一個傷兵冷冰冰說道：「我曾對你說過什麼？說過不准喝涼水，你卻偏要喝。你對你自己的身體都這樣不放心上，你如何讓醫者對你的身體放心上？我不醫你這樣不愛護自己身體的人。從今天起，你的藥也不用喝了，你愛喝涼水就喝，絕不會有人說你半分了。」

林小寧聽著笑了出聲。

曾姑娘回頭看著林小寧淡然道：「怎麼，林家大小姐，很好笑嗎？」

林小寧很有禮貌地回道：「是的，曾姑娘，很好笑。」

曾姑娘看了看林小寧，走了。

當天半夜，王剛回府，魏家自是一番開心興奮。

第二日，王剛來到林家前廳，正要與林小寧細說京城之事，曾姑娘卻施施然走進來，細細打量王剛一番，淡然道：「歸心似箭可以理解，卻不懂安排時間。你在路上應該算計好時間，半夜回來，吵著親人，讓親人為你冬夜受累，以致一夜休息不好，此為大不孝。」說完便轉身走了。

王剛愣愣地望著曾姑娘的背影，傻了。

林小寧哈哈大笑，笑完又小聲道：「王剛，開了眼吧，這可是當朝太傅之女。曾姑娘來桃村是為公事，一為看顧傷兵，二為交流醫術。曾姑娘說話，你別放心上，不然會活活氣死。」

王剛又愣愣地看了一眼林小寧，道：「小姐，妳說話怎麼也變得這麼古怪了？」

林小寧無奈笑道：「還不是被曾姑娘帶的？不斷碰面，總是有對話的時候，這兩天下來，搞得我說話都帶出酸氣了。京城那兒怎麼樣了？」

王剛表情輕鬆下來。「寶藥胡大人收了，我說是小姐讓他獻給皇上的，小姐想讓他升官，胡大人便讓我告訴妳，妳下回要買鋪子時，不妨報他的名號試試，未必不如沈大人的好用。」

說到這兒，王剛笑了。

「這個臭老頭，不過是個三品官，還得意了呢。」林小寧也笑了。

王剛笑著繼續說：「胡大人說，至於他升不升官其實是無用的，只是一個頭銜，不過是高幾品、低幾品而已，能做什麼才是正道。胡大人還說，目前朝堂政事極為複雜，現在名朝土地四分五裂，除了夏國，還有另外三個王爺在封地自立為王，獨立為蜀國了，名朝土地目前只得之前的三分之二，想要收復，怕不是一朝一夕，所以現在邊境戰事很吃緊。這次讓林兄做從四品的官，是有官印的，官職載入官冊。又說最近讓林家吃了虧，但是胡大人讓我告訴妳，不要看眼前，一是傷兵治療與傷藥提供，二是邊境防禦，這兩件事都事關名朝政局，做好這兩件事就是大功，林家的將來不可估量。」

「為何不讓更有錢的人來做呢？林家雖然現在富有，可到底不比得京城有錢人啊。」

「胡大人說了，妳定會問這個問題。大人讓我說，一是不可能像桃村這樣有這麼多人力與資源可以利用，二是，小姐是奇女子，不給妳一點事做，太浪費了。」

「臭老頭，不占我一點便宜，他就過不去。」

王剛訕笑著。「小姐，胡大人說，如果知音丫頭說他占了便宜，便讓我說，占過便宜的，只好一直占著，沒占過的，畢竟開不了口啊！」

「臭老頭，什麼歪理，快趕上曾姑娘了。」

王剛笑出聲了。「小姐，我臨來前胡大人說了，那曾姑娘雖極尖酸古怪，卻不問政事，只管醫人，這女子敢對所有高官出言刻薄，但她刻薄處卻無關朝政敏感，只就事論事，倒也無人怪罪，其聲名褒貶不一。胡大人說，曾姑娘一心向醫，若小姐願意，可將心法教於曾姑娘。」

「臭老頭，作夢去吧。我與曾姑娘要是能好好說上一句話，就太陽打西邊出了。」

第二十一章

自曾姑娘來了後，桃村有了極有趣的變化。

曾姑娘基本上把桃村的人都刻薄了一遍，除了因為禮節，三個老頭與魏老爺得以倖免。

先是說小鄭師傅有了銀子便想享齊人之福也不為過，可男人自己不能處理好後院之紛爭，把這些雜事醜事交於妻室處理，便是對妻室極大的不恭敬。妻子相夫教子，夫便要讓妻生活無憂，安心教子，才是夫之責任，自己的責任本分沒做好，卻要求他人？名朝律法已申明，夫若納妾，必要正室點頭，如今這律法形同虛設，讓天下女子活得如此苦楚，真為男兒汗顏。

說孫氏，一個正室不像正室，只會助長妾室氣焰，夫對妻不恭敬，妻更不能對自己不恭敬，把自己的正室做好、做正、做威風了，夫才能對妻恭敬，否則哪敢不經妻子點頭就納妾。

說林家棟，一個還算聰明的男子，娶了一個生得不錯的妻室，二人夫妻之道可讚嘆。然，男兒應該當家作主，卻由得妹妹越俎代庖，從四品，說大不大，說小也不小，竟不能裡外兼顧，到底是年輕男子，根基不牢，城府不深。

說付冠月，少夫人就是少夫人，卻由得兩個小姑子成日裡嬉笑打鬧，哪有半點四品官夫人的樣子？

說李師傅是弄藥之人，帶徒弟是為了傳承，但如今看不到傳承，只看到了一群成日忙裡忙外的莽夫，對藥材的理解沒有半分，卻敢製藥，儘管這些人曾是在前方浴血殺敵的好男兒，如今在桃村這樣的安逸之地，卻成了林家經營藥坊的棋子，真是令人扼腕。

說張嬸，好女不侍二夫是針對什麼？針對的是好男兒，夫是賴漢，多年不歸，不養家養兒，大名律法寫得清清楚楚，男兒不養家、養妻，養兒五年者，妻可提出和離；她守著賴漢之子，過得孤單生活，是自找苦吃，為何說是自找？她這樣情況，本應去衙門提出和離，她不提和離，必是還惦記那賴漢，真是令親者痛、仇者快！

重點說到林小寧乃林家大小姐，野蠻成性，不講禮儀，本是懂醫術的女子，不懸壺濟世，好好的一身醫術不用在正道，竟然用一幫不解藥理之人來做成藥坊，提供傷藥卻又要地千頃，報效朝廷治傷救人的光耀之事，卻生生抹上了銅臭味。茅坑東西是奇，奇物卻成了林家、鄭家斂財之手段，而不思把技藝廣教他人。堂堂大名朝，奇人眾多，卻不得一個能真心報效國家、心中無垢的乾淨之人！林家大小姐是醫者，銅臭也就罷了，不思醫道，偏偏要做地主婆。地主婆是什麼人，是那種長得五大三粗，貌不出眾又蠢笨之人，不得已才置上一些田地做嫁妝，不用動心思就可守得年年歲歲那點收成，以便嫁得一個男人的女子。林家大小姐可是五大三粗？可是貌不出眾？可是蠢笨？都不是，卻非要這麼個可笑身分！家裡家外忙活著，看似大忙人，卻是行多不養家，若是專心醫術或有成就，有此天賦，不為天下女子爭光，卻成日與茅坑田地和女子物品打交道，成日裡只想著銀錢，想著關起門過小日子，俗氣得要命！這不算，還成日裡伺弄那兩隻狐狸、兩頭懶狼，那是狼嗎？那是狗，狗都比他們討喜，林家大小姐這算什麼，玩物喪志！

林小寧早就不生曾姑娘的氣了。

桃村村民也早就不生曾姑娘的氣了。

曾姑娘是一視同仁，哪個也不放過，哪個沒被刻薄過？有什麼氣好生，人家生性如此，可不是針對誰。哪家不平事，曾姑娘的八卦嘴都要刻薄幾句，桃村村民們的八卦事都躲不過曾姑娘那張嘴。

林小寧總結了一下，曾姑娘之所以這樣刻薄八卦還不至於聲名狼藉，那是因為曾姑娘刻薄人是講道理的，是隨著她高貴的心的，是見義勇為的。

真的是見義勇為，張嬸聽到曾姑娘對她的一通刻薄後，不僅不生氣，還笑逐顏開，偷偷找到林小寧道：「小寧啊，那曾姑娘說的可是真的？大名律法真有這條？大牛、二牛的爹離家在今年秋收時已滿五年了，我這種情況，真可以去衙門提出和離？」

林小寧覺得曾姑娘對張嬸的刻薄言語很有些指點的意思，便帶著張嬸找到曾姑娘。對於大名律法，太傅之女必然是比里正與村長懂得多。

曾姑娘淡淡地看著張嬸與林小寧。「我說有自然是有，難不成妳們以為我會騙人？除了服兵役者，若五年不歸，不捎銀錢，沒有音信，有兩個方法，一是去官媒處辦和離，留檔在官媒處，女方便是自由身。二就是再等五年，男方十年不歸，無音信，不養家，女方可到縣衙門處消其戶籍，女方成寡婦，也可再婚再嫁。」

林小寧當下虛心問道：「曾姑娘，女方這種情況去官媒和離後，男方又找來，律法上可有說法？」

曾姑娘嗤笑。「笑話，已和離了，官媒處有檔，這天下的事不可越過律法，和離後就是路人，他憑何找來？」

「來找兒子啊，他有一雙兒子在這兒呢。」張嬸急道。

曾姑娘道：「那賴漢五年不養家，如何會來要兒子？要去也養不起。」

「可若是沒死呢，偏又找上門來了呢？那不是得把一雙好兒子交給那賴漢，如何捨得？」張嬸又問。

曾姑娘淡然道：「不捨得交，就和離後馬上帶子嫁人吧。」

「律法上有這一條嗎？婦人和離後帶子嫁人，便可不交人？」

「是，妳帶子嫁人，兒隨新夫姓，便可不交人。」

「這麼說來，和離後，如果那賴漢找來，非要兒子，那就得交出大牛、二牛。除非張嬸再嫁人，兒子隨新夫姓氏，就可以不交人？否則就等十年消戶，張嬸成寡婦，也可不交人，是嗎？」林小寧再一次確認。

「是的，但依我之見，那賴漢不是死了就是另有新歡，如何會記得一雙兒子？」

「但若是沒死呢，又偏偏找來了呢？」張嬸固執地重複著。

曾姑娘冷冰冰地看了張嬸一眼道：「死了就是死了，這種人不養妻兒，活著不如死了，活著也當他死了。」

第二日，張嬸就讓村長帶著她去了清水縣官媒衙門。

走的時候，村長非要張嬸帶上一些臘肉，張嬸問：「帶臘肉做什麼？」

村長道：「妳聽我的沒錯，官衙辦事，有禮辦得快。」

官媒衙門忙得很，排了好久的隊才輪到了張嬸。張嬸扭捏了半天，說不出來。最後，村長把張嬸的情況說明了一番，得到的回覆是：確有此律法。村長又詢問了辦理這種和離的相關手續，回答只要有公公婆婆作證，經官媒查證後屬實便可辦理和離。

張嬸這樣沒有公婆之戶，則要村民、村長、里正等人為證，經查證屬實後可辦理。

張嬸便在官媒處登記了，村長順勢把油紙包的大包臘肉送給官媒大人。「這張嬸啊，是桃村出名的賢慧能幹之人，卻嫁得這般賴漢，苦命啊苦命啊，這包臘肉是張嬸所醃製，只是個心意而已。」

官媒大人打開油紙包，看到裡面漂亮的臘肉，高興道：「這個禮真是有新意，我收了，你們桃村是有名的大村，張嬸的事，官媒衙門必會秉公辦理。」

出了官媒處，村長又帶著張嬸到縣衙，村長道：「再去看望一下蘇大人，如果蘇大人能發話，妳的事就辦起來更快了。」

然而蘇大人卻回京城復職去了，過些時日才能回。不過張嬸的心情很好，把打算送給蘇大人的另一包臘肉轉送給公差。公差收了臘肉連聲道謝，說蘇大人回後，一定轉告蘇大人，桃村村長與張嬸來看過他。

這天夜裡，桃村就下了雪，第二日，桃村被白雪覆蓋，一片銀白雪亮。

眾孩童停了課，在雪裡玩耍。兩頭懶銀狼也難得地起了床，懶洋洋地背著望仔與火兒，慢悠悠地在雪地裡逛著，遠遠望去，不見銀狼與望仔的身影，而火兒，像一簇跳動的火焰一般，在白皚皚的雪地間分外起眼。

魏家的宅子也不得不停工，等雪化後才能再開工。磚窯與瓷窯也停工了，家家戶戶都窩在家裡燒著炭爐，吃著熱鍋。

林小寧自張嬸和離之事被曾姑娘指點後，對曾姑娘的看法好了一些，去請曾姑娘一起來吃熱鍋，得到的回覆卻是魏家請曾姑娘吃熱鍋去了。

林小寧回席對付冠月道：「說是魏家請曾姑娘去吃熱鍋、喝清泉酒了，可我們家這麼多清泉酒，也不見曾姑娘喝過一口。」

付冠月笑了。「曾姑娘愛喝誰家的酒都行，但曾姑娘在魏家應該會開心些，村裡人只有清凡沒被說。」

林家棟也笑說：「這陣子清凡一直在磚窯裡忙活著，倒是看到曾姑娘來找過清凡幾回。曾姑娘說，偌大的桃村，只得一人瞧得順眼。」

林小寧不可思議地嘆道：「我的天啊，總算有一個人能讓曾姑娘瞧得順眼了。」

林家棟笑道：「畢竟清凡在曾姑娘來的第二天幫她趕車買丫鬟，曾姑娘是個懂禮的，只是說話有些讓人不舒服。」

小寶與小香一邊吃一邊道：「那回曾姊姊把盧先生與衛先生都氣得發抖，不過後來盧先生與衛先生沒事了，說天下男兒，人各有志，萬事有萬理，不可過於執著。」

林小寧笑道：「盧衛兩位先生確是有才，雖有讀書人的酸腐之氣，但還是能看得通透的。」

這一場雪，十天後才化，滿山遍野的一片泥濘。蘇大人這時來了桃村，又帶了一車乾貨與特產。付冠月熱情地喚人來卸貨，道：「蘇大人太客氣了，每回來時必要送一車物品，這樣下去，林家都不知道如何回禮了。」

蘇大人笑笑。「這是蘇家的心意，少夫人收了就是，想回禮做什麼？」

林小寧與林老爺子正在鄭家看望孫氏。

孫氏胎象平穩，身體良好。

林小寧看到孫氏孕後的滿足喜悅表情，也被感染了，喜慶吉祥話不要錢似的往外說，孫氏高興得不行。

鄭家自從孫氏有了身孕後，歡笑聲一直沒斷過。

狗兒則是去了林家與小香、小寶還有大牛、二牛一起做功課，小香在他們面前是相當有地位的，一邊監督一邊也可以鞏固自己的學識地位，一舉兩得。

鄭老看著孫氏的紅潤面色，又看看孫氏還沒顯懷的肚子，樂得合不攏嘴。鄭老曾對林老爺子說，他夢到過孫氏肚子裡是個小孫子，是十八年前被他不小心踢掉的那個小孫子再投胎了。

鄭老與孫氏因為這個肚子裡的小生命，關係從恭敬客氣到日益親近，與孫氏爹娘也常談笑、扯家常，鄭老的臉也越來越柔和。

鄭老笑哈哈地一邊拉著林老爺子出去，一邊叨叨。「這個方老頭，配一點泥巴費這麼大勁。走走走，去拉他來打牌。」

林小寧給孫氏開了一副滋養的方子，便去了病房處。

此時，蘇大人正在病房處。林小寧進門就看到蘇大人一身淡青色錦服，雪後的泥濘也沒讓他衣上沾著半點污物。

蘇大人見到林小寧，輕輕笑問：「林小姐，這趟去蘇州可好？」

林小寧說：「很好，不錯，謝謝蘇大人關心。」

「不是讓妳去蘇府落腳嗎，妳偏又去了客棧。」

「你怎麼知道？」

「家裡來人送過冬天的東西，告訴我了，還說妳生病了，幸而走時病好了。」

「我身體好得很，只是著涼了，早就沒事了。其實我這趟去真不想打擾貴府的，客棧條件雖然差些，但規矩少。」

「林小姐素來不喜規矩，又敢說敢做，令人佩服。」

「蘇大人，你來桃村見過曾姑娘了嗎？那才是敢說的人。我，不行。」林小寧笑道。

「不一樣的。」蘇大人仍是輕輕笑著。

「那便是見過了。領教過了曾姑娘沒？」

「領教過了。」蘇大人有些忍俊不禁。

「曾姑娘真真是個寶，是名朝的律法大全啊。」

「林小姐何時對律法有興趣了？也可問我的。」

「我對律法可沒興趣，我只對賺錢種地有興趣，只是張嬸的情況，好像說據律法可以提和離。」

「原是因為這事，怪不得我回衙門時，說村長與張嬸來看過我。」

「張嬸在官媒處已登記了，這事如果可能，就煩蘇大人催一下吧。」

「沒問題。林小姐，我祖母對妳相當歡喜。」

林小寧笑了。「蘇大人，你祖母可是氣度不凡，是什麼身分？」

身後卻傳來曾姑娘淡淡的聲音。「蘇府老夫人，是當今鎮國將軍的姊姊。」

怪不得！蘇老夫人那身氣度，原是鎮國將軍的姊姊。

曾姑娘上前來，對蘇大人行了禮，又淡然道：「林家大小姐可有時間，去邊上的空屋？

我有事請教。」

林小寧吃驚地看著曾姑娘。「曾姑娘，妳請教我？」

曾姑娘淡然道：「是的，林家大小姐，有關傷藥之事想請教妳。」

林小寧笑了。「好吧曾姑娘，那就回府說吧。蘇大人一起回府，吃過飯再走。」

曾姑娘抬眼看看蘇大人，轉身隨著林小寧的腳步，口中卻問著蘇大人。「蘇大人，你與林家有交情？」

「是的，曾姑娘，林家一罈參酒治好了我父親的老病根。」

「看來林家大小姐的醫術，不僅僅是對外傷有效果了。」

蘇大人道：「是林家慷慨，那定是千年寶參，不過林小姐的醫術確實好，人品又好，性格也好。」

曾姑娘道：「喔，那林家倒真是慷慨。不過我瞧林家大小姐，醫術或許不錯，人品暫不提，性格嘛——」

林小寧一路走著，不回頭也不插嘴。她早就掌握了與曾姑娘打交道的精髓，就是當作沒聽見，充耳不聞。

蘇大人打斷道：「曾姑娘在桃村的時日短，沒能看得全面。」

「蘇大人待了很長時日嗎？」

「曾姑娘，我來清水縣任職有一陣子了。」

「蘇大人常來桃村嗎？」

「是的，受家父所託，常來林府送些家父的心意。」

曾姑娘淡淡笑了。「蘇大人來桃村都是著便服的嗎？」

「是的曾姑娘，不為公事，自然不著官服。」蘇大人道。

曾姑娘淡笑，便不再做聲。

等回到林府正廳，付冠月道：「蘇大人今日一定要在府上吃過飯再走啊，我都安排廚房了。」

「那便辛苦少夫人了。」蘇大人道。

「蘇大人實在客氣……」

曾姑娘不等付冠月與蘇大人相互客氣完，坐下便道：「林家大小姐，妳的傷藥的確是奇，用的是什麼配方？今天我看到幾個傷好的，連疤痕都很淡，且所有的傷兵無一傷口潰爛跡象，雖是說天冷不易感染，但他們傷重至此，怎麼會無一潰爛？是否有奇招妙招，可否指教於我？」

付冠月顯然也是深得與曾姑娘的相處之道，不尷尬也不生氣地笑笑，叫人泡茶，然後退了。

蘇大人聞言也奇。「我雖不懂醫術，但外傷者，傷口潰爛是常事，一旦潰爛，就會發熱，非常麻煩。怎麼林小姐的醫術竟然高到如此，外傷者竟不潰爛也不發熱？」

林小寧輕輕一笑。「我的傷藥是有心法的，曾姑娘可知瞧病處方還有心法一說？」

「聽到太醫院的太醫們說過，說是胡大人所言，但源頭則是妳。今日我虛心向大小姐請教心法，但請大小姐不要吝嗇。」曾姑娘這時的表情竟然有著求知的迫切。

林小寧有些為難。傷口不發炎是空間水熬藥、煮棉紗的功勞。當初心法一說，真是瞎矇的，以前曾聽過老師說過心法，卻是無語無章，並不像武林秘笈那樣有個心法秘訣可以傳授。老師是修佛之人，不過就是隨口一說，她覺得極有神秘感，極有力量，便記下了。

曾姑娘說完，便盯著林小寧，好像她只要一張嘴，就能說出一些心法咒語出來，生怕錯過。

林小寧絞盡腦汁地想著怎麼自圓其說，口中無意識道：「心法，本就沒有心法……」看到曾姑娘臉色一變，又馬上接著道：「可說從來就沒有心法，也可說心法無處不在。」

曾姑娘聽到此話，坐正了些，腰挺得直直的，身子略往前傾。

林小寧喝了口茶，緩了緩才開口：「曾姑娘，我說話簡單實在，不像妳文采斐然，一會兒我說話，妳可否不生氣頂嘴，這樣我便說下去。」

曾姑娘道：「但請林家大小姐說來，我必用心傾聽。」

「曾姑娘曾說我的傷藥坊，製藥者不懂藥理，少了對藥材整體的理解與尊重，製不出好藥，對吧？」

「我是這樣說過，莫不是林家大小姐因此而記仇？」

「不，曾姑娘此言有理。但，曾姑娘又可聽說一個故事，說是一僧人得知大師要來講法，把寺院打掃得乾淨，完後卻想：既然我內心恭敬，又何必拘泥於形式？便撒一把香灰把地面弄髒，接著又想：如果我內心恭敬，又為何不讓我的環境也恭敬？又將香灰掃淨。這樣又弄髒又掃淨，如此反覆。曾姑娘妳猜，最後，地面是髒還是乾淨？」

曾姑娘與蘇大人都愣住了。

曾姑娘想了許久，才道：「到底應該是髒還是乾淨呢？」

林小寧笑了。「曾姑娘聰明，為何不把心裡想的答案說出來？」

曾姑娘起身對林小寧福了福，道：「林家大小姐果然了得，請再指教。」

林小寧道：「曾姑娘對藥材藥理，其態度令人折服，對醫術的態度也令人折服，但萬事萬物，都要因陋就簡或化繁為簡。沙場的戰士們有水喝便不錯，哪管是不是涼水，甚至連雨水都要喝；餓了，樹葉草根都要啃。這種行為，是極不愛護身體的，但他們是不愛護身體嗎？卻不是，是為了活著。活著就能多殺敵立功，就可回家見到為自己牽腸掛肚的親人。」

曾姑娘低頭不語。

林小寧又道：「那天，那個傷兵喝涼水，曾姑娘罵得對，因為現在的環境是有條件允他喝熱水、乾淨水的，他卻因為習慣又喝涼水，這就是放縱自己的喜好，便是不對。可如果他現在是健康人，在戰場上喝涼水，曾姑娘定不會罵，還會說此人為國效力，鞠躬盡瘁。」

林小寧說到此，暗暗鄙視自己，如此錙銖必較。繼續說道：「曾姑娘冰雪聰明，當了解道理是有許多角度的。所以我還要說沒有心法，或者說心法無處不在。同一個人做同一件事情，放在不同環境裡，有不同的解釋。再來說說那地面是髒是淨，那僧人應該是重形式呢？還是重內心？」

曾姑娘仍是不語。

「曾姑娘，這時，地面是髒是淨還重要嗎？那僧人最後的心境與最初的心境是否還一樣？」

曾姑娘眼睛突然就紅了，道：「心法便在此！」

蘇大人也激動起來。「心法！」

林小寧暗中苦笑。這古代人的思維真是不一樣，這一通瞎說，他們兩個竟然真能找到心法。

曾姑娘道：「林大小姐說心法根本沒有，又說心法無處不在，真真是有道理，我今日才明瞭，境就是心法。」

「醫藥的心法從來只能意會，曾姑娘聰慧無比，早已領悟，卻虛心求證，令人欽佩。剛才曾姑娘道，心法是境，然，悟境要看因緣，如曾姑娘在此求證心法，便是因緣。其實心法早就在曾姑娘心中，曾姑娘是自己悟出來的，我剛才心法之說，可有提到半點心法？」

林小寧此時心中得意萬般。曾姑娘若知道她是一通瞎說，估計能活活氣死。

曾姑娘臉色一變，呆立不動，回過神後，又道：「我此番來桃村，便是因緣。與妳林家大小姐也算因緣一場，但傷口不潰爛除了心法定還有實招，再請指教實招。」

「曾姑娘果然聰慧過人。」林小寧感受到曾姑娘的灼灼目光，笑道：「曾姑娘可知道傷口會潰爛的原因？還有，為何炎熱天氣更容易潰爛，冬天則要好很多？」

「傷口潰爛一向這樣，如炎熱天氣，飯菜易壞，冬天卻能存放多日，一直不知原因。」

「原因就是不乾淨。」

「不乾淨？」

「是的，天地萬物間，存有許多不乾不淨之物。如曾姑娘說，堂堂大名朝，竟不得一個心中無垢的乾淨之人，但曾姑娘所說乾淨是無形的，我說的乾淨是有形的。」

林小寧上了癮，誓要把曾姑娘繞暈。

「請林家大小姐繼續。」

林小寧道：「比如說水，為何涼水喝了會鬧肚子，燒沸了再喝就不鬧肚子了？」

「生水髒啊。」

「對了，曾姑娘，可生水看起來髒不髒？」

「看起來不髒，但就是髒的。」

「沒錯，曾姑娘，因為水裡有許多我們看不見的不淨之物，而燒沸的水則把這些不淨之物都燙死了，所以喝開水便不鬧肚子。一理通便萬理通，同樣，為何傷兵們的傷口不潰爛，是因為我用的包紮的棉紗是用開水煮過的，不淨之物都煮死了，自然潰爛的概率就少很多。」

「再請接著說。」

「為何天氣炎熱飯菜易壞，冬日卻能存放多時，也是這些不淨之物之故。不僅是水，天地萬物間有許多我們看不見的粉塵，同是不淨之物，如同我們衣物掛得久了，卻有塵味一樣。看不到，不表示沒有，這些不淨之物最是喜溫暖與潮濕，所以明明是洗淨的衣物，如果放在櫃裡久了也會發霉，就是這些看不見的不淨之物的原因。天氣炎熱是不淨之物最喜歡的環境，就會像野草一樣不斷生長，它們附在飯菜上，讓飯菜壞掉；而冬日因為寒冷，這些不淨之物就會凍死，所以飯菜不易壞掉。同理，外傷也一樣。所以，外傷傷口要降低潰爛機率，就是用涼了的全陽水來沖洗傷口，把死肉、腐肉割掉，上了藥後再用煮過曬乾的紗布包紮好。還有，也可用濃度高的白酒來擦洗傷口周邊，因為白酒可殺不淨之物。」

「為何白酒可殺不淨之物？」

林小寧不能說酒精裡有乙醇可滲入細菌內部，凝固細菌的蛋白質，說了他們也理解不了，便道：「天地萬物，相輔相承，相生相剋，那些不淨之物最是怕酒，但得是白酒才行，濃度不高則不足以殺死它們。」

「林家大小姐，妳從何得知這些？真是奇論、奇術。」

「從水中得知。誰都知道生水髒，煮過卻能喝了。後發現衣物發霉，我便想，我們看不到的髒物太多了，然後我試著用煮的方法做棉巾，效果很好。」

「那妳如何知道白酒能剋不淨之物？」

「我是因為好奇。酒越陳越香，放不壞，而世間除了製好的藥材妥善保管才能放十年八載，而其他入腹之物，總歸是一放就壞。所以我便拿酒來擦外傷周邊，結果證明了我所想。」

「林家大小姐，妳怎能想到這些？」

「曾姑娘，妳想不到，不表示他人想不到，我這不是想到了嗎？」

曾姑娘怔怔地看著林小寧，道：「林家大小姐，受教了。」

當曾姑娘的身影從正廳門口消失後，蘇大人笑了。

「笑什麼？」林小寧問。

「今日我也領教了，林家大小姐。」蘇大人畢恭畢敬地笑道。

「蘇大人，你可別學曾姑娘，陰陽怪氣地說話。」

蘇大人笑著。「林小姐，妳這趟去蘇府，還送了一支五百年分的參，實在是慷慨有心。林小姐從哪得來這樣的寶參？」

「不要說我慷慨，你祖母可是送我了一對上好的鐲子。再說，那參就是我家舊宅後面的青山上採的，沒花銀子，不過，現在那座青山可是我的了，是我林家的產業。」林小寧笑道。

蘇大人又笑。「怪不得當初妳不要銀子，只要青山頭一座，林小姐實在是心思縝密，運籌帷幄。」

「怕是蘇大人想說我會算計，一身銅臭吧？」

「豈會，林小姐胸中滿懷抱負，所做之事哪件不值得稱讚，就連男子也不如。」

「蘇大人見笑了，我可沒有想過你說的那些大道理，我是真喜歡銀子。我林家是獵戶出身，爹爹死在黑熊嘴下，娘也跟著去了，那會兒家裡沒落，連一件好的棉被都沒有，成日裡喝麵糊，還有糙米稀粥，吃個自家種的菜也不捨得放油，水煮一下便是，這種日子，蘇大人沒過過吧？」

蘇大人輕聲道：「沒過過，但聽林小姐這樣一說，便能深切感受。」

「我林家翻身是因為爺爺賣了祖傳的寶玉，置了五百畝荒地，那胡老頭賣了地給我們，還愣是把流民讓我們林家安置。後來又採到一株參，賣了銀兩，又置了地，胡老頭賞我兩處荒山群，讓我林家安置更多的流民。林家便開了瓷窯、磚窯，還有作坊也上了軌道，自此，我們才算緩了一口氣，有了自己的產業和進項，禁得起眾多支出，才有了林家的現在氣象。」

「林小姐，林家有如今，林小姐的智慧功不可沒。」

「蘇大人，我可不是智慧之人，我其實極蠢笨。」

「林小姐不可這樣妄自菲薄。」

林小寧看著蘇大人的臉，想到蘇府的表小姐，笑笑不語。

晚飯時，蘇大人又被林老爺子與林家棟灌得暈乎乎地，口中直道：「清泉酒，天下奇酒。」

林小寧沒喝幾盅酒，吃過飯便回到房間。

進門把兩頭吃飽跟在身後的銀狼丟到空間，再抱著望仔與火兒閃進了空間，泡了一個澡後，看到望仔與火兒在那吃靈芝吃得不亦樂乎。

林小寧拿起鐵鍬做起了藥農，一邊賣力勞動著，一邊問望仔：「寶藥現在長得太慢了，是怎麼回事？」

望仔吱吱叫著。

「原是泉水把靈氣吸走了，寶藥就長得慢了，可以前不是這樣的？」

望仔吱叫著。

「泉水用得多了，靈氣就自然少了。望仔，你怎麼知道這些的？」

望仔很得意地咧嘴叫著。

「那，望仔，你知道我的將來嗎？」

望仔低下頭，搖了搖。

「我還當你什麼都知道呢，原來你也有不知道的。」

望仔一通亂叫。

林小寧呆住了。「我的星還沒起?什麼星?」
望仔很憂鬱地叫了叫。
林小寧才鬆馳下來。「喔，我有一顆天命之星，此星沒起，等到有機緣才能升起。這個世界真是神奇。」
望仔咧嘴點頭，一通吱叫個不停。
林小寧聽完了才笑。「原來我家望仔雖然看不到我的將來，卻是知道我的過去，知道我不是這個世界的人，並且你還認我為主人，所以天下只有我能聽懂你說的話，只要我不死，你就不能再認第二個主人。」
望仔很是鄭重地點頭。
「臭望仔，我這才多大，你就說我死了。」
望仔叫著，很得意地跳了起來。
「我的天命之星升起後，可亮一百年，只要天命之星亮著，我就不會死?」林小寧笑道。「那我豈不是可以再活一百年?怪不得說原主貴命呢，原是有天命之星。」
望仔點頭，又叫著、跳著。
「望仔的意思是說，以前的林小寧得度了十二年的生死劫，才會有天命之星；而我過來了，占了她的身體，替她度了十二年的生死劫，所以貴命是我的命格?那我這個空間呢，是我的還是她的?我以前手腕上也有一個一模一樣的胎記。」

望仔又叫著。

「這就是天命之星的一部分?!所以我度過了生死劫後，就有了這個？」

望仔點頭。

「望仔，如果天命之星一直不升起呢？」林小寧坐在地裡，把望仔放在腿上，聽著牠吱吱叫著，火兒則在一邊傻乎乎地吃靈芝。

「天命之星一定會升起，只是機緣未到。那就好，我還想活一百年呢，這日子多愜意。」

望仔咧嘴點頭。

林小寧嘆道：「倒是可憐了以前的林小寧，小小年紀就死了。望仔啊，那天命之星要什麼樣的機緣才能升起呢？」

望仔很苦惱地思考了一番，叫了兩聲。

「喔，你也不知道？」林小寧又嘆氣。「原來我家望仔也不是什麼都知道的。那你除了會識路會採藥，你還會什麼？」

望仔原地打轉，咧嘴叫著。

「喔，我的望仔除了會識路、會採藥、識靈氣，還會觀天象、知晴雨，卻看不到我的將來，也看不到所有人的將來，因為那是天機，是不可道破的。但我的天命之星升起後，你可透過天相來可得知蛛絲馬跡，但也只能是知富貴與落魄，無法知其過程。」林小寧笑著。

「我只希望我將來不會不得好死，就滿足了，到底占了人家的身活著，心裡老是慌慌的，不踏實。」

望仔憤怒地叫著。林小寧呵呵一笑。

現代書籍中說古代人能透過星象，觀世情、觀人生，竟然真有其事！她忍不住抱起望仔親了一口。「我的好望仔，等我天命之星升起後，你就幫我看看我是不是富貴。不過你不看也都這樣了，就我林家現在的產業，要落魄，估計難。」

望仔認同地點頭。這時，火兒也過來不斷地點頭，把林小寧逗樂了。

第二十二章

曾姑娘自從請教過心法之後，成日便是在林府與病房之間來回，林小寧的耳邊也清靜許多。

蘇大人回去第三天，就有官媒人員前來查證張嬸的當家人五年不歸之事，說不多久，就能把和離書辦下來，屆時叫人送來。

然而世間的事卻是這樣的奇，越是求什麼便越是求不來。

就在張嬸滿懷著新的心情，等待著自由後的新生活時，桃村裡來了一個男人，一個衣衫襤褸的男人。

男人像乞丐一般，又臭又髒，徑直走進了張嬸的家裡。

張嬸的屋子修葺過了，雖還是土坯，但屋頂的茅草換成了青瓦，正屋的地板也鋪了瓷片，家裡的家具擺設全都換成了新的。因為作坊的事務繁忙，院裡只養了幾隻雞，廚房小火燉了一鍋肉湯，男人盛了一大碗湯就趁熱喝下，喝完後就進了正屋，倒頭就睡下了。

學堂早就放了假，停了課，兩個先生也回了老家，這樣的下午，正是孩童們玩耍的時候。

大牛、二牛與小寶玩耍完回家，赫然看到廚房有人動過的跡象，又看到正屋裡地上一堆破衣爛衫的。床上，一個男子正鼾聲如雷，撒腿就朝院外跑去，大叫著——「有賊人，賊人入屋了！」

不一會兒，喊聲就招來了好幾個村民，拿起家裡的農具，隨著大牛、二牛進了院門，而同時也有村婦去了作坊給張嬸報信。

眾村民們隨著大牛、二牛進了屋，看到床上的賊人還在睡著，大家圍在床邊舉起手中的農具呵道：「哪來的賊人，膽敢在我們桃村的地盤上行竊！」

而床上的賊人還在呼呼打著鼾。

村民們奇怪道：「這賊人膽大，還是個傻的？」

一個漢子笑著用鐵鍬拍著又髒又臭的賊人的臉道：「賊人，醒來！賊人，快快醒來！」

床上的賊人迷糊中睜了眼，起了身，看到床邊圍著一群漢子，道：「你們是誰？闖進我家？」

這天，是全村人唏噓的一天，是大牛、二牛作夢也想不到的一天。

賊人就是張嬸的男人，是大牛、二牛的親爹，是桃村的村民于錢；是多年前，賣了家中的地的于錢，是說出門學手藝的于錢，是丟下張嬸孤兒寡母三人，五年不歸家，不聞不問，不捎一文錢回來的于錢！

第二天，狗兒、小寶對林小寧道：「大牛、二牛的爹太壞了，打了大牛、二牛，我們要去找大牛、二牛玩，他還不讓大牛、二牛出門，說要讓大牛、二牛知道爹是什麼。」

付冠月道：「這個張嬸的男人啊，妳說他當爹的，怎麼打得下手？」

林小寧聽到于錢打大牛、二牛，心裡很不爽。

大牛、二牛與小寶一起玩耍長大，後來又有了狗兒，幾人一起讀書識字，方師傅家的兩個孫子還小，還沒到上學堂的時候，他們有時會帶方師傅的孫子們一起玩耍，幾個孩子像一家人一般，關係好得很，哪會捨得大牛、二牛被人打。

狗兒很期盼地看著林小寧，好像只要她一聲令下，幾個人就敢衝到張嬸家去救大牛與二牛。

付冠月嘆了一口氣。「這個于錢，早不來晚不來，偏偏和離就要辦下來時回了，這不是老天要故意為難張嬸一家人嗎？張嬸與大牛、二牛可憐啊。」

林小寧道：「嫂子，走，我們去看看。」

林小寧與付冠月先去了作坊。張嬸眼睛腫得像個核桃，哽咽著說：「他就是個無賴！我問他出去五年說學手藝，學到什麼了？他說手藝沒學到，被人騙了去做苦力，這是偷逃出來的。他現在知道我在作坊上工，家裡條件好了，非逼著讓我安排他在窯廠做一個領事。我不肯，他就打人。大牛、二牛不讓他打我，他就打了大牛、二牛，還讓他們叫爹。大牛、二牛不肯叫，他又給了大牛、二牛一耳光……他哪裡像個男人，他就是個無賴！我向他提了和離之事，他就罵我不守婦道，說我背著他偷漢子。我說我只是想一個人帶著兒子過清靜日子，還說家裡一切東西歸他，地也歸他，只求他把大牛、二牛給我。他說如果我再加十兩銀子就答應，我就給了他十兩銀子，結果他就把我藏著的銀子全搶走了，還有妳送我的那對金鐲子，他也搶走了……」

張嬸說到這兒，哭了起來，斷斷續續又道：「他搶走了鐲子與銀子，然後說不和離了，要與我一起過日子。他這樣搶銀子、打兒子，我如何能信他？我真的不想與他過了。我不是嫌貧愛富，是真不想與他過了，我不是不守婦道，我原是打算和離後，帶著大牛、二牛好好過，我也不會嫁人……」

林小寧道：「張嬸，妳這幾天不要上工了，先放假吧。妳不在家，大牛、二牛可不是任他打罵嗎？多可憐，先把家裡的事處理好了再說。我與嫂子現在就去找那個于錢去。這個無賴，我倒要問問，他憑什麼打人？憑什麼搶張嬸妳賺的銀子？他一個男人五年不養家，不知道羞愧，還好意思搶銀子！」

張嬸無助地哭道：「作坊的婦人說讓他們家的漢子找他講理去，我攔住了。和離書沒下，他還是我男人，況且他這樣的無賴，怎麼講理啊！這事可怎麼好？我真不知道我為何這麼命苦。」

林小寧氣道：「不怕，張嬸，就是妳男人也不能這樣對妳與大牛、二牛……」

話還沒說完，卻見曾姑娘來了。曾姑娘一身華服，是很愛打扮、很講究的，平日裡去病房也是華服，極為耀眼。

曾姑娘輕輕淡淡道：「我雖生性淡泊，不喜多管閒事，但這般不平之事，我卻要去領教下。大名朝天下竟然有這樣的無賴男子，可教大名朝男兒顏面何存？我且去領教這無賴能無賴到什麼地步，我大名朝的男兒當中，有一個什麼樣的渣滓！」

說完，就傲然轉身，隨身的丫鬟對張嬸道：「嬸子，請帶路。」

張嬸忙著走前帶路，臉上有些難耐的欣喜。

林小寧、付冠月笑了。

付冠月的笑與張嬸一樣，是欣喜。林小寧的笑更多是因為曾姑娘那句「我雖然生性淡泊，不喜多管閒事，但這般不平之事，我卻要去領教下」。

林小寧暗笑。*我的曾姑娘，天下就數妳愛多管閒事了啊，妳的閒事管得好哇！*

幾個女人魚貫進入張嬸院門。

正應了那句，女人的問題女人辦。這樣的事情，不到必要時，男人是不好摻和的。

才進院門，就聽到于錢在叫囂著。「這個臭婆娘，一早還忙著去上工，都不知道伺候她家男人！這臭婆娘，在家日子過得這麼好、這麼美氣。我在外面五年，那過得是什麼日子，這婆娘還想自己把這美日子悄著過下去，想背著我和離，想得美！我偏不和離，你們兩個今天得叫我爹，不然你們就看不到你們娘了。」

曾姑娘聽到此，示意一下，隨身的丫鬟應了一聲，隨後一腳把門踢開，便退到一邊，恭敬地迎著她進門。

林小寧看到這等陣勢，暗讚：*曾姑娘威武！*

于錢坐在正廳屋裡罵著大牛、二牛，大牛、二牛縮著挨在一起，不敢作聲，看到娘親進來，叫了一聲娘，就撲到張嬸懷裡。

張嬸一把摟住大牛、二牛，眼淚就掉了下來，罵道：「于錢你這個小人！這可是你親兒，你多年不歸家，他們不認識你也是正常的，你怎麼這樣對待自己的親兒？你也忍心。」

于錢才被剛才曾姑娘丫鬟那一腳踢門，嚇了一跳，看到曾姑娘一身華服，一身氣勢，有些傻眼。

聽到張嬸的話，才回道：「妳這個臭婆娘，滿嘴胡言，桃村現在可是有名了，村民都富得很，我可是過了五年多的苦日子，現在終於回家了，當家人當然有當家人的樣子，難道我還要求著兒子來叫我爹？妳是怎麼教兒子的，莫不是天天對兒子說他們是沒爹的？我可憐的一雙好兒啊，生生被妳這個惡毒的臭婆娘給教壞了！」

「放你娘的屁！」曾姑娘冷冰冰道。

于錢愣住了，結結巴巴道：「小、小姐，妳說、說什麼？」

「曾姑娘說放你娘的屁，可聽清了？」林小寧道。

于錢被曾姑娘與林小寧的陣勢嚇著了。「兩位小姐，妳們有什麼事來我家？」

「你家？這是你家嗎？你這個無賴竟然能說得出口，你哪一點像這個家的當家人，五年不養家，按我大名朝律法，張嬸可提出和離，你憑什麼說張嬸不守婦道？你一個當家人五年多不歸家，就是個死人，你活著等同於死了！你歸家當天就打罵妻兒、搶銀錢，渾身上下還有哪一點像我大名朝的男兒好漢，你就是個渣滓，渣滓都算不上，就是一條蛆蟲！」曾姑娘冷冰冰道。

于錢傻眼地看著曾姑娘一通罵，小聲道：「姑娘，我到底是于家當家之人，我打罵妻兒是我的事，自古以來，打罵妻兒不犯律法。」

曾姑娘一聽，就又開罵。

林小寧火大了，順手去了院子抄起一把鐵鍬與一把鋤頭，進屋來，塞給曾姑娘一把，不耐煩道：「罵什麼罵，打了再說。」

曾姑娘接了鋤頭，與林小寧兩人，一個操著鋤頭，一人操著鐵鍬，衝著于錢就劈頭蓋臉打下去。

曾姑娘的丫鬟在一邊大聲道：「你且敢還手試試，定辦你極刑！我家姑娘打你，那是抬舉你，姑娘可是當今一品太傅之女！林家大小姐可是從四品安通大人的妹妹！這兩個姑娘打你，是你祖墳上冒青煙了，你且好好受著，膽敢冒犯一句、還手一下試試，千刀萬剮！」

曾姑娘與林小寧痛快地打了于錢一頓，直把于錢打到抱頭屈身在地，哼哼怪叫。曾姑娘打得過完癮了，抬眼看了看林小寧道：「林家大小姐高見，打比罵過癮多了。」

林小寧與曾姑娘對視一笑。

付冠月早在林小寧拿凶器時，就讓張嬸帶著大牛、二牛去了偏屋，不讓孩子看到打架血腥場面，看到于錢被打不敢還手那慫樣，聽到曾姑娘的話，抿嘴一笑。「交銀子出來，同意和離，就放你安生過日子，給你屋子與地。要是敢有半點歹心，就告到京城，說你對太傅之女不敬，關你到牢裡去。」

于錢聽了後，哼哼地點頭，那模樣又可憐又可嫌。

曾姑娘傲然地轉身坐到了廳堂的椅子上，淡淡然道：「銀子先交出來，後面的事，再一一聽我吩咐的辦。」

于錢哆哆嗦嗦地爬起來，趴在地上發抖。「請姑娘容我去拿銀子。」

曾姑娘鼻子哼了一聲，表示同意。

于錢連滾帶爬走出去，一會兒，取回一個小包袱，恭敬地雙手舉起。曾姑娘貼身丫鬟就上前把包袱接過來，放在桌上打開。

林小寧把張嬸叫了來，讓她點點數。張嬸掃了一眼，輕聲道：「少了十兩。」

曾姑娘剛要發火，張嬸便道：「曾姑娘，這十兩就給他，讓他把一雙兒子給我。屋子給他，他以前的一畝地也歸他，我都不要，我只要一雙兒子，求曾姑娘、林小姐為我作主。」

大牛、二牛這時乖巧地站在張嬸身邊，目光複雜地看著被打得狼狽不堪的于錢。

于錢本就又髒又臭，鬍子、頭髮邋裡邋遢，歸家後不過一日，嫌冷，澡也沒洗，身上的氣味令人掩鼻生厭。

張嬸垂淚道：「我從小無母，當初北邊匪亂，我爹帶我到中原討生活，結果路上爹爹又病逝，我孤女一人，是公婆幫我草草葬了父親，後被帶回于家。我知道，那時公婆的意思是想讓我給他們當童養媳，我認了，畢竟公婆幫我葬父，恩重如山。

「我到了于家後，一天忙前忙後地幹活，公婆雖對我並沒多疼愛親近，但至少給我一口飯吃，讓我一日兩餐能得個半飽，天冷有件舊棉衣可穿，有個小屋可擋風避雨。可這個畜生，我到了于家，才幾個月，我那時才十三歲，他就把我給糟蹋了，不得已，當下就完了婚。後來我身體一直不好，過了些年，好容易才得了大牛，再後來遇到災年，又有時疫，公婆二人就連著去了，我與于錢帶著大牛逃了出來，最後落戶到了桃村，分了地、蓋了屋，雖然清貧，可如果勤勞也能混個六、七分飽。

「再後來，我就有了二牛，可這畜生賣了地，只給我們娘兒仨留了一畝薄地。這一畝地，就是下死力伺弄，豐收時統共也收不到兩百斤穀，打成米才能得多少，換了油鹽家用，剩下的就是吃稀粥也撐不了兩個月。

「這畜生賣地得了銀子，一文錢不給家裡，帶著銀子說要出去學手藝，一學就五年多不歸家。我們娘仨如果不是林家與村民時時接濟，如果不是林家帶著村人賺銀子，哪有如今的光景？

「他說他在外面吃苦受累，我們娘仨前些年的日子那是怎麼過的？現在我也不和他說這些，大牛、二牛我鐵定要帶著，不會給這個畜生。我會把大牛、二牛帶大，會一直姓于，我這是還公婆當年葬父收留的恩情。和離後，我帶著大牛、二牛另立門戶，過我的清爽日子……」

林小寧還有付冠月是頭一次聽到張嬸說起過去，一番話簡簡單單，卻聽了讓人動容。

于錢趴跪在地上，哼哼唧唧叫著。

曾姑娘厭嫌地朝于錢踢了一腳。「可是聽到了？現在就寫和離書，叫村長里正來作證。你這個人渣，換成我是一文錢也不給的。」

林小寧看了看大牛、二牛的眼神，說道：「不行，再多給你十兩，屋子和地都不給你。你現在就離開桃村，離得遠遠的，永不再回來。要是膽敢回村一步，我首先就不饒你，定要帶著全村的壯漢，打你個遍體鱗傷。今日是大牛、二牛在此，我們不想見血，怕他們看了不適，才手下留情，沒讓你傷筋動骨。不過就是一些青瘀，你就哼得如此悽慘，瞧你那慫樣，哪有半點像男人？倒真如曾姑娘所言，就是一條蛆蟲。」

曾姑娘道：「林家大小姐高見，讓他滾得遠遠的。」又對于錢道：「這十兩銀子再給你，叫村找與里正來，馬上寫和離書，聽到沒？」

說完，就挑起一錠銀子丟在地上。

付冠月正要去找村長，出了院門，卻見門口聚集了一群村民聽到動靜正在瞧熱鬧。付冠月問：「你們誰去喊一下村長與里正？」

一個村民便道：「林少夫人，去了去了，妳們打人時我們就去喊了，怕妳們吃虧呢，還去林家與窯廠叫人去了。」

不多會兒，林老爺子與林家棟還有張年便到。

張年看到大牛、二牛臉上的掌印，頓時就發了蠻，衝上前去狠狠給了跪在地上的于錢右側一腿，這一腿太狠了，只聽得于錢慘叫一聲，就昏死過去。

二牛嚇得也慘叫一聲，扭頭就往張嬸懷裡一扎，倒是大牛，恨恨地盯昏過去的于錢。

林小寧一看張年的勁道，便知于錢右胳膊肯定斷了，便笑道：「張年，你可真蠻，這斷了骨還不得給他接啊，又得花銀子。」

張年拉過大牛到身邊，沈聲說：「給這壞種接什麼骨？讓他痛著，他不是打大牛、二牛嗎？看看大牛、二牛的臉，都腫成什麼樣了？他以後再敢動大牛、二牛半根寒毛，我見一次打一次，看看他多耐打。」

大牛、二牛的臉是有掌印，是紅的，稍腫，但也不像張年說的腫成什麼樣了，再瞧張年那表情，臉黑得能把人活剝了皮一樣。

林小寧心下一動，突然反應過來了。張年那是把大牛、二牛當了自己的兒了啊！曾姑娘淡然道：「張年你一身力氣、一身武功，不用在戰場上，用在這條蛆蟲身上，真是浪費了。」

然後，悠悠扭頭對貼身丫鬟道：「來，蘭兒，把這個蛆蟲給弄醒。接骨的事嘛，剛好可給妳練練手，我們也算濟世救人了。醫者看到傷痛之人，自是不能白白不管，有違醫道。」

林小寧笑得真誠。「曾姑娘菩薩心腸，治病救人、救死扶傷，我大名朝有曾姑娘是醫者中的聖者，可堪稱醫聖！」

曾姑娘露出千萬年都難得的笑意。「林家大小姐過獎了，醫者自是要遵循醫道，妳也有一手精湛醫術，只是有些不務正業，成天尋思要做地主婆，不如與我結伴，一同去沙場為朝廷效力如何？」

這曾姑娘，講三句話就要唱口號。

林小寧又笑。「曾姑娘胸懷抱負，我自嘆不如，我的夢想是坐擁良田千頃，過著富足安逸的小日子，不能與曾姑娘的雄心壯志相比。但經此一事，可見曾姑娘人品珍貴，曾姑娘離去之前，我必將另一外傷治療秘招傳授給曾姑娘。不過，這秘招有些駭人聽聞，曾姑娘心裡可要有些準備。」

「喔，什麼秘招可稱為駭人聽聞？我實在是好奇，但請傳教。」

林小寧笑得有些壞。「曾姑娘對醫術如此癡迷，我五體投地，待到晚上我們一邊吃熱鍋，一邊飲酒，一邊聊個盡興。」

曾姑娘悠悠笑道：「林家大小姐此建議甚好。晚上盡興聊，酒也要盡興喝，讓清凡送清泉酒來。」

林小寧暗中發笑，提醒著——「曾姑娘，林家清泉酒都擺滿了呢！」

「喔，是嗎？那便好。」曾姑娘又恢復了輕輕淡淡的表情。

「還是叫清凡送一罈來吧，我家的酒都是爺爺與大哥所飲，度數高了，讓清凡送一罈淡一些的來，曾姑娘妳看如何？」林小寧不動聲色地道。

「那便是再好不過了。」曾姑娘嘴角顯出了一彎弧線。

曾姑娘與林小寧自顧自地對話，眾人吃驚得愣在那兒。這是怎麼回事？什麼時候這兩人能這樣互相誇讚，和平相處了？

林老爺子乾咳了一聲，率先開口：「村長和里正何時來？這事現在就解決吧。」

曾姑娘禮貌回答：「林老爺子，張嬸說了，大牛、二牛她帶著，給二十兩銀，寫和離書，屋子田地歸張嬸。這蛆蟲拿了銀子，要離開桃村，滾得遠遠的。蘭兒，給這蛆蟲接骨吧！」

張年帶著大牛、二牛出去了，張嬸則站在付冠月身邊。

林家棟道：「這法子好，留著這貨在村裡也是個惹是生非的，趕走最好。」

曾姑娘的貼身丫鬟蘭兒捏著鼻子蹲在地上，看了老半天，嘟囔著：「他真臭。」

「蘭兒，醫者不可有區別心，他現在是傷者，妳是醫者，區別心是大忌，可聽明白了？」

蘭兒恭敬地回道：「明白了，小姐。」

林小寧暗想：曾姑娘雖是刻薄尖酸，又喜穿華服，又愛享受，又好八卦，還總多管閒事，但人品確實不錯。

她前世聽得老師也說過，「區別心」一詞是來自於佛法，曾姑娘是在她的華麗、高尚、乾淨的世界中，找到了與世俗的平衡之處啊，真是難得！

張嬸家的廳堂裡擠滿了人，王剛、魏清凡、村長、里正、曾姑娘的護衛，以及小香、狗兒都到了。

蘭兒抓住已醒了還在裝暈的于錢的右胳膊，叫著：「拿兩塊木板，一些紗布過來。」

小香熱情地應了一聲，拉著狗兒去找木板與紗布。

但見蘭兒手一動，裝暈的于錢就哇哇大叫，張年嫌惡地又想上前去踢，被林小寧攔住了。

村長與里正上前把于錢按住不動，蘭兒一使勁，于錢又慘叫起來。蘭兒道：「別叫，別動，一會兒接不好，可不要怪我。」

小香與狗兒拿著木板與紗布進來，蘭兒道：「村長按住了！」在于錢的一聲慘厲尖叫聲中，蘭兒嗤道：「叫什麼叫，慫樣。」

接好骨，于錢的胳膊被包得紮紮實實。

于錢痛哭流涕道：「娃他娘，我寫和離書！我寫還不成嗎？屋子、地都歸妳，可妳好歹再多給我一些銀子啊！我要出了桃村，二十兩能做什麼，只能買間屋子，再置辦些家用，剩下的連地都買不上啊！妳忍心看著我活活餓死不成，好歹我與妳夫妻一場，又是大牛、二牛的親爹，妳不看我的面子，也看看大牛、二牛的面子，及看看我爹娘的面子上，好歹再給我一些銀子吧……」

張嬸哭了，又從桌上拿出三十兩銀子遞給于錢道：「五十兩給你了，這可是我所有的積蓄，我們娘仨就留那六兩零頭便成。你且拿了銀子去其他村裡置間屋子和置些地吧，不要再來了，大牛、二牛是我的，你以後別想打主意。」

于錢單手接過銀子，揣到懷裡，又撿起曾姑娘丟在地上的那十兩銀子，也揣到懷裡，又道：「娃他娘，給我一套棉衣和一雙棉鞋吧。」

張嬸怒道：「我哪來漢子的棉衣？當初你離家時，可是把棉衣、外衣都帶走了，還帶走了家裡唯一的新棉被。」

里正擬了和離書，唸了一遍，曾姑娘冷冰冰地對于錢說：「和離書上寫得清楚明確，于錢拿五十兩銀，張嬸得屋子、一畝地與大牛、二牛，馬上按手印。一會兒等王剛送了棉衣來，就直接去清水縣衙門把屋子與地的地契轉給張嬸。」

于錢揣著四十兩銀子，加上他私藏的十兩銀子，共五十兩，左手摸了摸胸口硬鼓鼓的銀子，痛快地在和離書上按下了手印。

張嬸拿到和離書，表情變幻，聲音嘶啞。「我給你兩床棉被吧，就你昨天晚上蓋的墊的，我這就去打包。」

于錢吸著鼻子道：「娃他娘，再容我多住兩天吧，我手疼。」

張年怒喝：「不行，一會兒就進縣城去，要住去客棧住！」

于錢可憐巴巴地看著張嬸。「娃他娘，妳看我的手……」

林家棟實在忍不住了，拎起于錢的衣領就往外拖。「滾，立刻滾出桃村！」

于錢嚇得忙叫喚著──「我走，我走！娃他娘，妳就可憐可憐我，再給我一些銀子吧。妳還能賺銀子，我可又要養傷，又要種地，要等到明年秋收才有收成啊，看在爹娘、大牛、二牛分上，再給我五兩銀子吧……」

眾人不敢相信地看著于錢，村長與里正則嘆氣不已。

「好，你在和離書上再加上一句，以後永遠不要再來桃村，也不要讓大牛、二牛看到你，否則天打雷劈，我就再給你五兩。」張嬸面色平靜。

林家棟無奈地放開于錢，于錢又道：「好，我加，那條棉被給我打包一下吧。」

張嬸扭身去了正屋。

這時，大牛突然對于錢一字一句道：「我其實認得你，但我不會叫你。你走的那年的事我都記得。你走時，家裡收的穀子你只留了一百斤，其他的全賣了，只留了一畝地，其他的地你也全賣了。你帶走了棉衣棉被，就把我們留在這兒，是打算餓死我們的。你沒走之前的事我也記得，娘一天到頭在地裡忙著，你卻在家裡睡大覺，連送水都是我帶著二牛去送的，娘累了一天回來，還要做飯給你吃，稍慢一些就是打罵……我們不會認你的！」

眾人聽了無不唏噓又動容，院裡看熱鬧的舊村民道：「是啊是啊，于錢這傢伙不是個東西，一直就懶得很，從來不做活兒，只看到張嬸一人在地裡忙活。你說他們當初分的地好好伺弄，哪會過得那樣慘敗？我們桃村前幾年，雖都沒有餘錢，但也不會餓著凍著……」

張年狠勁上來，又要上前踢于錢，讓林家棟與魏清凡攔住了。「張年，就因為你那一腳，這于錢就扮可憐讓張嬸多出了銀子……」

張年氣得不知如何洩憤，只得抱住大牛與二牛，一手一個，低頭喝道：「小人，你且看清了，這大牛、二牛是我乾兒子，以後不要讓他們看到你，要膽敢打半點壞主意，我就把你剝皮抽筋！」

于錢討好說道：「不敢，好漢，我絕不敢打半點壞主意。」

大家無奈搖頭嘆息。

張嬸把棉被打包好進來。

王剛道：「張嬸，馬車已在門外，現在就帶著里正去縣城把和離書在縣城備一下，再把地契之事給辦了。」

「嗯，我把屋子與地的地契都揣上了呢。」張嬸說道。

張年放下大牛、二牛，溫言哄著。「你們去和小香、狗兒玩去，在林家吃飯，等你娘回來，乖。」然後高聲道：「我來趕車！」

林小寧聽到張年這樣溫和語氣，偷笑。張年怕是早就看上張嬸了，不過不知道張嬸是什麼心意。

于錢左手拎著包好的棉被，一副十分可憐的樣子。

張年怒吼：「上車去辦契，這個丟人現眼的貨！」

張嬸與張年、王剛、于錢、里正，坐上馬車走了。

看熱鬧的村民們散了，護衛上前恭敬詢問，曾姑娘道：「我沒事，你退下吧。」

言畢，又對魏清凡輕聲道：「魏公子，晚上我與林家大小姐約好一起吃熱鍋談醫術，煩請公子送一罈淡些的酒來給我們二人飲用，可好？」

魏清凡笑道：「一罈怎麼夠，我多拿幾罈來，妳且與林小姐喝個痛快。我家今日正好做了一大鍋老母雞湯鍋底，晚上我也給妳們送去。」

曾姑娘輕聲謝道：「多謝魏公子了。」

魏清凡看看曾姑娘，又看看林小寧，笑著。「不必謝，曾姑娘。」

林小寧笑道：「清凡，下午抽個空，上山去打隻野兔回來，我與曾姑娘用得著，但不是用來吃的，不要死的，得給我留半條命。」

清凡笑道：「好，林小姐、曾姑娘，清凡必不辱使命。」

第二十三章

曾姑娘上前一步問道：「林家大小姐，要野兔做什麼？」

林小寧笑著，突然又起了壞心眼，笑著在曾姑娘耳邊小聲道：「不拿野兔，難道還拿魏公子來做外傷施救嗎？」

曾姑娘雖是中原女子，可到底從小去軍營醫治傷者，見過世面，又是個老姑娘，沒有議親，聲名複雜，還是講究無區別心的醫者，聽到林小寧的調侃，竟臉不紅心不跳說道：「外傷施救，必要肢體受傷才知道效果，如果找到好法子，正是百姓與沙場將士們的福音。但身體髮膚受之父母，豈可輕易做藥人？沒想到林家大小姐如此聰慧，用野兔就可替代。我朝也有藥人，但都是貧困之人，做藥人是迫於無奈，可得較多銀兩，供於家中老小。如今知道還有野兔可替代，真真是福事一樁！魏公子身分尊貴，更有如此重大的邊境防禦之磚事在身，豈可與藥人相提並論？林家大小姐莫要開這玩笑！魏公子身負重任，卻在百忙中要幫我們打野兔，其忠心可昭日月。」

林小寧噗哧一聲就笑了。「那魏家之前獲罪，舉家流放之事，妳可聽說過？」

「當然。那是奸人所陷害，如今早已沈冤得雪，更又釀出清泉酒這般瓊漿，只得天人可品。而魏家將天人品的瓊漿帶於世間，讓世人在這樣一天辛勤勞累後，得以暢飲快慰，人生圓滿，這是造福於百姓，是功臣！我這回京後便請爹爹參本賜官於魏家，這樣的心繫天下百姓之人不封官，那應該封誰？」

曾姑娘的邏輯的確令人五體投地。林小寧目瞪口呆地聽著，呆呆地說道：「這樣也可封官？」

「當然。」曾姑娘斬釘截鐵道。

「那是那是。」林小寧笑著和道，心中讚嘆著曾姑娘的非凡邏輯。「那妳爹爹會同意？當今皇帝也會同意？」

「這怎麼是同意不同意的事呢？這是造福百姓之事，這樣的人不封官要封誰？功有多種功，臣有多種臣，可以說，天下萬民皆為臣。」

「那曾姑娘妳更是有功啊，妳為何不封官？」林小寧賠笑地問道。

「我朝女子不能封官，但我十二歲便封了『醫者』封號，正七品品階。」

「女子不能為官，但能封品階？」

「是，官職有何用？師傅曾教我，無欲則心靜。」

「曾姑娘高見。」林小寧苦笑。「做官有什麼好玩，我就只對種田感興趣。」

「林家大小姐，妳太奇怪了，種田哪有醫人有成就、有抱負啊？」

「曾姑娘，天下之大，人各有志，見仁見智。」

「林家大小姐或是與我師傅那樣，真真是看穿塵世。境，便是心法，怪不得妳如此年紀便悟出心法。出世之人才有境，俗世之人倒要如何得境？」

「不，曾姑娘，俗世中得境，才是真境！」

曾姑娘呆若木雞地看著林小寧，半晌才道：「林家大小姐，此語醍醐灌頂！俗世中得境，才是真境！」

兩人相互拍著馬屁回了林府。

進了院子，林小寧道：「曾姑娘，晚上就我們兩個人一起吃熱鍋如何？因為外傷施救之法駭人，怕席間眾人看到不適，加上還有一群娃娃，不便讓他們看到血腥場面。」

曾姑娘一聽到血腥場面，眼神閃動。「林家大小姐心細如髮，實在是佩服。不知是何等駭人聽聞之法，之前在張嬸處人多不便發問，現下，可否先行透露一下？我實在是好奇得緊。」

「不可透露，到了吃熱鍋時便知，我要先行準備一下。不過，我們打個賭，如若是看到此法，妳吃得下熱鍋就算妳贏了，妳若吃不下，那便是妳輸了，還得有個彩頭，如何？」

曾姑娘道：「不行，林家大小姐，光有彩頭怎麼夠？還得有證人，這個證人嘛……就清凡。」

林小寧笑了。「一切按曾姑娘所說來辦，但這彩頭不可太便宜。」

「當然，我贏了，妳這法子就免費教了我。我要是輸了，給妳也要個七品封號，如何？」

「曾姑娘，有此法，可以試著給我們討個更高一些的封號來，有了封號，我便與曾姑娘妳一樣，也是貴人了！」

「只要妳贏了我，我必當為妳討來封號。至於妳說的可以討得更高級的，我必會力爭。」

那晚上定要讓妳吃不下熱鍋才行！林小寧樂開懷。

林小寧歡愉地吃了午飯，就去商鋪街買了幾味藥，又到付冠月院子，討了針與極細又牢固的絲線，還有一個納鞋底用來抽針的鑷子，試了下，覺得不好用，又去豬肉攤子上要了一個鉗豬毛的鉗子，放在手中捏了幾下，感覺還湊合。心想，如果真是能讓曾姑娘把外科術發揚，還是得打一套更好用的工具才行，今天只是試著用下，湊合吧。

望仔與火兒去山上玩了，現在林小寧懶得管牠們，野生動物嘛，不可圈養，愛玩表示牠們健康快樂。

兩頭銀狼還在床上睡著，林小寧想了想，把牠們放到空間小木屋裡睡去，讓牠們多沾些靈氣也好，晚上餓了再叫牠們出來吃東西便是。

林小寧在空間的地裡又採了幾味藥，洗了個澡，然後出了空間，興奮地倒在床上。

外科手術，今日她便將要大白於天下，發揚光大，將這神奇造福於眾人。

晚飯前，魏清凡便送來了兩隻兔子，一隻前腿有箭傷，一隻後腿斷了。曾姑娘看著兔子重傷痛苦的模樣，說道：「乖兔子，你做藥人，是造福我朝邊境將士，功德無量。」

真夠矯情！林小寧笑笑，給兩隻兔子餵了一些廚房裡存著的空間水。兔子喝了水，精神好多了，她又做了一個簡易溫暖的小窩，把兩隻兔子放進去。

付冠月下午時就知道了林小寧與曾姑娘的打賭，熱情地讓廚房早早做好了安排與準備，小香更是親自下廚，做了精緻味美的沾碟。

魏清凡送了兔子，不久又送來湯底與幾罈酒，依次擺到了林小寧的側屋。曾姑娘的丫鬟蘭兒與梅子擺放好炭爐，桌椅等等。這時，林家廚房也陸續送來了洗切好的菜。

曾姑娘下午時沐浴更衣了，一身華服，襯著不施脂粉的臉無比清爽，對魏清凡微微施禮道：「魏公子，今日我與林家大小姐對賭，彩頭甚是不便宜，得要一個證人，就你如何？你就在此一同吃吧。」

魏清凡英俊的臉上全是笑意。「林小姐與曾姑娘對賭，邀我做證人，豈有不應之理？」

林府與魏家院裡的下人們竊竊私語著林小寧與曾姑娘的對賭之事，大家都好奇無比，尤其是付冠月，笑得豔若桃花，說道：「家棟、爺爺，小寧與曾姑娘合夥打了于錢一頓，就突然好上了，還好得要打賭，彩頭是一個封號，小寧要是能得一個封號，那真是太光彩了！」

林老爺子不失時機，擺出當家老主人的樣子。「正所謂不打不相識，小寧丫頭的封號肯定能贏下來的，看來我們林家的祖墳遷得好。」

小香接嘴道：「今天日子真好，曾姑娘與大姊好上了，張嬸和離了，大牛、二牛與張嬸請了張年去家裡吃酒呢。本來讓我與狗兒一起去的，我沒去，想看大姊與曾姑娘打賭。狗兒說，陪他娘一吃完飯就跟爺爺一起過來呢。」

「大姊與曾姑娘對賭，自然是大姊贏；看與不看，都是大姊贏的。」小寶斯斯文文，一臉理所當然。

林家棟滿臉愉悅。「爺爺，小寧的稱號要真的得下來，我們在您的院裡側邊擴建一個供堂吧，要正式些的，現在的供堂簡單了些。」

林老爺子滿心歡喜。「家棟說得正是，等寧丫頭贏了賭，我便親自來辦！」

林小寧的屋裡。

梅子把下午煮好的藥端上來。桌子邊的一個炭爐上，爐上放著銅盆，煮著空間水，裡面放著針、絲線、鑷子、豬毛鉗子、一個瓷盤，還有一把剪刀、極鋒利的匕首，以及一雙乾淨的玉筷子。

邊上的小桌子上放著托盤，煮過曬乾的紗布，一碗空間水，還有沾了酒的棉花放在碗內，另一張小桌子放著兩個銀盆，一個裝著空間水，邊上放著皂角，一個裝著高濃度白酒。

而側屋的正桌上，熱鍋煮得沸沸的，香氣撲鼻。

魏清凡與曾姑娘看到此陣勢，好奇又興奮。

林小寧邪惡地笑道：「來，先入席吃一會兒再說，這樣才帶勁！」

林小寧想到前世在學校看了各種屍體後再吃飯，多數人都吐了。今天這一場景與前世頗為相似，諸多情緒湧上來，前世已成為回憶，而現世正是當下，卻是真實。

吃了約十分鐘。「停！我們開始了！」林小寧笑道。

曾姑娘與魏清凡疑惑不解，林小寧也不解釋，吩咐道：「蘭兒與梅子，把湯藥給那隻斷腿的兔子灌下去。」

兩人小心地餵兔子湯藥。

林小寧這時顯出了極幹練、不容質疑的口吻，全然不像一個小丫頭。「曾姑娘，聽我說：一、先把衣袖收拾好。二、用清水與皂角反覆清洗手，要乾乾淨淨。洗完後用乾淨帕子擦乾手。三、再用酒來洗手，然後用乾淨帕子擦乾手，聽明白了？」

曾姑娘依言與林小寧一同收拾衣袖，淨手。

這時，兔子被灌了藥汁，已暈迷過去，藥汁正是麻沸散。

蘭兒與曾姑娘驚道：「小姐，兔子睡過去了！」

林小寧吩咐：「這是麻沸散，當然是昏迷過去了。蘭兒、梅子，那小桌子上放著的小薄棉被先鋪好，再把兔子放到上面……小心些，注意托著頭頸，不可歪垂，讓牠保持呼吸順暢……」

曾姑娘驚道：「麻沸散？妳說的可是當年華佗創出的麻沸散？早早就已失傳了啊，妳如何能得到麻沸散的配方？師出何人？」

林小寧不無得意道：「先不要問這些，一會兒我細細回答妳。妳現在要幫我，看清我的動作，明白嗎？」
曾姑娘乖順說道：「明白。」
「曾姑娘，筷子我只煮一半，尾巴不燙手，用筷子把裡面煮著的東西，全放到盤子裡去。」
曾姑娘依言行事。
「再把針線穿起來，不要用手直接穿，要用工具，那個鑷子與鉗子可以用得上。」
曾姑娘依言又做。
「盤子讓清凡拿著，我要什麼，曾姑娘妳遞給我什麼。」
「知道了，林家大小姐。」曾姑娘應道。
林小寧道：「剪刀。」
曾姑娘遞去剪刀。
林小把兔子傷腿上的毛修剪乾淨後，道：「匕首。」
曾姑娘遞去匕首。
林小寧接過匕首，深吸一口氣，果斷地切掉了兔子斷著的後腿……
兩炷香後，截肢的野兔安靜地躺在窩裡，平穩地呼吸著。
蘭兒與梅子坐在席間發傻，不肯下筷子。
林小寧與魏清凡面不改色地吃著熱鍋，曾姑娘也不動聲色地吃著。

林小寧樂道：「曾姑娘，這羊肉好吃，來，吃一塊。」

曾姑娘慢慢地說：「林家大小姐醫術精湛，連失傳的華佗術都會，我今日心服口服……」

林小寧笑道：「曾姑娘莫要這般客氣謙虛，此術對於已碎掉、不可再接的斷骨，可保得性命；還有，孕婦難產也可用此術，開腹取出胎兒再縫合，可保母子平安。外傷傷口面積過大、過深，清理後可用縫合術讓肌肉相連，癒合得更快，且不會有隱症；還有許許多多的地方可用此術，一會兒，妳親自把另一隻兔子的箭傷給縫合一下，完了後，妳有什麼想問的盡情問，我們痛快喝，痛快吃……」

曾姑娘再也忍耐不住，放下筷子，臉色發白。

林小寧忍著笑道：「吃啊，曾姑娘，今日的湯底是人家清凡送來的，好喝著呢，肉香濃郁，伴著酒鮮。這沾碟，可是我家小香親手調的，味可好呢，來嚐嚐。」

曾姑娘扭頭。「吃不下。」

魏清凡笑了。「小姐，妳贏了。」

林小寧笑問：「清凡，你怎麼沒事？」

魏清凡道：「小姐都沒事，我怎麼會有事，我可是男子。」

林小寧道：「清凡真是好樣的，你說我這個封號討得在不在理？」

「在理。」魏清凡笑道。

林小寧又笑。「曾姑娘說你們魏家釀出清泉酒這般瓊漿，是天人才得之品，魏家將天人品的瓊漿帶於世間，讓世人在一天辛勤勞累後，得以暢飲快慰，人生圓滿，是造福百姓的功臣，回京要請她爹爹參本賜官於魏家呢。」

「曾姑娘，魏家對求官之事萬萬不敢苟同，但曾姑娘對魏家的心意，我明白的。」魏清凡的表情也有些無語。

曾姑娘淡然道：「求官之事是我的想法，無關心意，求下來後，魏家若是不受，可自己去和皇上說明。」

說完，就眼睜睜看著林小寧大塊朵頤，吃得不亦樂乎，忍耐地問：「林家大小姐怎會華佗術？華佗術失傳千餘年，一直被醫者談論卻無從下手，更有一些醫者認為只是傳說，根本沒有這樣的醫術。可千餘年後，今日在桃村，竟然有林家大小姐會施華佗術……請問師從何人？」

林小寧涮了幾片肉放到碗中，平靜地說：「華佗術失傳一千多年，卻只是世間傳言，其實他老人家的手稿在獄中被人帶了出來，傳給了後人。但世世代代後，手稿也只能識得些許，因緣巧合，我也得以習之一星半點。我今日便向曾姑娘訴說實情，那白酒剋不淨之物之事，便是華佗術其中所說。我只知淺顯，開顱是萬萬不會，但在四肢上縫合或是孕婦難產，還有截肢，倒是會一些。」

曾姑娘聽得呆了，癡癡神往，又問：「林家大小姐怪不得知心法，也是華佗術中所言？」

「正是。」林小寧道，暗想：宋朝過後應是元朝，但按這年代的書上所記，宋朝過後卻是名朝。名朝已立朝百餘年，開國的聖祖皇帝蕭氏打下了錦繡江山，建立了大名朝，並據《元和姓纂》一書中，舉出蕭姓源流可追溯到上古聖君商湯，以子為名，以國為姓。聖祖皇帝是聖君轉世一說，堵住了天下清流們的口，理所當然坐上了至高無上的龍椅。

按西元演算法，現在應是一千三百年左右。華佗啊華佗，你老人家可曾想過，在你離世後，一個叫林小寧的現代女人，把她並不精通的西醫外科術帶到這時代，以你之名試圖把外科術發揚光大，你老人家在天有靈，可要保佑她不會因此舉而不得善終！

唉，二十一世紀西醫大行其道，你心何感？你那失傳的醫術啊，使世世代代的醫者們唏噓無比的醫術啊！

林小寧不由長長嘆息。

曾姑娘癡癡看到林小寧的表情，毫無懸念地被感染了，動容地輕聲說：「林家大小姐雖然只得淺顯，但也是傳承，華神醫終是有了後人。華佗術如此神奇，可以一理通、百理通，百餘年就可以摸索得更精湛！林家大小姐，我猜，妳師傅定是隱世高人，不便透露身分姓名，從小便識妳天資聰穎，偷教妳醫術。能得失傳之術者，豈是常人，我今日有緣在此處看到華佗術冰山一角，此生之幸也！」

林小寧道：「我師傅已去了，我十二歲那年去的。我感傷我師傅找錯了傳人，妳曾姑娘才是醫者中的聖者，有純粹的醫者之心，才是華佗術最好的傳人。妳在桃村這陣子，我且將我所學傾囊相授，只求姑娘一事，就是要把華佗術光明於天下，以圓我師傅一生夙願！」

曾姑娘無比激動地站起身，眼紅紅地顫聲道：「妳說的可是真的?!」

林小寧道：「當然是真的。」

曾姑娘恭敬地給林小寧施了個大禮。「林家大小姐品性高潔，若不嫌棄，今天我便與妳結拜金蘭姊妹！華佗術，我立志一定在名朝將其發揚光大。我終於明白了妳為何好種地，那樣的隱世高人帶出的傳人，豈是我俗世之輩可以理解？心法、天下肉眼瞧不見的不淨之物、麻沸散、華佗術，雖有源頭可追，可能得其傳承，那是千年萬世修得的因，那是看破了世相才有的緣，那本不是世俗之術。我今得見是福，林家大小姐，妳將華佗術傳入世俗，造福萬民，所積福報，千年萬年也修不到的！」

「曾姑娘是修佛之人？」

曾姑娘搖頭。「不是，只是我師傅是京城菩陀寺的藥承長老。」

自此後，林家林小寧的院裡，老是有血淋淋的棉團與紗布倒出去，蘭兒與梅子已是林小寧與曾姑娘二人的得力助手。

曾姑娘與林小寧兩人成日泡在專門騰出來、用於施行華佗術的房間裡。

曾姑娘也不著華服了，她的說法是，施華佗術時得更素衣，以示恭敬。

梅子便做了四套素白布衣，讓曾姑娘與林小寧手術時穿。

林小寧啞然失笑。這與現世手術服還真是有異曲同工之妙。

如今林小寧與曾姑娘一人有一套正式好用的器具，是到清水縣鋪子裡打的，花了大錢，那器具太為精細，要求太高，是老師傅親自所打。

曾姑娘現在不叫林小寧為林家大小姐了，改叫小寧。林小寧則叫曾姑娘為嫣嫣。

曾姑娘叫魏清凡也不叫魏公子，隨著林小寧一樣叫清凡。

魏清凡隔三差五送些受傷的野兔過來，曾姑娘與林小寧治好後，再放歸到山上。曾姑娘說吃遍天下所有的野兔，就是不吃自己治過傷的。

她最駭人的舉動是讓護衛去找一個死人回來。她冷冰冰道：「不管用什麼法子，得找著，要才死的、新鮮的屍身。」

有了這具護衛花了十兩銀子買回來的老婦屍身，曾姑娘與林小寧在手術室裡泡了一天。這天，曾姑娘與蘭兒、梅子吐得昏天黑地，膽汁都吐出來了。

林小寧則是一天沒吃東西。

臘月二十六，再幾天就除夕，林小寧放了梅子的假，讓她回了叔嬸家過年。

魏府也已落成一座主院，魏家舉家搬到魏府。

林小寧與曾姑娘把這個老婦的屍身從頭到尾、從裡到外、從前到後，每一根腸子、每一條血管、每個器官都熟悉了遍。前世有人體模型，可到底不是真人，感受完全不同，學校時看屍體也沒能這樣親密而長久地撫摸過。

她們兩個在這具屍體身上傾注了二十多天的熱情。

曾姑娘與蘭兒不吐了，林小寧也吃得下飯了。

這二十多天裡，除夕過了，開春了，元宵了。

當曾姑娘與林小寧從手術室出來，頗有山中方一日，世上已百年之感，發現天暖了、花開了、土潤了、草綠了、樹葉發芽了……

梅子回來了，大、小白兩頭銀狼不犯懶了，天天揹著望仔與火兒上山去玩。

盧、衛先生也回來了，學堂很快就要開課。

傷兵們的傷全好了，蘇大人派了縣衙的差人帶著傷兵們回軍營，還帶了好幾車傷藥散與傷藥丸，張年帶著傷藥清單，隨車而去。

曾姑娘還留在桃村。

村裡的孩子們又大了一歲，村裡的漢子、婦人們又長了一歲。

曾姑娘讓護衛在夜裡時，把那具「功德無量」的老婦屍身抱到山上深埋了。

魏清凡及時送來了一隻懷孕足月的母兔，曾姑娘欣喜若狂，抱著母兔就來找林小寧。

看到曾姑娘這般狂熱模樣，林小寧心中嘆道：這個曾姑娘，其實是極好血腥噁心之事物的，天生的外科醫生之料！首先想到了找屍體來研究就已可見一斑，到底兔子永遠是兔子，人畢竟是人，身體結構不同。那二十來天裡，曾姑娘對著老婦的屍身，吐了再研究，研究一會兒又吐，反反覆覆，直到面不改色，真是青出於藍而勝於藍！

蘭兒與梅子麻利地準備了術前的工作，曾姑娘拉著林小寧進手術室，一邊誇讚。「清凡真是心細，我就一說，想著有機會做一個剖腹取胎術，他就上心了，兔子就給找來了。」

看著曾姑娘因為癡心於華佗術而不再有時間管閒事，並且也不再刻意擺出高貴與淡泊嘴臉，林小寧暗忖：這曾姑娘到底只有十七歲，還是孩子，那些所謂的淡泊，只是在深宅大院裡刻意培養出來的，而現在，她面對醫術所展現出來的情性，才是本性。

兩人換了素衣，便進入了手術室。

母兔腹中共取出了八隻小兔，堆在棉花堆中，煞是可愛。母兔在窩中昏睡著。

母兔做了剖腹產，小兔子餓得不行，曾姑娘就安排買來的丫鬟日夜餵食小兔子，沒有奶，就又去清水縣買了一只有奶的羊。

八隻小兔總算活下來了，最後，小兔子竟然與人親近得很，老是跟在人身後跳來跳去。曾姑娘看到小兔子也是很有感情，沒事就摸著、抱著。

「這可是我們用華佗術取出來的小兔子，這些小兔子與母兔，我要帶回京城去，給太醫們看看華佗術的神奇，定要讓一幫太醫們嘆為觀止！」曾姑娘驕傲說道。

曾姑娘對華佗術的追求顯然是與時俱進的，有了母兔剖腹生產的成功案例後，再也不滿足於四肢外傷的普通縫合術及截肢術，一直對必須打開肚子的手術，孜孜不倦地幻想著。

只是，她還沒等到更多這樣的獵物，京城便有人送信，說曾姑娘的母親大人與祖母大人想念至甚，日夜盼其早日回京。

曾姑娘不得不與林府眾人一一道別，又去魏家道別，然後與鄭老與方老道別。

鄭老送了一套茶具，讓曾姑娘帶回京城給太傅大人。

曾姑娘給付冠月索要了一大包棉巾，把來桃村後買的兩個丫鬟贈與付冠月，然後帶著隨身的丫鬟蘭兒，拎上一籠九隻兔子，回京城了。

曾姑娘一離桃村，林小寧就感覺輕鬆許多，再不用成日泡在血水堆裡了，也不用成日待在手術室，更不用面對屍體，可以回到田間做回地主婆了。

地主婆啊地主婆，要是在前世有這樣多的地，得開發多少樓房，得賣得多少錢啊，就算是當下，這樣多的土地，哪怕還只是荒地，也是富甲一方。

但曾姑娘一走，事情便紛紛而來。之前是誰也不敢進林小寧的院子，那院子是神奇又駭人之地，若是有事也只找梅子通報。

曾姑娘總是越俎代庖把事給推了，理由是那些瑣事雜事，交於下人辦就行了，小寧是華佗術的傳人，天下有何事比華佗術更為重要呢？

林小寧不便發怒，到底曾姑娘除了把這些雜事推掉之外，對她那是無比恭謹，又萬般親密。

曾姑娘說：「傳授華佗術期間，定得心無旁騖，不僅是恭敬，又是傳承之大事，豈可如此不鄭重？態度是所有高深之術的關鍵，態度也是因緣的契機。便是餓死，也不得放棄傳人的態度！」

曾姑娘在她單純世界中，有著自己一套奇異的邏輯，就是林小寧這樣在現代環境裡浸淫過的人，也不得不為她的思維拍案叫絕！

受曾姑娘的影響，林小寧感覺自己也高尚了些。

但極品的、高尚的曾姑娘離去了，林小寧又成為了一個俗氣得要命的丫頭。

先是得安排買魚苗倒進魚塘，再就各家佃戶要發種培秧苗，計算各家各戶佃的地，把它們劃分好。

但這些細碎的事，村長早就和林老爺子商量著辦好了。

還有答應魏清淩的地，要拿一些地出來給魏家種糧，做釀酒專用的。她一問，爺爺與魏老爺早就把地給劃好了，一批佃戶專門來種魏家要的五穀。

瓷窯處的茅坑東西得與魏老爺商量看何時去京城置鋪面，可魏家元宵一過就已派出管家去置了，還說儘量把兩個鋪面置得近一些，相互有個照應。銀兩之事不必考慮，魏家以前也是大戶，如今與林家已是莫逆之交，何來談銀兩的道理。

再就是去年在蘇州城置下的鋪面，得安排人拉樣貨過去開鋪，付冠月也早早就安排好了，派出了一個叫趙豐收的中年漢子，那漢子懂算術，以前年輕時在雜貨鋪做過夥計，還有一個機靈的年輕漢子，由村長的小兒子馬少發做掌櫃，馬少發的媳婦則在鋪子側處隔出一間，專門接棉巾訂單，再擺一些菊花枕啊、抱枕啊什麼的賣，也是元宵一過就已出發了。

林小寧一想，去年還答應梅子的，看看她叔叔嬸嬸，是不是能在窯裡找個活計。

結果付冠月抿嘴笑了，對林小寧耳語：「妳與曾姑娘快有多久沒與大家一起吃飯了？成天在院裡泡著，人家梅子的叔嬸一家人元宵一過就來了。人來了，總不能閒等著吧，我便與妳大哥看了。梅子叔叔看起來老實，嬸嬸看起來精明，倒也不大像奸詐之人，我與妳大哥就安排好了。梅子叔叔安排在磚窯處，梅子嬸嬸就安排在棉巾作坊裡。他們還有三個孩子，我安排去了學堂，住在佃戶處的磚屋裡，那邊屋子空著呢。」

「那嫂子，村裡荒山群後的那些地呢，還有傷藥換來的千頃荒地呢？」

「現在人手不夠，蘇大人說了，在縣城發布告說桃村林家要僱人，估計要等春忙後，才會有人前來應僱開地，到時又是一陣子忙。我與妳大哥還有爺爺商議了，先開村裡荒山群後邊的地，但要開的話，得先把荒山群挖掉一塊，才能過得去。開完了這邊的地，再開那千頃荒地，那千頃荒地離村裡遠呢，慢慢開。」

「喔。」林小寧應了一聲，寂寥地回了院子，抱起望仔與火兒道：「望仔，現在家裡人不用我就可以把事情安排得妥妥當當的了。多好啊，可我怎麼覺得我現在像個廢物呢？一點用也沒有。」

林小寧無聊極了。每天的事情除了瓷窯裡逛逛，傷藥坊逛逛，就是把後院井裡注好空間水，以供給傷藥坊、酒坊以及棉巾作坊。

很快，魏家的管家就了回桃村，說是在京城南街置了兩間大鋪子，都是帶著院子的，可住人。

魏家管家道：「南街都是好酒、好米糧、高級木具、鐵具以及瓷品等等這樣的訂製鋪子聚集的鋪子街，東街是首飾，布匹、衣裳之類，南街人雖少，但往來客商目的明確，生意十分好。」

魏家管家說完了細碎事情後，又激動道：「老爺，胡大人讓人帶話，說魏家的清泉酒在宮中轟動了，他也有幸一嚐，說是當今皇上慨然道：『酒一入腹，世情冷暖，百轉千迴，盡在此中，無法言說！魏家滄桑之後，得以開悟，竟釀得如此美酒，當初的流放，竟成清泉酒面世的契機！魏家難得！』」

管家是魏家的老管家，魏家流放時歸了鄉下，撤罪後被魏老爺再次找來帶回桃村。老管家泣道：「老爺，胡大人說，魏家翻身就在指日！」

魏老爺也泣道：「我終是不算愧對魏家祖宗……」

林小寧一聽到鋪子置下了，恨不得馬上就能插上翅膀飛到京城去，把鋪子裝修得漂漂亮亮。

林老爺子勸阻。「鋪子翻新一事，等張年回了，與魏家的人一起去辦就行。妳一個姑娘家，這些事不用妳親自張羅，真想去，等鋪子翻新好了再去不遲。魏老爺的意思是鋪子翻新好了，讓清凡與王剛、清凌去開鋪子，把清泉酒在京城先打出名號，再向外開分號。」

「爺爺，王剛與清淩姊去開鋪是理所當然的，可清凡怎麼又要去開鋪子了，他又不懂釀酒。」

「妳個傻丫頭，是清凡與曾姑娘的意思，魏家怕是很快就要與太傅家結親家了。」林老爺子說完就笑呵呵地揚長而去，好像要與太傅結親家的是他似的。

林小寧有些走神。曾姑娘對清凡有情，她早看出來了，但她看到清凡並無異常，原以為曾姑娘會帶著遺憾回到京城呢，沒想到曾姑娘與清凡早就陳倉暗度了，真是好樣的！

終於等到張年回村，直奔林府，找到林小寧後喜不自禁道：「小姐，我們的傷藥神極了，我與以前軍營的舊友聚了聚，他們說，傷藥極好，用起來又方便，一敷上就止疼止血。我當然知道我們的傷藥好，可大家親口說出來，我就覺得開心。他們知道是我在帶著舊傷兵們做傷藥，現在軍營裡，我都出名了！」

張年喜孜孜說完，看著林小寧心不在焉地聽著，便問：「小姐怎麼了，可是生病了？」

「沒病。」林小寧懶洋洋道。

「那怎麼這般模樣？」

「張年，小姐我沒事可幹，閒出病了。」林小寧又懶洋洋道。

「閒哪能閒出病來，小姐莫開玩笑。」

「張年，我想開荒，可現在是春忙，大家都忙得很，開荒得等到春忙後。我想去京城翻新鋪子，可爺爺說這事不用我去，等你回後，與魏家人一起去。」林小寧苦著臉道。

「小姐志向大，出村去看看是應該的，蘇州的鋪子可以去管啊。」

林小寧眉頭一皺。「不去，蘇州絕不去，去了與蘇府又是扯不清的關係。難道你忘了表小姐一事？我可不想再蹚進蘇府這一灘渾水。」

張年道：「小姐，莫怪張年說話沒遮攔，張年是粗人，不懂那些規矩。在張年看來，小姐性子單純心腸又好，蘇府表小姐則極為陰毒，可蘇大人對小姐又有情義，小姐可要怎麼辦？」

「怎麼辦？我哪知道怎麼辦？蘇大人有沒有訂親都不知道呢。情義，那是眼睛能看到的嗎？不過，你說你不講那些規矩，我今天也與你不講規矩一下。張年，我問你，」林小寧來了精神。太無聊啊，八卦有理啊！她坐正身體。「張年，你與張嬸是個什麼事？要不要我去幫著說一下？」

張年的臉唰的一下就紅了。

林小寧笑著。「張年，這張嬸可是村裡數一數二能幹，又生得好看，棉巾作坊打理得井井有條，這是大家都看在眼裡的。上回于錢回來，我可是幫了你，說大牛、二牛是你的乾兒子，你如果再不把握機會，那張嬸要是被別的漢子相中提了親，你就等著後悔吧！」

張年憋了老半天，終於道：「小姐，張大妹子甚好，可人家哪能看上我……不過小姐妳要是能說說也甚好，我定會把大牛、二牛當作親骨肉，況且大牛、二牛本就是我的乾兒子……」

林小寧噗哧一下就笑出聲了。「張大妹子？哈哈哈，行，我今天晚上就和嫂嫂一起去說，這個媒我們保定了！」

這天晚上的飯，林小寧吃得特別香，吃過飯後，拉著付冠月耳語一通，付冠月抿嘴小聲笑道：「張年身強力壯，功夫又好，人又踏實，我和妳去。」

這時，大牛、二牛正做功課，張嬸在做針線活兒。

見到林小寧與付冠月前來，張嬸熱情地泡茶招呼著。

林小寧直入主題，笑嘻嘻地說：「張嬸，有些話，我一個姑娘家不好說，所以就帶著嫂子來了，嫂子妳說。」

張嬸疑惑地問：「小寧，可是嬸子我哪裡沒做好，聽到什麼閒言碎語了？」

付冠月笑道：「不是不是，張嬸，我們今日前來，是想為妳保個媒……」

張嬸驚道：「少夫人，不可，我一個和離過的女人，帶著兩個孩子，怎麼能再嫁人呢？」

付冠月笑道：「張嬸，可否聽我說完？」便拉著張嬸坐下。「嬸子，按理說，我早就應該來謝謝妳，當初妳為我保媒，我才嫁給家棟。現在我們夫妻恩愛，日子富足，真是以前作夢也想不到的事，所以嬸子，我先謝謝妳。」

張嬸笑了。「少夫人，妳這話說得太客氣了，當初讓我保媒，那是家棟少爺早就相中妳了，才讓我去說媒，你們兩人是郎才女貌、天作之合，我只是跑了一下腿而已。」

付冠月又笑道：「那我多謝的話先放一邊不說，只說張嬸的事。當初妳說媒，給了我一個好相公，那今日我也投桃報李，給嬸子妳也說一個好相公，待嬸子如髮妻，待大牛、二牛如親子的好男子，如何？」

張嬸急道：「不可不可，我不嫁人！」

林小寧八卦之心頓起，笑道：「張嬸，妳一聽到我們說媒，就說不嫁，對方是誰姓甚名甚都不知道，為何就馬上拒絕？難道……」

張嬸又羞又嗔。「這個寧丫頭，少夫人，妳可不要聽小寧瞎說道，這丫頭……」

林小寧笑出聲了，又道：「嬸子，我不是瞎說道，我們是真心想為嬸子妳保個好媒。嬸子妳還不到三十，又長得好看，現在一個人帶著大牛、二牛，就不怕門前生出是非？桃村現在可是越來越大，人越來越多，人多口雜是非多啊。我看啊，妳要真是為大牛、二牛好，不如嫁個好相公，能好好對你們娘仨，少了門前是非，大牛、二牛能好好長大成人，一家四口其樂融融，或者幾年後再生兩個孩子，那更是圓滿了。」

張嬸仍是溫和又堅決地拒絕。「小寧、少夫人，我一個人能養著大牛、二牛，我絕不嫁人，妳們真不要說了。當初于錢不歸家，我且不怕是非，現在大牛、二牛大了，我還怕什麼？」

「可大牛、二牛要一個爹啊，光有娘怎麼行？人家有爹，他們沒有。」

「他們有乾爹。」

林小寧笑了。「張嬸，可不就是乾爹想做正式的爹嘛，那可是好男人，千載難逢啊，對大牛、二牛又好。」

張嬸怔住了。

付冠月見機，忙拉著張嬸耳語：「他可是沒成過親的，要嫁去，妳雖是和離過的，可對他來說就是髮妻。張嬸，妳可要想清楚啊，這要真回絕了，豈不傷人家的心？今天是人家讓我們來提的，還說，大牛、二牛不必跟他姓，照樣待他們如親子，他可一直記得妳當初說的話呢。這樣的男子，這樣的情分，若不珍惜，那再也沒有了。」

張嬸沈默著。

付冠月又道：「張嬸，我也是成了婚的人了，嫁人就得嫁踏實可靠，對妳好的。于錢那是什麼人？當初妳家遇難，才由他得了個大便宜。妳與張年，那才是相配的，他比妳只大兩歲，長相也不錯，現在工錢更是不低，人又可靠，你們兩人一起過日子，是再好不過了。別的都不說，只說他對大牛、二牛，全村能找到第二個像他對大牛、二牛好的男子來嗎？于錢打大牛、二牛時，他是什麼反應，那就像打的是他的親娃一樣。」

張嬸臉紅紅地囁囁嚅嚅，付冠月見勢搶道：「張嬸先想想，不急這事，回頭妳想好了，想讓我怎麼和他說，妳再告訴我。」說完，岔開話題，又寒暄了幾句，便拉著林小寧離開了。

出了院門，林小寧就笑。「看來張嬸對張年是有意思的，估計拒我們保媒，就是為了張年呢。」

付冠月也笑。「肯定是，這樁好事要是成了，張嬸也苦到頭了。」

第二十四章

不久，蘇大人送來兩份聖旨、一份公文。一份聖旨是林小寧「醫仙」的封號，五品；另一份聖旨則是魏家的封號，魏家的封號是「釀仙」，沒有註明品階。

魏家終是沒有賜官。

醫仙？釀仙？林小寧苦笑。

蘇大人笑道：「林姑娘現在是五品醫仙了。」

曾姑娘實在是矯情。

林小寧差點沒噴出來。可幸好魏家沒有賜官，若是真賜了官，那當今天皇上的腦袋肯定是出了問題。

魏家「釀仙」的封號一下來，就等同於一個護身符，可保得家族平安，又可讓魏家與曾家家世勉強匹配。很顯然，太傅大人為了女兒，是花了心思非得把魏家抬起來的，名朝商家地位雖高，但仍是不如權貴。

公文則是小方師傅升為五品「磚事大人」，年俸三十兩。

蘇大人笑呵呵道：「桃村今年真是喜事連連，開春就連著三樁喜事，升官、封號，桃村實乃風水寶地也！」

方老師傅一生燒磚，一生心血所配秘方為長子換來了五品官職，方家也成了官家之人。

被王剛強行帶來桃村前，方老師傅一輩子也想不到，燒磚也能燒出一個五品官出來，這是生逢其時，正是朝堂缺銀少兩，邊境又戰事連連，磚泥之事就顯得尤為重大，況且林家有這樣的荒山，可燒多少磚。若是沒有林家引得京城的貴人王大人前來，用了秘方捐來了官職，方家祖祖輩輩為燒磚之人，還要再祖祖輩輩燒下去。

雖在他這一輩光耀了方家門楣，磚還是要祖祖輩輩燒下去，可現在不一樣了，現在是磚事大人啊！方老師傅太開心了，有大宅子，和兩個兒子、兩個孫子，兒媳還要再加油，多生幾個孫子孫女才行！

方老師傅激動得說不出話來，拉著另兩個老頭去林家後院聊天去了。

蘇大人悅色對林家棟道：「林兄，冬天大雪封了邊境之路，磚泥一事拖了許久，現在春暖化凍，估計很快就有大量磚車來拉磚了，林兄得早做準備。」

林家棟笑著道：「蘇兄放心，早已燒出大量磚塊，全堆在山腳處，再不來搬可都放不下了。蘇兄在此午飯，我讓月兒安排，今天我們痛快喝酒，不醉不歸！」

蘇大人吃了午飯，又吃了晚飯，才被林家與方家，還有魏家放走。

其間，蘇大人與林老爺子關門密談了許久，出來時，蘇大人與林老爺子都面如春風，喜不自禁。

林小寧「醫仙」封號的聖旨，被林老爺子鄭重地放到了供堂裡，新的供堂建造迫在眉睫，林老爺子拉著一家人上山給祖宗上香，又給兒子兒媳燒了大量紙錢。

供堂的地是望仔所挑，在林家宅子裡的東南處，付奶奶請了村裡一個老漢算了吉日，又召集了幾個漢子，就與林老爺子開始興建供堂。

林家興建供堂的當天，鄭老與方老二兒子各自去了老家遷墳。

晚上，林小寧回屋，帶著望仔與火兒還有大、小白進了空間。

大、小白不犯懶了，但還不如犯懶時可愛，現在他們皮得很，成日裡閒不下來，滿山遍野地揹著望仔與火兒到處亂竄，忘乎所以，回來就大吃特吃，一頓吃得比豬吃得還多，晚上就到空間裡洗澡、戲耍，像是有用不完的精力。

林小寧苦笑道：「大、小白現在不犯懶了，有什麼長處？啊，望仔？」

望仔又是咧著可愛的尖嘴，吱聲叫著。

「什麼？」林小寧汗了。「還是會認路？唉，望仔你會識路，火兒將來也會犯懶，之後也是會識路，大、小白好不容易犯懶完了，還是會識路，我要那麼多識路的做什麼？光會識路，就得養著這兩頭狼，吃得又多！」

望仔又跳了兩跳，咧嘴叫著。

「喔，大、小白不僅會識路，還能夠一個月不吃不喝，精力體力不減分毫。可我要這樣有駱駝的功能的狼有屁用？我又不去沙漠。」

望仔吱吱地對著在水裡嬉戲的大、小白叫了幾聲，大、小白垂頭喪氣地上了岸，甩了甩水珠子，可憐巴巴地湊到林小寧腿邊，用腦袋輕輕地討好地蹭著林小寧。

林小寧被逗樂了，道：「望仔，告訴牠們，哪怕牠們比豬還蠢，我也不會生牠們的氣。牠們是你的夥伴，又是我的大白與小白，既然是我的，那我就是白養著牠們也甘願，況且牠們還會識路呢，不是一無是處。」

火兒這時也跑過來，一蹦就跳到大白的背上，扭著屁股跳著舞。

林小寧更樂了。「火兒啊，妳除了天下最媚，會討人喜歡，又是望仔相中的媳婦之外，妳也是一隻一無是處的狐狸。」

火兒點點頭。

林小寧笑著，做起日復一日的藥農，把今天望仔帶回的草藥種在空間裡。

現在空間的草藥有近百種，林小寧把寶藥材的地減少到只有一小塊，其他的地全種上了普通藥材。寶藥材用得太少，不比普通藥材那麼廣泛，尤其是傷藥坊，傷藥裡的幾味主藥得有空間裡的藥材才行，不然藥效不那麼顯著。況且現在寶藥越長越慢，基本不長了，林小寧想，也好，現在空間裡存放了這麼多寶藥，都是千年的，一個世界有這麼多寶藥，即使沒有面世，也不是常理，地裡的不長也不著急。

但林小寧發現了一處異常，就是小木屋後面的湧泉處，泉水已開始有變化，不再是以前那樣清澈了，變成淡乳白色。湧泉石柱的凹進去的泉眼上面，還有一小團淡淡的霧氣，煞是奇觀異景。

林小寧呆呆看著泉眼上方的景象，問道：「望仔，這是怎麼回事？怎麼這樣？」

望仔極興奮地叫著，火兒與兩隻銀狼聽到望仔的叫聲，跑過來，四個傢伙一頭栽進泉水裡，喝了個飽，然後再滿足地打了個嗝。

林小寧被牠們四個傻樣逗得笑了。「望仔的意思是說這水變成淡乳白色，比之前的清水更好了是嗎？再過些時日，可變成純乳白色，到時可以摻普通水使用，也如同之前的泉水一樣效果是嗎？」

望仔點頭，嘴邊的毛髮還濕漉漉的。

林小寧笑著抱著望仔道：「這倒不錯，只需取出一點點，摻著普通的水就行，還與之前一樣的效果，可是省事多了。」

這時，聽到外面傳來付冠月的聲音。「梅子啊，小寧在屋裡吧？」

空間裡是能聽到外面的聲音的，林小寧立刻帶著四個傢伙出來。「嫂子，在呢。」一邊打開門。

付冠月看到林小寧身上還有些土渣，笑道：「小寧啊，妳現在可都十五歲了，也稍稍注意下儀表啊。上回給妳做的衣服妳不穿，可是嫌嫂子的手藝不精？我叫村裡女紅最好的嬸子給妳做幾身如何？」

林小寧笑著說：「好啊好啊，不過嫂子妳做的我就喜歡，嫂子的手藝那是好的，今年我就竄高了，還長胖了，正打算讓妳給我做幾身呢。用去年我從蘇州帶回的那些細棉布就好，我喜歡。」

「還要棉布的啊？做幾身緞子的如何？」

「不要，就棉布的。現在的衣穿是能穿，但有些緊了，我長胖了好多。」

「哪裡是長胖，妳現在是姑娘家了，不似丫頭家那樣瘦條，姑娘家有姑娘家的身形，不是胖，是圓潤了，漂亮了。」

「反正都一樣，就是比以前肉多了些嘛。」林小寧自豪地看著鏡子裡的身形笑道。

付冠月抿嘴笑了，拉著林小寧坐到椅上。「小寧啊，爺爺讓我來和妳說個事兒。」

「什麼事啊？」

付冠月便讓梅子去泡些熱茶。然後笑咪咪地看著林小寧。

林小寧也笑了。「嫂子，梅子被妳支走了，說吧，到底什麼事？」

「小寧，前幾日蘇大人來村裡時，與爺爺說了，想初夏就派人來向妳提親。」

林小寧頓時愣住了，道：「嫂子，蘇大人說向我提親？」

「是的，蘇大人對妳的心思，我們大家都看在眼裡的，誰都知道。說是因妳年紀太小，所以一直等到前幾日來桃村時，才把這意思說了，說今年秋天他可能要調去京城了，妳不是也有意要去京城鋪子裡嗎？與爺爺商議著乾脆初夏來提親，等到妳及笄就迎娶。」

「嫂子，蘇大人娶了我，那他表妹嫁誰去？難道兩個都娶，讓蘇大人享齊人之福？」

「什麼表妹？」

「嫂子，這事妳不知道，我去年去蘇府時，他有個表妹一直住在蘇府。妳說一個表小姐長住姑媽家，是個什麼事？那定是雙方長輩都心如明鏡的，是要兩家議親的。」

「有這事？蘇大人沒說呢。」付冠月疑惑道。

「這樣吧，嫂子，蘇大人提親的事，我自己去問他，妳與爺爺不用操心了。」

「那怎行，妳個姑娘家怎能貿然去問男子這樣的事，還是我與妳大哥代妳問吧。」

「那好，你們去問一下蘇大人：一、表小姐那是怎麼回事？二、蘇大人是不是能像大哥這樣，只有妻室一人，不納妾室？三、蘇大人若是娶了我，要另立門戶，我不在蘇府待著，有自己的事做，我是要常出去打理自己的生意的。」

「這麼說，妳是同意蘇大人娶妳了？」

「有人娶當然是好事，省得做一個嫁不出去的老姑娘，可蘇大人能把這三點答應了，我才會同意，否則免談。我寧願做老姑娘，也不嫁一個有我以外的女人的男人，想都不能想。今天躺在我床上與我情深意重，明天又去另一個女人床上，與她恩恩愛愛，這真是笑話。」

付冠月臉都紅了，嗔道：「妳這丫頭，說話這麼口沒遮攔，也不怕羞。」

「有什麼好怕羞的，我要今天怕羞，不把話說清楚道明白，那將來一輩子水深火熱的，那可是叫天天不應，叫地地不靈啊。嫂子，妳想，江南蘇家是什麼家世底蘊，我們林家再大再闊，大哥縱然是從四品，我有個五品封號，可能一樣嗎？能比嗎？在他們眼裡，我們家肯定是高攀的。」

「蘇家對我們林家如此熱情客氣，一年幾回送禮，每回都是幾車幾車地拉，小寧妳會不會想多了？」

「嫂子，蘇府、蘇大人對我如何，對我們林家如何，我們都知道。可嫂子，妳與大哥議親時，是我們林家才發達之時，林家在此不久前還只是獵戶，沒有門第觀念。妳再想想，若是小寶大了娶媳婦，妳與大哥能對女方家世沒有要求嗎？這是必然的。所以，即使他們覺得我們林家高攀，也是正常，畢竟我們林家才發達不久。」

「小寧，妳可是當今皇帝親封的醫仙啊，有這個稱號在，怎麼能是高攀蘇家呢？」

「嫂子，要是比家世呢？大戶人家聯姻，都是牽扯著龐大的家族背景，尤其是蘇大人這樣的家世。這樣的家世規矩眾多，我這性子，嫂子最清楚，估計嫁去沒兩年，死了都不見骨頭渣子了。」

「別瞎說！」付冠月啐道，又沈思。「倒也是，大戶人家規矩多，不說別的，只說魏老爺家裡，規矩就比我們多了，要是蘇家，那只更多，小寧妳這性子，的確是不適應。」

「所以我才說要另立門戶，如果蘇大人真對我有情義，那就另立門戶，反正他在外做官，不回蘇州的。嫂子就這麼辦吧，妳就按這樣去和蘇大人提。」

付冠月又強調地問：「那妳這是應了？爺爺可是一直讓我問清楚呢，爺爺說他答應過妳，妳的親事，得要妳同意才行的。」

「是啦是啦，應了啦，蘇大人如果能把前那個什麼表小姐給扯乾淨了，答應永不納妾，另立門戶，我就嫁。嫁人嘛，蘇大人這樣的人倒是不錯的，長得又好，又斯文有禮，又有好家世，又有前程，是吧？」

付冠月笑疼了肚子。「真沒見過哪家姑娘像妳這樣不知羞，什麼都敢說的。」

「嫂子，我這可是和曾嫣嫣學的，妳要怪就去怪清凡吧，誰讓清凡不把曾嫣嫣教習得更像女子一些。」

「這與清凡有什麼關係？我看妳是與曾姑娘待久了，也學會曾姑娘的歪理了……」付冠月無奈地笑道。

春忙終於過去了，林家的供堂也建好了，鄭老與方老的祖墳也遷回來了。新墳遷在青山上，風水好得很，做白事的班子又是一陣忙活，把鄭老與方老的祖墳伺弄得妥妥的，墳頭做得極為氣派。

墓碑是林老爺子、方老還有小鄭師傅一起去清水縣訂購的，碑文依舊是找了盧、衛二位先生所寫，封了銀兩包。盧、衛先生也沒客氣，笑呵呵地收下了，說是為做紅白事所封銀兩，不可推辭。

現在二位先生在桃村教這幫娃娃教得很有成就感，到底是娃娃們多，範圍廣了，自然學習好、天賦好的就顯得多。二位先生把娃娃們分了四個班，一人帶兩個，一些天賦極好的就重點培養。雖然辛苦些，但因為桃村村民又增加了，所得交於桃村公中的銀兩也多，他們的束脩也增加了，算是雙方都滿意。

衛先生因為是衛家村人，族人祖輩在衛家村，不會舉家遷來，但實在是桃村的條件好，今年開春回桃村時，把妻兒也接來了。

鄭老與方老兩家的遷墳事畢後，三老頭又聚在一起喝了一通酒，滿足地感嘆，說祖宗們現在可以天天看到自己的後代在桃村富足生活著，祖宗肯定是滿意的。將來等自己閉眼時，埋在附近，到下面，又可一邊孝敬祖宗，一邊三人天天約在一起喝酒聊天逗樂。

春忙一過，蘇大人的布告便貼出了，清水縣城周邊來找活的漢子們紛紛來到了桃村，桃村又是一派繁忙景象。林小寧像一條小龍似的活了過來，神氣活現地安排著人挖山存泥，又是一身灰撲撲的衣服，可她覺得這樣才是自己，心裡爽快，比吃小香做的滷肉都舒服。

付奶奶現在帶著幾個來找活的婦人們，又架起大鍋做大鍋飯。先是要挖山，可這山上的泥是鄭老的寶貝，以前方老燒磚配泥時也只是配一點這些泥，小鄭師傅燒茅坑東西時，也配一些，已挖得一部分，現在要挖出一條道出來，鄭老還是有些肉疼，但肉疼歸肉疼，這些挖出的泥就運去磚窯處與瓷窯處，留待後用。

鄭老自遷墳之事畢後，可能是因為把自己這一生要做的事做完了，心意滿足，有些倦怠不愛動，就成天想著孫氏肚子裡的娃娃，成天唸著那娃娃是自己當年不小心踢掉的大孫子，就盼著孫子落地了。

孫氏孕吐好了，胃口也不錯，愛吃酸，極酸極酸的泡菜吃得津津有味，孫氏娘親成天喜道：酸兒辣女，酸兒辣女。

鄭老一看到孫氏吃酸的那股子饞勁，就樂得合不攏嘴。

黃姨娘的肚子越發大，睡都不能躺平了，馬上就得臨產。林小寧看著肚子，估計就這幾天的事。

黃姨娘自打進了鄭家門就恃寵而嬌，因為肚裡的一團肉，與孫氏明裡暗裡爭寵，要這吃要那吃，時刻想彰顯身分不同，刻意刁難，心態極為不好。

現在的黃姨娘一眼看去就有些醜陋，面色黃綠，兩顴長滿了蝴蝶斑，口中吐氣酸而苦臭，一開腔，聲音十分尖厲，一看就是算計過多，導致肝積鬱結，陽氣根本收不住。

林小寧嘆了口氣。真是自找啊。

而孫氏因為懷孕重新得到重視，意氣風發，做事也得體大度，早早就給黃姨娘找好了穩婆，一日三次派人問候黃姨娘的身體狀況。

林小寧事後偷偷對孫氏道：「嬸，黃姨娘怕是生產會有些麻煩，最好去縣城找個有名的好穩婆來，不然，到時肚子的娃可不一定能保住。」

小鄭師傅與鄭老聽得孫氏轉述，馬上就去清水縣找了一個很有名的穩婆前來。穩婆看了看，摸了摸道：「就這兩天的事了，到時派人去接我，現在馬車從清水縣到桃村快，才半個時辰的事。」

孫氏封了個銀包給穩婆，穩婆接過銀子喜道：「放心夫人，只要胎動，就馬上派馬車來接，哪怕是半夜裡，我都會立刻隨車前來。」

穩婆才走的隔天夜裡，黃姨娘就胎動了，尖厲的聲音叫得鄭老家裡滿院人都心慌。

小鄭師傅趕著馬車，急急前往清水縣接穩婆。孫氏與孫氏娘親沒見過也沒聽過生娃像黃姨娘這般慘烈，孫氏娘親低聲嘟囔：「當是別人都沒生過娃吧，叫得這麼慘，給誰聽啊？」

縣城的穩婆來了後，與村裡的穩婆忙前忙後，折騰到快天明時，黃姨娘也沒把肚子裡那瓜熟應蒂落的孩子給生下來，急得兩個穩婆滿頭大汗。

到了最後，黃姨娘面色發青又轉白，只有出氣，沒有進氣，叫都不叫了。兩個穩婆都嚇著了，束手無策。最後孫氏咬咬牙，來到林府找林小寧。

孫氏著急又不安，吞吞吐吐道：「小寧啊，真是對不住妳了，妳是當今皇帝親封的醫仙，身分尊貴，嬸子我本不應該為黃姨娘的事來找妳的，可妳是華神醫的傳人，那……那黃姨娘怕是不行了呢，這可怎麼好？我們大家怕得很……」

林小寧快速穿好厚衣，叫上梅子，與孫氏趕到黃姨娘院裡。

兩個穩婆聽到說皇上親封的醫仙到了，圍著林小寧緊張地小聲道：「小姐啊，黃姨娘前面叫得太狠了，讓她收著點力氣，就是不聽，折騰一宿，好不容易產門開了，卻沒勁兒了，剛才還能哼兩下，這會兒就成這樣子了……」

林小寧聽也不聽，來到昏迷的黃姨娘面前，暗道：這黃姨娘恃寵而嬌，極為囂張，後來小鄭師傅煩了厭了，便是天天鬱結難當，加上又自恃身嬌肉貴，孕期不做適量運動，現在這情況，凶險啊！

林小寧急把眾人都趕出屋去，拿起桌上的杯子，意念一動，注了一杯子淡乳色的空間水，然後叫梅子進來按住黃姨娘人中不放，又叫著：「來個人，拿一根縫衣針來！」

孫氏便急跑到另一間房，拿了一包縫衣針推門送進去，孫氏娘親還有兩個穩婆，都站在門口看著。林小寧來不及清場就抓起黃姨娘的一隻手，手起針落，又抓起了黃姨娘另一隻手，同樣手起針落，黃姨娘十個頭指頭就全都冒出了血點。

至此，黃姨娘才咳嗽了幾下，醒轉過來。梅子立刻鬆開長按人中的手，林小寧忙拿過盛著空間水的水杯，半抱起全身氣味腥腥鹹鹹的黃姨娘，把杯中的水給她餵光了，再一探脈，也起了。

孫氏、孫氏娘親與兩個穩婆看得目瞪口呆，說不出話來。

林小寧屏息注視著黃姨娘的臉色，眼見著有了人色，鬆了口氣叫道：「鄭老，去年給您的參還有嗎？切兩片參給黃姨娘含著。」

鄭老很快就送來了參片到門口，梅子接過來塞到黃姨娘嘴中，黃姨娘倒是聰明，嘴一張就急急含住。

孫氏娘親看到黃姨娘這陣勢嘆道：「總算緩過來了。唉，黃姨娘這金貴的啊，生個娃能生得這麼難。」

這時，黃老漢被黃姨娘的丫鬟叫來了。他去了縣城賭局，鄭家派人找回了桃村。

黃老漢在門外賊兮兮地看著，聽到孫氏娘親的聲音，就叫囂起來。「惡人啊惡人啊！我家閨女為你們鄭家生兒，這麼大的事，鄭家大門大戶的，就這樣說我家閨女，我家閨女可憐啊，生的是你們鄭家的娃，親家公還沒說什麼呢，妳倒叨叨上了，妳這個黑心腸的婦人！」

林小寧到此時心裡還是緊張的。黃姨娘雖是醒過來了，可肚子裡的娃還沒生出來，還是危險無比，對於接生，她只有理論知識，沒有臨床經驗。

林小寧聽到門外黃老漢的破鑼叫聲，頭就開始痛。本來情況就緊張，黃老漢還這樣不安靜待著，在這關鍵時間做口舌之爭，這不是攪屎棍嘛！

林小寧皺眉出門。「叫什麼叫？黃老漢你聽好了，你若是想讓你閨女母子平安，就給我乖乖地待一邊不要言語，不然，吵得大家心神不寧，到時出什麼事，可不要賴別人。」

說話間，付冠月與林家棟，還有林老爺子也匆匆趕來。鄭老一看到林老爺子，心慌道：「林老頭……唉……」

林小寧安慰著。「鄭老，您與爺爺去屋裡等著，待在這兒看也看不出個娃娃出來，回屋去等著吧，黃姨娘不會有事，我肯定要保得她平安。」

鄭老心慌意亂道：「好好好，我們去屋裡等著，那寧丫頭啊，我、我那孫兒……」

黃老漢一聽，又叫起來。「你個老頭喲，黑心肝的鄭家喲……」

林小寧又氣又急，大吼一聲。「來人，把黃老漢的嘴給堵上！放在廳屋裡讓他等著。吵吵吵，再吵，你閨女的命就沒了！」

這時，方老也得信趕來，與林老爺子安慰著鄭老。

林小寧又叫：「大哥，把黃老漢綁著堵上嘴，放到廳屋去，你們也回屋去等著，這裡有我與梅子、嫂子，還有穩婆與狗兒娘與狗兒外婆留著幫忙就行。」

黃老漢嚇一跳。敢情這林小姐是說真的呢！

瞬間，林家棟與三個老頭就架起了黃老漢，拖走了。

林小寧耳根清靜了，再回屋看著黃姨娘的氣色已正常，又掀開被子看看黃姨娘的下體，心想能不剖腹最好，現在產門已開，只差一把力氣了，還得叫兩個穩婆來繼續，便對站在門口、兩個依舊目瞪口呆的穩婆道：「妳們來看看黃姨娘，現在情況好轉了，再使把力，估計就能生下來。」

兩穩婆聽林小寧一發話，一前一後衝到黃姨娘身邊，近瞧黃姨娘的臉色便大喜。「緩過來了，太神了，我就瞅著是服了那藥水才好的！」

林小寧提醒道：「孩子還沒生出來呢！」

兩個穩婆異口同聲問：「黃姨娘，妳可還有氣力？」

黃姨娘才要說話，縣城的穩婆又道：「有氣力就點頭便成，不要說話，留著氣力下面使，聽我吩咐……」

黃姨娘可憐巴巴地點點頭。

因為參片與空間水，黃姨娘恢復了些許精神與體力，趁著這一股氣力，折騰了一炷香的時間，終於把娃娃生了下來。

娃娃生下來了，卻不哭，縣城的穩婆到底有經驗，拎起娃娃的腳，拍著娃娃屁股，見還沒動靜就乾脆伏下身對著娃娃的嘴吸。

過了一會兒，門外總算是聽到了一聲微弱的哭聲。

林小寧這才徹底放鬆下來，只覺前胸後背都濕透了。

其中一個穩婆高聲喜道：「是個千金、是個千金，母女平安、母女平安！」

門外的丫鬟立刻去報信。

等到眾人湧到院內，兩個穩婆喜孜孜地向主家賀喜。

這時，林小寧才突然發現小鄭師傅一直沒露面，一問才知道，昨天半夜，小鄭師傅把縣城的穩婆接來後，聽到黃姨娘叫聲連天，急著連夜就上山去給新遷來的祖墳上香磕頭去了，希望祖宗能保佑鄭家後代子嗣興旺。黃姨娘生了後，孫氏爹就急急上山去找小鄭師傅了。

古代人就是迷信，不過，也是他們的精神寄託，再迷信，好歹後人還知道祖宗，還知道有事沒事去看看祖宗，燒香祭拜。

鄭老抱著女娃的手顫抖著。

林小寧有些懷疑，鄭老是想像抱著那個花樣年華就上吊死去的女兒。

第二十五章

付冠月在黃姨娘生產的第三天去了清水縣，回來後，便找到林小寧。

付冠月道：「蘇大人說，妳提的三點，他能做到，說朝中也有好幾個高官者只有妻室，不納妾，舅公便是，胡大人也是，讓妳安心候著。蘇大人道，其實父親母親與祖母大人都知道他的心意的，所以才在妳上回去蘇府時，讓祖母送了妳那對鐲子，那鐲子是他祖母年幼時就一直帶著的。」

林小寧「啊」了一聲。「那鐲子意義這麼重大？」

付冠月笑道：「可不是嘛，那鐲子也沒見妳帶過。」

「我收起來了，我的衣著不適合帶玉鐲子，這幾根細銀鐲子就很配我。」

「至於那個表小姐……」

「嗯？」

付冠月道：「我問蘇大人時，蘇大人說會去辦，但也沒有說與表小姐之間到底是什麼事。我多問了幾句，蘇大人說表妹是母親大人的姪女，因家也在蘇州，自小與自己一起玩耍，常來蘇府，母親大人也喜歡她。至於兩家是否有聯姻之意，蘇大人本人並不知道，或是母親大人的意思，但祖母與父親大人肯定是聽從他的意思的。」

這之後，蘇大人又來過一回，送了二十幾個流民過來，林小寧把為數不多的流民安排好，讓里正登記。

蘇大人便也去了荒山處看著熱鬧景象。人、牛、馬、各種工具、各種聲音、各種笑臉。

蘇大人道：「林小姐，桃村是獨一無二的，能這樣保持安樂，不生事端，極為不易，林家卻是做到了。雖然林兄輕描淡寫說，就是讓他們賣力幹活掙銀子，便沒時間沒精力生事非，但其中的分寸也要把握好，人多了管起來就難啊！」

林小寧笑道：「蘇大人管一縣城的百姓，也不管得好好的嗎？流民越來越少，百姓安居樂業呀！」

「流民少，是因為朝中廣征新兵。從去年到現在，一直在征，為了強兵力，朝中所費極多，有些流民都成兵痞了，應徵了好幾回，得了銀兩便溜，用完了再去應徵。唉，這樣下去，怕是也後患無窮啊。」蘇大人說道。

「胡大人不管這事嗎？」

「朝堂中不是胡大人一人為官，胡大人有自己負責的繁雜政務，就是想提些建議也都沒那個心力。況且身在京城是鞭長莫及，地方上各自分派了徵兵任務，事情出在地方上，管一方，管不了全部。可又不得不徵兵，兵力是一定要增加的，這樣才能防得邊境之亂。」

「國家大事，我一個小丫頭是不懂的，我只懂怎麼燒磚、燒瓷、賣銀子。」

兩人聊了一會兒，蘇大人看了看日頭就匆匆離去了，說是有要事要辦。

林小寧還沒聽到蘇大人給她來些表白呢，就這麼走了，有些失望。她想，怎麼就這麼走了？真是沒情趣。

第二日，桃村來了浩浩蕩蕩近百輛馬車，是來拉磚泥的。付冠月悄悄對林小寧說：「領頭的是當初與王大人一起來的，那個叫夜首領的銀夜大人，妳哥還帶過他們一起上山打過野豬呢，那臘豬腿妳吃得多香。」

趕車的全是清一色的士兵，在孫氏娘親開的大食堂時吃的飯，吃得滿嘴流油，大呼過癮。

夜首領則是在林家吃的，林老爺子與林家棟熱情招呼著。「夜首領，王大人這回怎麼沒來？」

「王大人還有其他事務，這回來不了，不過說下回會過來，說是再帶大黃回老家看看呢。」夜首領笑著，目光掠過才進屋來的林小寧。

林小寧感覺到夜首領的目光，便抬眼一看。在廳堂裡的夜首領，與在外面田間的夜首領完全不同。在外面時，夜首領氣勢極為凌厲殺氣，一入廳堂，卸了盔甲，全身氣勢便收斂起來，看起來英氣勃勃，也很年輕，不過二十七、八歲的模樣。

林小寧暗自嘆道：這樣的人物，到底是久經沙場，氣勢收放自如，在外時，是首領，凌厲殺氣。入了林府，便卸甲輕衣談天喝酒，又是另一番英姿。到底是身懷武功的高手，大哥與林老爺子只會打獵的那些功夫，比起來完全不是那麼回事。

這是林小寧這一世，第一次這樣近距離打量著一個據說是絕世武功的年輕男子。傷兵們不算，張年也不算，這個夜首領是居高位者，是那種身懷獨門功夫的絕世高手，在沙場上可以一敵百的那種高手……

一時又想到青山上淺洞裡，那個曾被自己救治過的錦袍男子，重傷的王大人。他還是夜首領的頭兒，卻被人追殺逃到山上，追殺之人得是什麼樣的人？他又得要怎樣的武藝，才能逃得出來？這個時代是不是真的有身輕如燕、飛簷走壁，或者力拔山兮氣蓋世……

林小寧來到這個時代就只去了蘇州。蘇州一行，因為蘇府的兩天，使得她的記憶中對蘇州印象不好。

林小寧從夜首領身上看到了與蘇州不同的，外面精彩世界的一些猜想與影子，那種不可知與不瞭解讓她產生無限嚮往。

夜首領看著林小寧毫無怯意，仔仔細細打量他，有些不自然，便問道：「林大人，這可是你的大妹妹，上回我們來時去了蘇州的？」

「正是。」林家棟笑道。「我林家獵戶出身，沒有那些規矩，她也是性子野慣了的，若有失禮，夜首領莫要怪罪。」

夜首領也笑了。「林大人此話言重了，林小姐了不起，全京城都知道了，林小姐是華神醫的傳人，還把華佗術教給了曾姑娘，與曾姑娘結拜金蘭，又得了皇帝親封的醫仙封號。今天得見真容，夜某人敬佩。」

「只是……」夜首領又道。「林小姐，不知可否能調些藥材包？可以現煎現服的，如能做成藥丸最好。軍營裡不僅僅有傷兵，有時行兵時，環境惡劣，也會得病，多是拉肚子，但拉肚子能活活讓人去掉半條命，身體差一些的，就常這樣死在路上。」

「可以做成藥丸，我回頭就與李師傅去調配，下回來拉藥時，帶一些回去試下看看效果如何。」林小寧客氣地說完，便轉身便回了自已院子，吩咐梅子把飯菜端到屋裡去吃。

百輛馬車裝滿磚泥只花了半天，第二天休息了一天，夜首領與林家棟把酒言歡，談著磚泥大事，把後續的磚泥之事又溝通明確後，第三日清晨，百輛馬車聲勢浩大地出發了。

林小寧心下算計，王剛、清凡、還有張年，去了京城鋪子翻新，估摸著再十天就能回了。

春忙過後，閒下的村民們就分別回到磚窯、瓷窯處幹活，還有一些則安排去開荒。前幾日，蘇大人帶來的流民也分到那兒去開荒，村裡荒山群那邊的地，比這邊要大一些，四千多畝，算了下開荒的人，也有好幾百，又有牛，馬，騾子等大牲口，估計，兩三個月就能開完。

再就是養地的糞肥，已託村長去清水縣周邊村裡打了招呼，說好會帶銀子去買的。

林小寧發現自已極愛開荒拓地，可能與前世的高房價有關。

她每天吃飽喝足，靠在床上，就把一天的事情整理一遍。把明天的事情想好，再想著將來的成果，又想到京城的鋪子，那個鋪子她要自已親自去打理，看看天子腳下的風土人情、居民百姓，還有王孫貴侯等等……一時間覺得日子美得不行，還有蘇大人，十分清爽乾淨的外表，又長得斯文俊美，在現代來說，就是富N代啊！這可是高富帥的鑽石王老五……

但林小寧與蘇大人都沒有想到，這時的蘇府已暗潮洶湧。

起因於蘇大人給家裡的信，婉轉道出了林小寧提的三個條件。

依蘇大人的前程，將來定是要在京城做高官的，有其舅公鎮國將軍在京城的官場人脈，是前程似錦，那在京城置宅子，另開門戶，是很理所當然的，況且蘇大人並不是嫡長子，還有眾多嫡出、庶出的兄弟姊妹，不會因為蘇大人離府長期在外為官就失了規矩。就這一點來說，蘇老夫人與蘇老爺倒是沒有任何異議。

但對不納妾室，這一點，蘇老夫人與蘇老爺、蘇夫人就面露慍色。

蘇家百年絲綢世家，養蠶、抽絲、紡線、織布、漂染、刺繡，全部都自有莊子、作坊、鋪面，還有名朝百年來，年年宮裡所用絲綢貢錦都是蘇家的，蘇家是何等榮耀，何等的世家大族，現為了一個才發達不久的林小姐，竟然不願意納妾！

但看到蘇大人信中反覆強調說不納妾室，蘇老夫人與蘇老爺最終又猶豫了，不納妾室就不納吧，反正妾室所出只是庶出，嫡出的有三、兩個也夠了。看林小寧那身子骨很是健康，臉蛋白裡透紅，胃口也好，不似千金小姐那般嬌弱，生上三、五個不成問題。可問題是紅玉怎麼辦？那是兩家都一直默認的，雖是沒有放到檯面上說，但雙方長輩都是心知肚明的。

蘇夫人急了。「紅玉與懷兒從小青梅竹馬，一起玩耍一塊長大的，一直情投意合。紅玉今年都滿十五了，一直沒議親，不就是為了懷兒嗎？老爺當初說了，因為紅玉娘是妾室扶正，雖也算嫡出，但若嫁給懷兒，至多只能做貴妾。懷兒是蘇府幾代來最有官途的嫡子，又非得要自己選妻室，所以一直沒向紅玉提親。正室沒議，哪有先議妾室的道理？可如今懷兒要娶林家小姐，那林家小姐是皇帝親封的醫仙，身分也貴，與懷兒也配，我這做娘的當然是高興的，可也不能就把紅玉放一邊不管了啊！紅玉身分是比不過林小姐，可她也沒妄想做正室，總得給她一個貴妾的名分吧？可現在懷兒說不納妾室，這不是毀了紅玉一生嘛？我看懷兒是聽話的，多是那林小姐不讓懷兒納妾，看來這林小姐並不像上回來蘇府，我們看到的那般單純。」

蘇老夫人沈吟道：「是啊，懷兒雖然打小就志在入京為官，但也一直對紅玉很是體貼，我只當他們兩廂有情，加上正室沒議，也就沒明著給懷兒提這事。當初懷兒一再提起小寧兒，我知懷兒的心意，本想著她們兩個人，一正室一貴妾，林小姐來府上時才派紅玉陪伴。如今林小姐有封號，身分更是不同，但這不納妾室對紅玉是不公平，我們也沒法交代。」

第二日，蘇夫人的兄嫂便上蘇府，兩人說話客氣有禮，卻句句暗指蘇府百年世家怎可背信棄義，兩家本就是親家，一直以來想要親上加親，而親家這般行為，是生生毀掉紅玉一輩子。

蘇老爺面上火辣辣地難受，本來好好的一樁喜事，怎麼就成了這樣？懷兒啊懷兒，娶個妾室就那麼對不住正室嗎？自古以來，哪個男人不娶上幾房妾室的。

蘇老爺越想越氣，怒道：「這個懷兒，大了就如此不孝！此事不能聽他的！」

同時表小姐也秘密找到蘇夫人，誰也不知道她們談了些什麼，只聽得屋內啪的一聲，是茶盅摔碎的聲音。

丫鬟忙進屋收拾，只看蘇夫人面色慘白，呆坐不動，而表小姐跪著，淚流滿面，地上茶盅碎著，一灘茶水熱騰騰地散著白氣。

表小姐退下後，蘇夫人便說身體不適，派人叫來了當初為林小寧看病的老大夫。

當晚，蘇夫人到蘇老夫人面前泣道：「婆婆，懷兒要是為了林小姐而不納妾室，怕是懷兒要絕子嗣啊！我昨兒個身子不適，叫了大夫來，結果無意中得知，林小姐，她……不能生育。」

蘇老夫人差點沒暈過去，驚道：「誰人胡說？」

蘇夫人泣道：「大夫所說，上回不是給林小姐診過病嗎？這回來給我診脈時，無意間說起的。大夫說林小姐身患不足之症，不能生育……」

事關重大，蘇老夫人與蘇老爺連夜把大夫叫來，老大夫言辭閃爍，卻默認了林小寧的不足之症，蘇老夫人與蘇老爺都坐在那兒嘆息。

蘇夫人道：「婆婆、老爺，給懷兒去封信吧，林小姐怕是自己也不知此事，得讓懷兒知道，懷兒想娶林小姐就娶，可讓紅玉做個平妻吧，好歹要延續懷兒的血脈。」

蘇府的信還在送往清水縣的路上時，蘇大人卻應召入京了。

世間的事無常，難以預料。

蘇大人萬萬沒有想到，這一入京，便永遠娶不了林小寧了。娶不了那個喜穿布衣，面色紅潤，說話直率，聰明漂亮的林小寧了……

蘇老夫人與蘇老爺，還有蘇夫人也萬萬沒有想到，這邊廂還在糾結於林小姐的不足之症與紅玉做平妻一事，那邊，事情已發生悄然劇變……

此時，林小寧還在自己院裡的床上與望仔說話。她才從空間裡做完了藥農出來，靠在床上，心情愉快地把那四千畝地的規劃說給望仔聽……

蘇大人料不到去年來京述職時，被長敬公主的女兒青青郡主相中，這次進京，就是長敬公主與皇帝想要親見一面。

長敬公主是當今皇帝的姑母，先帝的小妹妹，就是當年胡大人狀元那一年，嫌棄胡大人長相不好看，而讓榜眼做了駙馬的那個公主。

長敬公主在當今皇帝繼位時是立了大功的，先帝在位的後期，朝中勢力已相當分散，等到先帝突然駕崩，各王爺便虎視眈眈、伺機而動，加上西北邊境戰亂不休，實在是內憂外患。

長敬公主聰慧之極，先帝臨駕崩之前，就已料到其將不久於人世，秘密派人給正在西北平亂的鎮國將軍送信。先帝駕崩時，便以兄妹情誼遊說各王爺，曉之以理動之以情，硬是把幾位搖擺不定的王爺及時拉攏過來，京城有著皇后與駙馬兩大家族的勢力苦撐著，鎮國將軍收到書信後，立刻調派人馬返京，終於有驚無險地扶持了當時的太子，現今的皇帝續位。

身在京城的鎮國將軍並不知道自己的甥孫已向林家提了親事，當長敬公主與皇帝問他甥孫蘇志懷是否婚配，他回答沒有。皇帝立刻召蘇大人回京。

蘇大人料不到自己去年年底進京，去「紫藝閣」品茗時，與他擦肩而過的那個女子竟是長敬公主的女兒青青郡主，當時風吹開了女子的面簾一角，他看到了女子目光閃動，他微微一笑，便與女子擦肩而過。

蘇大人料不到此次一進京，就要被賜婚，如遭雷轟，當下便跪地婉拒，直道自己與清水縣桃村林家大小姐林小寧，就是皇上前不久才封的醫仙，已有口頭婚約……

蘇大人也料不到，青青郡主正在簾後偷眼癡迷地看著他，把他的話一字不落地聽了全部。

第二日，蘇大人又被召見，長敬公主悅色道：「醫仙林小姐那邊，你可也娶，畢竟是有封號之女子，青青允了她進門為貴妾。」

蘇大人又跪地婉拒。「長敬公主，當初下官向林小姐提親時答應過她，此生只有她一人為妻！」

長敬公主色變，大怒道：「何等狂妄女子，我名朝郡主尚且能容下妾室，她卻不容，把我皇室尊嚴放在何處！」

因為鎮國將軍的原因，長敬公主到底沒降罪蘇大人，只讓他回鎮國將軍府休息兩天，想清楚。

而此時蘇府的人正趕往京城的路上時，因鎮國將軍早已派人去接蘇府老夫人、老爺與夫人來京，就在蘇府給清水縣的懷兒送信後的沒幾天。

此時，寧王也正在悠悠前往清水縣桃村的路上。

最近邊境之亂好多了，他帶著大黃、銀夜與銀影一隊人馬，趕著近百輛馬車再去拉磚藥。

此時，王剛還有張年已把京城的鋪子翻新好，正在胡大人府中。他們此行帶了好幾套茅坑東西，正在胡大人府中教人修葺府裡的茅坑。

而清凡則去了曾姑娘的太傅府，教他們修葺茅坑。

張年與王剛由胡大人口中聽到了皇上有意給蘇大人與郡主賜婚，張年急了叫道：「蘇大人對小姐有情有義，桃村誰人不知誰人不曉，怎麼成這樣了呢？胡大人得想個法子啊！」

胡大人不動聲色道：「天下姻緣之事，誰又說得清？就憑林家所做的事，丫頭所做的事，我去皇上那兒說，能給丫頭討來一個平妻。可依丫頭的性子，能與其他女子同侍一夫嗎？蘇小哥自被青青郡主看上起，就已不再是丫頭的良人了。」

第二天下午，蘇老夫人、蘇老爺與蘇夫人都趕到了鎮國將軍府。

蘇家得聞蘇大人將被賜婚之事，感嘆無比。何德何能，能讓青青郡主看上懷兒，還允了林小姐做貴妾。

蘇大人神情崩潰，執意只娶林小寧一人。

蘇老夫人怒罵其不孝，天命豈可違？況且人家郡主允了小寧兒進門，怎能如此執迷不悟？

蘇大人心中也清楚，皇家賜婚，提前告訴他只是走個過場，最終一紙聖旨下達，他豈能違抗？父親母親與舅公都歡喜與青青郡主的親事，他如何抗衡？

蘇大人四面楚歌，孤立無援，絕望悲嘆。依她的性子是絕不會甘心為妾，難道他與她真的無緣為夫妻？

蘇老夫人找了鎮國將軍長談，翌日，鎮國將軍便親自拜訪長敬公主，直言道：「公主，老夫我一生戎馬，是個粗人，這些公主是瞭解的，我也不多解釋。目前懷兒的婚事有些麻煩，因為不只是林小姐，還有一個表小姐，兩家都有口頭婚約，雖是沒有正式下聘，可蘇家不能背信棄義啊，所以郡主與懷兒的事，望公主斟酌。」

當下便把林小寧與紅玉之事和盤託出。紅玉是兩家早些年就想親上加親的，但一直也不敢妄想正室，林小姐則是懷兒自己相中的，已與對方爺爺與嫂子提過，說好了初夏時就派人去提親的。林小姐則希望懷兒只娶她一人，懷兒也願意一生只得她一人為妻。現如今，蘇家對紅玉的安排都發愁，懷兒有幸被郡主垂青，是懷兒前世修來的福，只怕是要辜負青青郡主了。

鎮國將軍戎馬一生，很有謀略，一番懇切言語是以退為進，就算是真退，也有醫仙做正室，蘇家不傷分毫。

長敬公主聽了後，不言不語，良久才道：「將軍，你且回去，我回頭再找你吧。」

可青青郡主已對蘇大人意亂情迷，一定要嫁蘇大人，直道除了蘇大人，誰也不嫁，林小姐也好，表小姐也好，都沒關係，全允了，但只能有她們兩人，不可再有第三人。

長敬公主深深嘆氣。「青青啊青青，妳一個郡主允兩個妾室，當朝笑話啊！」

長敬公主請來鎮國將軍，推心置腹道：「將軍，我們之間也不必客套。青青這事，我就直言了，瞧著青青的意思，與你甥孫的婚事是變不了的。青青雖貴為郡主，可仍是寬容大度，已允了兩個都進門。自古表妹若為妾，必是貴妾，而林小姐又是從四品官家妹妹，更有醫仙封號，由哪個做貴妾，讓蘇家定吧，將軍大人，你看可好？不過我們的郡馬，怕是得馬上要升官才行啊。」

長敬公主深宮長大，有著九竅玲瓏之心，不指定貴妾，正是想漁翁得利。

第二日，蘇大人便升了從四品。三日之後，皇帝又為蘇大人與青青郡主賜婚，擇於四十多天後的吉日大婚。

鎮國將軍府歡天喜地，蘇大人傷慟不已、悲戚萬分，神情恍惚。

事已至此，蘇大人心知，娶林小寧已不可能了。

然而，怪就怪在蘇夫人的偏私袒護，一心想著紅玉這丫頭太混了，做出這等下作之事，實在是對不住林小姐。唉，林家還那麼有心送來五百年分的參……惡人惡事已做，只好做到底，只當是林小姐前世欠了懷兒的。

看懷兒的意思，林小姐是不會甘心為妾，倒不如把這個貴妾的名分讓給紅玉，可現在林小姐那兒還沒提親，也不知道此事，所以，還是得想法子讓姪女紅玉來做這個貴妾。於是貴妾由誰來做，又引發了新的一輪劇變。

蘇夫人咬著牙，在京城的鎮國將軍府裡，把林小寧的不足之症重新提起。

身在京城的胡大人是何許人也，通政司使大人，通政司等同於如今的情報部門，京城一點風吹草動，都盡在胡大人的掌握之中，況且胡大人一直在暗地裡關注此事。

蘇夫人為了瞞下姪女紅玉做出的醜事，又為了讓姪女能做上平妻，暗地收買老大夫，已是大錯。這回又出於私心，想讓姪女做個這個貴妾，重又提起，更是錯上加錯。

不過一日後，胡大人便得知了林小寧有不足之症。

張年聽了，也不解釋，怒氣沖沖地衝向鎮國將軍府，胡大人攔都攔不住。

張年衝進鎮國將軍府中，見到蘇大人，一拳頭就揮到蘇大人憔悴不堪的臉上，怒罵道：「好你個蘇家，妄稱百年世家，我呸！齷齪不堪，骯髒之地，敢道我家小姐有不足之症？你可知這不足之症是何原因，就是去年進了你們蘇府兩日，就被你們蘇家的表小姐下了寒子！怪不得胡大人說你不是小姐的良人！當初小姐心慈，為了蘇家的面子，這事就沒告訴任何人，匆匆就回了。也正是我家小姐心慈動天，才有福報。你們不知道吧？寒子只對有虛症女子才能有效，可對我家小姐這樣身體好的小姐來說，那是無用的，吐拉一天就沒事了。你們若是再膽敢誣衊我家小姐名聲，我就告到皇上那兒去！蘇家又如何，鎮國將軍又如何？我呸！我就不信天下沒有說理的地！」

蘇家人以及鎮國將軍聽了張年的話，全都呆住了。

張年又啐了一口便揚長而去，回到胡大人府裡，才把蘇州蘇府之行被下寒子一事告之大家。

胡大人嘆道：「蘇小哥其實是很不錯的，只可惜被青青郡主相中。」

鎮國將軍一把年紀卻無辜牽連，被張年恥笑怒罵，正是晚節不保，又悲又憤，拍案怒吼，差點把將軍府的屋頂掀翻。

蘇夫人見東窗事發，聽得張年之話，竟是林小姐心如明鏡，卻不聲張匆匆告辭，羞愧跪地泣聲闡明來龍去脈。

蘇家人終於明白，去年紅玉偷下寒子，以為算計得逞，蘇家在蘇州還為納不納妾之事糾結時，紅玉孤注一擲向蘇夫人透露此事，哭求蘇夫人助她成平妻。蘇夫人一步走錯，到了京城，還要步步錯。

萬幸林小姐心慈福厚，沒有留下隱疾。蘇家真如張年所說，妄稱百年世家！

而蘇大人此時滿心絕望，如行屍走肉。怪不得林小姐說把表小姐的事處理乾淨，不得納妾，另立門戶，樁樁件件都有由頭啊……這一世是無緣了，如此醜事，哪有臉面再妄想這天人一般的姑娘？就是賜婚書下來，還這樣念著，卻是妄想！不要再想，動一動念頭都是污了林小姐……只是母親大人啊，母親大人哪……

蘇老爺怒要休妻，面如死灰的蘇大人哀言：「林小姐當初放過紅玉，就是為了保全蘇府顏面，父親若休了母親，豈不辜負了林小姐的心意？還有，別去林家提親讓林小姐做貴妾，別污了林小姐。」

蘇老爺與蘇老夫人聽著蘇大人的話，看著蘇大人被張年打得青腫的臉，悲傷嘆道：「羞愧啊，蘇家有負林家啊……」

最後，蘇夫人被罰祠堂抄經一年。

蘇老爺派人送信回蘇州給蘇夫人兄長，蘇夫人兄長怒不可遏，一查寒子來源，竟發現正室早逝之事，表小姐娘親很有些不乾不淨的嫌疑，只是日子久遠，已無明證可考，怒將表小姐娘親禁足偏院，表小姐被勒令出家做姑子。

這兩樁醜事沒驚動長敬公主，都是悄無聲息，閉門解決的。

至此，蘇大人換了面孔，清清淡淡，不怒不笑，只等著與郡主大婚。

在張年怒闖鎮國將軍府時，清水縣桃村的林家迎來了京城的王大人，還有銀夜與銀影，以及驕傲的、體壯毛滑的大黃。

如今，荒山已挖掉了一邊，現在大家可以去到那片雜草叢生的土地上開荒。

林老爺子日日指揮帶領著眾人在那兒開地，大牲口幾十個，漢子們幾百個，如火如荼，幹勁十足。
本來林小寧是想多買一些，甚至租用一些大牲口來開荒，這樣省時省力。但那些前來找活的漢子裡，有幾個看樣子像領頭的，懇切請求少費些銀兩租牲口，把這些銀兩給大家，讓大家多下些力氣，人力開荒也一樣，這不還有幾十口牲口輪著用，雖然所費時間長些，人工銀錢付得多，但不用花錢租大牲口，東家出的錢還是一樣的，可大家掙得多了。
林小寧應了，雖然這有點赤裸裸地賤賣勞動力，但大家的想法卻是明確得很，人多做些活就可多得些工錢。
到飯時，孫氏娘親的大食堂就會用驢車裝著大桶的飯菜送去工地，碗是用碎木拼起的小木桶，靈感來源於林小寧吃過的木桶飯。這時代的人，是用全木做碗，太費木材，這用碎木塊拼起的碗節省多少木材，多環保，多省成本。
孫氏娘親又提出要給林家銀兩，買下食堂或每年交租金也行。林小寧推辭，孫氏娘親卻不答應，說如果不買不租，這生意做得心慌，怕一下就到頭了，交了銀兩買或租，這樣才安心。
林小寧最終將食堂的地契免費過戶給鄭家，但孫氏娘親的話提醒了林小寧，又讓村長把商鋪街再擴大，可租可賣，由林家統一管理，這樣一來，就有點小規模開發商的模樣了。
林小寧坐在小毛驢背上，從荒山群那邊的荒地往傷藥作坊走，穿著米色的細棉布外套，外套是付冠月才新做的，為了顯出林小寧姑娘的身形，收了腰，極為婀娜。

林小寧驕傲地坐在小毛驢的背上，儼然一副小地主婆的模樣！

現在桃村大得走路都累，開荒時，林老爺子修補農具，買回一頭漂亮的白唇白蹄的小毛驢，林小寧歡喜得不得了，就收為己用，天天騎著小毛驢逛著林家的產業，在瓷窯、棉巾作坊、傷藥作坊與開荒工地間轉悠著。

太得意了，小毛驢比馬有趣多了！

林家棟與兩個方大人和小方師傅是騎馬去磚窯，林老爺子也是騎馬去荒地處，但付奶奶與付冠月出行則用馬車。學堂離家倒不太遠，小香、小寶上學是走路，都沒她的小毛驢好。

林小寧坐在漂亮的小毛驢背上，自豪地想著荒山那邊一大片廣闊的荒地，心裡美得冒泡。

到了傷藥坊，她跳下毛驢背，進到一排屋子正中間的一套房子的大廳屋裡，那是李師傅專用的屋子，李師傅將製好的治拉肚子的藥丸放在桌上，有兩種，又分別將兩張不同的方子，放在兩個藥丸包上面。

林小寧進了廳屋，便坐下來細細與李師傅說道：「李師傅，這兩種藥是試用的，看看效果如何，日後我們再進行改進。現在人不在軍營，不知道他們的拉肚子的情況，這拉肚子與傷藥不同，傷藥只是外傷，所配之藥萬變不離其宗。可拉肚子是各人有各因，我按自己的猜想，才配了這兩個方子。這兩個方子一定要寫清楚，一種是熱利藥丸，一種是寒利藥丸。熱利是排洩特別臭，水狀夾雜顆粒；寒利是排洩正常臭，稀糊狀。一定要寫明分清，一熱一寒，用藥是天壤之別。」

李師傅連連點頭，用筆記在藥丸包上，又道：「小姐心細，一個拉肚子的病能想到這麼多，我製藥多年，對藥理是明白，雖不會開方瞧病，但知道這兩種藥一種是對熱症的，一種是對寒症的，特別怕弄混了，便把藥丸做種一種是圓的，一種是方的，圓是治熱利的，方是治寒利的……」

說話間，卻見一道黃色的影子急竄上前，一撲就撲到了林小寧的懷裡，把林小寧撲得差點跌倒。林小寧定睛一瞧，興奮尖叫起來。「啊，大黃！」

大黃興奮地舔著林小寧的脖子，熱熱的舌頭把林小寧逗得笑個不行，抱著大黃一陣猛親，一邊不停地說：「我的好大黃，你可總算回來見我了，我終於看到你了，知道你過得好極了，真為你高興。你是我見過最棒、最聰明的狗了，好大黃，想死你了。」

大黃憨憨地甩著尾，圍著林小寧轉著、頂著、蹭著、跳著。林小寧高興不得了。「大黃，我這就回去，這就回去。」然後又反覆對李師傅交代道：「李師傅可記下了，熱利特別臭，水狀夾雜顆粒；寒利正常臭，稀糊狀。辛苦了，我帶大黃回去，明天再來。」

李師傅忍笑著點頭。「好的好的，都記清楚了，小姐放心吧，去吧去吧。」

林小寧高興地摸著大黃的腦袋。「好大黃，我們回家嘍！我叫望仔回來陪你玩。」於是扯著清脆的喉嚨叫道：「望仔，帶火兒與大、小白回家，大黃來了！」

轉身卻看到廳屋門口的小毛驢旁立著一個男子。

男子一身戎裝，身形健碩，英姿勃勃，滿臉的忍俊不禁。

林小寧覺得男子有些眼熟，突然反應過來，這男子正是她剛穿來這兒時，上山採藥時，在那個山洞裡救治的男子！

林小寧愣住了。是啊，他是大黃的新主人呢，大黃來了，他可不就來了嗎？突又想起當初救他時，他是不認的，只認大黃救了他，且口氣極為不善。

這一想，臉色就沈了下來，冷冰冰道：「你便是爺爺所說的王大人吧，你當初對我說不會虧待大黃，是信守承諾的君子。」

見林小寧口氣生硬，男子臉上笑意也散去，說道：「君子自然就是君子，哪需要大黃來證明。」

大黃看到男子，衝到男子身邊轉著，一會兒又跑來林小寧腳邊轉著。

李師傅有些緊張。這京城的貴公子王大人上回來過村裡，氣勢極為逼人，貴氣十足，便恭敬地對男子行了一禮。

男子卻並不理睬。

一時間，李師傅站在廳屋裡，走也不是，留也不是，尷尬無比。

男子大步就踏進廳屋，拿起桌上的藥丸包道：「這便是你們給兵將們配的治拉肚子的藥丸？」

李師傅誠惶誠恐答道：「正是。王大人，這藥丸分兩種，一種是治熱利，一種是治寒利。」

「李師傅是吧？看來這傷藥坊是實在為我朝的兵將們著想，考慮得如此周全，實屬難得，功不可沒。」王大人話是對李師傅所說，眼光卻上下打量著林小寧。

大黃立起身，趴在王大人身上，急急甩著尾，又下來，轉身又趴上林小寧的身上，急急甩著尾。

林小寧看著這情景，又想起當初救這個貴得很的王大人時，大黃也是在兩人之間跑來跑去。

她越想越氣，不禁罵道：「臭狗！」

王大人聽到林小寧罵「臭狗」，淡聲道：「大黃又沒拉肚子。」

林小寧聽了就忍不住噴笑，就連一邊緊張惶恐的李師傅也忍不住偷笑，氣氛一下就輕鬆了。

大黃好似感受到了氣氛的變化，樂呵呵地喘著氣，興奮地「汪汪」叫了兩聲，又撒嬌似的發出「嗚嗚」的聲音。

王大人摸摸大黃，身上的氣勢瞬間柔和。

林小寧立刻感覺到了，這王大人到底是夜首領的頭兒，氣勢逼人得很。夜首領是殺氣凌厲的，他卻渾然天成、不怒而威，到底是個什麼身分？

當初在救治他時，已感覺與眾不同，現在他傷好了，更有所不同。他才多大，就能做上正三品官職？估計是官二代吧，不過高門大院裡養成，有一身貴氣而已。

這樣想著，便含笑道：「京城來的王大人是吧？回府吧。」

王大人聽到林小寧這句話，展顏而笑，剎那間，桌上治拉肚子的藥丸似乎都有了光芒。

「清水縣桃村林家大小姐是吧？可是一笑泯恩仇？」王大人說道。

林小寧又笑了。看來王大人脾氣並不像當初在山洞時那般惡劣。也是，當時他重傷在身，饑餓多時，那樣的情況下，多是脾氣不好，應該理解與原諒。便道：「哪來的恩仇？王大人來桃村林家，讓我林家蓬蓽生輝才是。走吧，王大人。」

林小寧牽著毛驢走出大院，一匹全身黝黑的駿馬立在外面。

「王大人的馬？真漂亮。」

王大人點頭。「妳的毛驢也很漂亮。」

林小寧笑了。「王大人眼光毒辣，全村找不到第二匹比牠更拉風的小毛驢兒了。」然後就輕盈一躍，跳到小毛驢身上。

王大人忍著笑，翻身上馬。「林小姐，什麼是拉風？」

「就是得意、神氣。哪，就像王大人你穿著閃閃戎裝，意氣風發，像你的坐騎，體壯矯健，品種純良，沒有一絲雜毛，像大黃，毛光水亮，神氣活現。」

「林小姐言辭生動有趣。」

「王大人過獎了，是輕佻無禮。」

王大人大笑起來。「林小姐是記仇之人哪。」

林小寧笑著不接話，看著在一馬一驢之間歡快奔跳的大黃道：「望仔再過一會兒估計能到家了。」

「望仔是那隻雪狐對吧？牠在哪？」

「牠與大、小白在後山上玩呢。」

「剛才妳叫牠回家？」

「望仔聽得見。」

王大人淡聲道：「雪狐識路天下第一，多是被武將之女豢養，打獵時不會迷路，但聽力好到這般地步，倒是未聞。」

「你叫大黃，牠知道嗎？」

「知道。」

「老遠叫牠，牠也知道嗎？」

「知道」

「那你叫別的土黃狗，牠們知道嗎？」

「不知道。」

「對啊，同樣是狗，有幾條能勝過大黃的？狗與狗且不同，那狐與狐也是有異的。」

王大人忍不住又笑了。「林小姐，妳仍是惦記著當初我的出言不善。」

第二十六章

林家門庭若市，熱鬧無比。

林老爺子、付奶奶、付冠月正忙前忙後地安排著，把小寶的院子打掃乾淨後，讓貴人入住。

帶來的一幫士兵們則安排在離林家最近一排空著的磚房裡，馬車就停放在磚房的前後院裡，並派出兩個丫鬟，還向孫氏借了兩個丫鬟，去打掃磚屋給這一百個士兵鋪被褥子。

又派人去孫氏娘親的大食堂打招呼，近一百士兵的吃食要提前準備。

還有自家的廚房，也是要大擺宴席，準備精緻菜品。

大黃率先進院，一個小廝跟著大黃屁股就跑上前，一邊跟一邊急道：「姑奶奶大黃喲，妳可跑得快，一眨眼就不見影了。」

林小寧看到這個灰青布衣的小廝一邊跑一邊說話的樣子，笑了起來。

林老爺子正迎出來，看到林小寧與王大人，喜道：「王大人來了，我們聽夜首領與影首領說，您追大黃去了，沒想到您與寧丫頭一起回了。」

王大人悠然一笑。「一進村，大黃就一勁兒地跑，我追著過去，哪知就追到了林小姐那兒了。大黃果然是個念舊的。」

「大黃是好狗。」林老爺子高興地讚道。

這時，院門外，大白與小白像兩支銀箭直飛而來。大黃嗅到了味，也不知道從哪跑出來了，衝著大、小白就竄過去，三個傢伙一時抱成一團，滾到一邊。望仔從大白背上跳到大黃背上，扯著大黃脖子上的毛，吱吱亂叫，開心不已。

王大人道：「咦，這隻雪狐怎麼成這模樣了？通體雪白銀亮？」

林小寧像看白癡一樣地看著王大人。「笑死人了，當初還是你說牠是雪狐的，長大後不就慢慢變白了嗎？」

王大人也像看白癡一樣地看著林小寧，道：「誰告訴妳雪狐就是雪白的？」

林小寧氣道：「不是你告訴我的嗎？你說望仔是雪狐，雪狐雪狐，顧名思義，當然是雪白的。」

王大人樂了。「這種識路小雪狐一直是灰白的，不是叫雪狐就得是雪白的，沒見過比妳更愚笨的女子。」

毛病，灰白色的狐狸非要說是雪狐，害她一直以為望仔變白是正常的。

林小寧強詞奪理道：「管牠雪白還是灰白，反正望仔是隻狐，會識路就對了。」

王大人沈吟道：「這通體雪白銀亮的小狐，應是叫山靈，是天下最有靈氣的動物，怪不得妳在作坊叫牠都能聽見。這種小狐一直存在於傳說中，我朝建朝百年來，未得一隻。」

林小寧一下子就緊張了，道：「望仔是我的，我不會捐的！」

王大人看著林小寧的模樣，樂了。「誰要妳捐了，一隻長得漂亮的小狐狸，能識路，有些靈氣，也就是姑娘家才喜歡豢養，瞧著拉風。」說完，便伸手去逗望仔。「來，讓我摸一下。」

望仔聽了，竟然與火兒一同跳到王大人的懷裡，兩個小傢伙在王大人胳膊上邀寵獻媚，賣萌撒嬌。

林小寧頓覺顏面盡失，尖酸道：「王大人學得真快，我就是拉風。」

王大人此時一身戎裝閃亮，映著他的臉龐如驕陽，他含笑看著望仔與火兒在他的一隻胳膊上蹦跳著，另一隻手便輕柔撫摸兩隻小狐，一邊道：「是，林小姐應當拉風，華佗術的傳人，『醫仙』林小姐，成日在這塊風水寶地，瀟灑如仙人，不應該拉風嗎？林小姐的仙心一聽便知。」

「多謝王大人謬讚。」

林老爺子傻乎乎地聽著兩個人你一言來我一語。

林家棟這時才進門，熱情笑道：「王大人，快去更衣換輕裝。晚上我們喝清泉酒，如今的清泉泉酒可不比去年你來時那般，現在更濃厚，更香醇。」

「望仔，回來。」林小寧一叫，望仔便與火兒跳回來。

王大人微笑道：「多謝林兄細心周到，也多謝林老爺子精心安排，這兩隻小狐很可愛，我失禮了。」

開飯時，王大人換上了一身淡色暗紋錦袍，實是極難說清的氣質，他目光柔和，竟如鄰家大哥般對著小香與小寶笑著。夜首領與影首領則是黑色錦衣，英姿颯爽，這三個男子放在哪兒都是能引人注目的。

一盅下肚，王大人道：「好酒！當真是好酒，比頭前所喝更是滋味無窮，魏家的『釀仙』不虛此名。」

大黃在一邊由小廝拿出專用的碗具，盛了飯與肉塊，小心地伺候。

大黃非常聽話地吃完了，又趴到王大人腿邊，討要其他吃食。王大人也不嫌棄，學著林小寧用筷子挾著吃食要餵給大黃，小廝忙捧著大黃的碗過來，接著吃食道：「爺，您且安心吃喝，大黃有奴才伺候著呢。」

望仔有些興奮，到處轉著圈子，看到想吃的菜，就伸出前爪指指，轉到哪個人身邊，就讓那個人給牠挾菜，一點也不客氣，把一桌子人逗得樂不可支，高高興興地為他挾菜，牠便與火兒兩個傢伙用前爪捧著吃。

大、小白則是好酒的，尤其是大白，喝了不少酒，醉態可掬，把夜首領與影首領逗得豪放大笑。王大人笑看大、小白道：「是兩頭好狼，比上回來時要好多了。」

宴席上，林老爺子、林家棟與夜首領、影首領杯盞不停，歡暢地喝著。

林小寧早就吃飽先退了，去了空間做了藥農。如今，湧泉那兒的水，淡乳白色比之前更白了些，一嚐便覺神清氣爽。

大、小白喝酒喝得多了些，在小木屋裡呼呼睡著，望仔與火兒在地裡跳來跳去。看著林小寧做藥農，調皮搗亂。林小寧樂得很，笑罵道：「望仔啊，王大人說你山靈，你是山靈嗎？」

望仔一臉迷茫地吱吱叫著。

「呵呵，你這個笨蛋，自己是什麼都不知道。管你是什麼，反正你是我的望仔。」

望仔很高興地點點頭。

林小寧又問：「望仔，王大人是官二代嗎？」

望仔不好意思地咧嘴叫了幾聲。

「喔，他不是你的主人，所以你不知道。不過望仔，你這麼靈，會採藥、識路，觀天相，知主人過去，還有其他本事嗎？」

望仔害羞地搖頭，又吱了一聲。

「喔，你能與大、小白、火兒、小毛驢說話，這個我一直都知道啊，你以前就能與大黃說話的。」這話一出口，林小寧愣住了。「望仔，你是不是能與所有動物說話？」

望仔又搖頭。

「那你能與什麼動物說話呢？」

望仔一邊叫著，林小寧一邊數著。「大白、小白、火兒、大黃，還有我的毛驢。」林小寧快要吐血了。「搞了半天，你就只能與這幾個動物說話啊？」

望仔又害羞地咧開了嘴。

林小寧笑道：「喔，望仔不能與豬呀雞啊什麼的說話，因為牠們沒有靈氣。那我的毛驢呢，牠就有靈氣嗎？」

望仔歪著腦袋叫著，把林小寧逗得直笑。「喔，毛驢喝的水摻了我的空間水，所以就有了靈氣，你就能與牠說話。當初大黃也是因為喝了空間水，你才能與牠說話的。只有大、小白，是極有靈氣的，你才能與牠們直接對話。其他的動物，除了豬啊雞啊這些天生蠢笨的動物，像狗啊驢啊什麼的，只要是喝了我的泉水，你就能與牠們說話？」

望仔又邀功似的叫了兩聲。

「喔，還有山上所有的狐狸，你都可與牠們說話。」林小寧笑噴了，安慰地抱起望仔道：「不怕，我的望仔不要有什麼本事，連大、小白這兩隻蠢貨，我都喜歡，更不要說你是我的望仔了。」

做完藥農，採了一些草莓出來，將它們洗了乾淨裝在盤中，給還在廳屋喝酒的爺爺、大哥與京城貴人送去。

看到正廳的桌上，又上一輪新菜，桌腳放了好幾個空酒罈。

她晚上總共喝了三杯，不敢再喝。這王大人與夜首領還有影首領，竟是這般能喝，爺爺喝趴下了，連大哥都喝得有些醉態。大哥的酒量可是相當棒的。

林小寧把草莓放在桌上。「三位大人如此酒量，著實教人佩服，吃些草莓解解酒吧。」

王大人瞧著草莓道：「桃村真是寶地，這種品相的果子，我竟從沒見過，請問林小姐是在哪採得？」

「就在後山啊，那座青山上。」

王大人聽到青山，頗有深意地看了看林小寧一眼，問：「林小姐常去青山上？」

「不常去。」

「那如何採得這些好果子？」

這京城的王大人可不好唬弄。林小寧頓時警覺，便道：「是望仔牠們去採的，牠們調皮得很，天天滿山遍野地跑，我看牠們採過一回，覺得好吃，就讓牠們時時採一些回來。」

王大人笑著拿起一顆草莓放在嘴裡。「好滋味，純甜多汁，一吃便氣爽，這清泉酒本就不醉頭，無論飲多少，人都清爽。再一嚐這果子，竟是如出一轍，其中一絲清爽之氣，周身上下竄動，奇妙無比。看來這青山上到處都是寶啊，望仔也是靈物，還會採果子。」

林家棟有些醉意笑道：「王大人，望仔只是比一般的狐靈氣一些，長得漂亮些，這樣就叫靈物？採果子，好多動物都會的。」

「是啊，大黃以前也會採些野果回來的。」林老爺也笑道。

王大人驕傲說道：「大黃自然是有靈性的，我從沒見得這般好狗，我說的話牠能聽懂，比一些高官貴人所豢養的狗，要靈了不止百倍。」

一句誇大黃的話，讓林老爺子聽了高興得不行。

夜首領與影首領看到王大人動了手，便也各吃了一顆草莓果子，讚道：「好吃，吃著就舒服。」

林小寧不安笑問：「王大人，請問，山靈有什麼奇特之處嗎？」

王大人微微沈吟道：「我也不是特別清楚，只是傳說山靈有靈氣，說是好像能讓其主避禍。不過只是傳說而已，誰也沒有得見與得證過。」

林小寧笑了。「天下之事，是福不是禍，是禍躲不過。哪是一隻狐就能幫著避了的，這就是人自說自話，把一些不可知的事物放到不可知的動物身上去。山靈山靈，也不過就是一隻狐，狐本就是有靈性的動物，被人傳來傳去，就傳神乎了。豈知人的福禍既不是天定，也不是因緣，須得靠自身努力。當然，佛家講究因緣和合，可人的努力也正是因緣和合。」

王大人面露微笑。「林小姐所言頗有深意，還惦著怕我讓妳捐出妳的小狐呢。林小姐多慮了，這種小物只有女子才喜，更莫說君子不奪人所好。不過單就林小姐那一番言語倒是極耐人尋味，按林小姐所言，這天下之事，福禍既不是天定，也不是因緣，那所謂因緣和合，也是人力所為？」

「我是這樣想的，要不怎麼說互為因果？」

王大人看著林小寧，目光十分犀利，良久才道：「怪不得胡大人如此看重林小姐，林老，這孫女可是了不得啊，有這般的心性，怪不得能得隱世高人傳授華佗術！」

「王大人過獎了，我只是將心中所想說出，人才是天下最靈，哪個人沒有一夕之悟。只是我野慣了的，膽大妄言，說了出來而已。」
「那林小姐，妳得華佗術是因緣和合，也是人力努力才能所得？」
可不就是人力努力才所得嘛，她可是努力了五年，才從中醫學院畢業呢，現代中醫都會簡單外科手術，複雜的不會，可也至少瞭解理論知識。
林小寧笑言：「王大人所言正是，萬事萬物，既是人力努力，也是因緣和合，我巧得華佗術，王大人怎知不是我努力了千年的宿世因緣。」
林家棟與林老爺子聽到王大人與林小寧所聊，極為開心自豪地笑了。
林老爺子神神秘秘道：「王大人有所不知，這寧丫頭當初是被弘法寺的和順法師批過命的，說是若十二歲不夭折，便是貴命。」
王大人疑惑地問：「弘法寺的和順法師？哪個和順法師？」
「就是清水縣弘法寺的和順法師啊。」
「林老爺子，您所說的和順法師可不是清水縣弘法寺的，和順法師是名貫我朝的得道高僧啊！」夜首領說道。「他老人家一直雲遊四海，極少有人能見到真顏，您說他老人家給林小姐批了命？」
林老爺子與林家棟聽了夜首領之言，愣住了，不知道該不該往下說。
林小寧問道：「一個和尚給我批命，有這麼讓人驚訝嗎？」
夜首領吃驚地看著林小寧。「林小姐，那可是和順法師！」

林家棟迷茫道：「王大人，我們鄉野村夫的，不知道和順法師如此有名，只是當初去弘法寺燒香，他主動找到我們，給妹妹批了命，他讓我們稱他為和順法師。」

王大人笑道：「銀夜，你忘了林小姐是華佗術的傳人，看來是林小姐的命格引得和順法師主動批命。」

「對呀，爺，和順法師為林小姐批命，正是因為華佗術。這可不是世間俗事啊！」夜首領恍然大悟。

王大人笑著。「正是，林小姐有機緣習得華佗術，又將此術傳於他人，並且所出言論，總是相關佛法因緣，正是有緣之人。」

林小寧樂了，覺得這京城三貴人都是傻子，在那自說自話，她瞎說一些話，他們就這樣迷信不疑。

她只是因為前世老師的原因，習慣於說些佛家之言。佛法真是個好東西，通古博今，怪不得爺爺與大哥當初對她的異常行為那麼理解與寬容。

林小寧樂道：「王大人言重了，有緣之人並不是我，而是曾姑娘，她才是華佗術的真正傳人。她一心向醫，心正，不像我，成天不務正業，只喜歡種田弄地……」

「林小姐並非不務正業，是仙心所致。再說，天是皇，地是后，林小姐愛種田弄地，正是貴之所在！」王大人悠然微笑，如春風一般掃過林小寧的雙眼。

這幫人當真是傻子，尤其是這個官二代，生就一副好皮相，看似不同凡響，卻是最最蠢笨。林小寧心中更樂了。
封建王朝就是這樣，多少廢物坐在高位之上，從無建樹，卻自以為聰明，做出種種愚不可及之事。不過得謝謝這好皮相的官二代，正是因他自說自話，才能讓她不用自己費腦子圓謊。
第二日，起床洗漱，換上乾淨的藍底花棉衣。
望仔一早就帶著火兒與大、小白不知去向，定是跑去山上玩去了。
看著日頭已高高升起，林家一眾人等都吃過早飯。付冠月深知林小寧的習慣，並沒去打擾她睡眠，吩咐廚房留了早飯。
林小寧埋頭便吃。
付冠月笑了。「慢些吃，沒人與妳搶，都大姑娘家了，吃相還這樣不雅。」
「好，嫂子，聽妳的，我慢慢吃，學做官家妹妹。嫂子，家裡怎麼就妳一個人？」
付冠月笑道：「妳大哥去磚窯了，事多著呢，他不好離開。爺爺去開荒了，王大人他們三個去拜訪鄭老去了。」
「喔，我一會兒去商鋪街坊那兒看看擴建的鋪子，嫂子要我帶些什麼回來嗎？」
「不用，我奶奶與辛婆去採買了，一會兒我要去找張嬸。算著日子，王剛與張年他們不久就得回了，我得在張年回來前，從張嬸那兒得個准信。」
林小寧笑嘻嘻地說：「去吧去吧。」

吃過完，林小寧便跳上毛驢背，去了商鋪街擴建的工地上。

村長在意氣風發地指揮著，笑呵呵道：「小寧啊，這商鋪街才一擴建，就有好多家掌櫃來問呢，我說可租可賣，他們著急地想知道賣多少銀兩，我這一合計，不能賣太便宜了，就說等建好了再說。」

「建好再說，到時你與爺爺商量著訂價，但也不能貴。」

「嗯，這個知道，鋪子都是賣實用的貨物，太貴人家也不會來買。」

「村長，你這個村長的職務想法子卸任吧，和里正商量下，找幾個老村民、德行好的人家，讓他們做村長吧。」

村長笑道：「我早就不想做這個村長了，都想開個鋪子呢，讓我家婆娘來看鋪子，賣些雜貨什麼的，看著那些雜貨鋪子，生意好得不得了。」

「別急，你家婆娘不要開這個鋪子，我另有他想。」

「小寧有什麼想法？」

「我有些想法，還不大確定，回頭我再找你商議。村長，你現在的收入養一大家子都富足得很，還怕養不起一個婆娘嗎？你就給我把她留著吧，我有後用便是。」

離開商鋪街工地，又去瓷窯逛了逛。

小鄭師傅笑逐顏開地在忙活著。自從孫氏懷上了，黃姨娘生了閨女，他精神振奮，成日裡瓷窯與家裡來回，兩邊都顧得好好的。

林小寧覺得小鄭師傅雖沒有鄭老的才藝，性子又是那樣，但就從這一點來說，還真是一個居家好男人。

小鄭師傅現在的茅坑東西燒得越來越棒，白得透亮，又結實耐用，形狀也改進過，細節處更是精緻不可挑剔。

一些瓷窯也仿製，但始終仿不出林家所出的茅坑與瓷片的完美品質。

林小寧自豪地想起現代一句廣告語：一直被模仿，從未被超越。看來，天下萬物，若想不被抄襲，只有一條路，就是走品質。這樣一來，再抄也不怕。

棉巾也一樣，現在市面上仿製的太多了，但沒有哪家能與林家的棉巾相比。林小寧心中明白，這得益於她的空間水。

這是永不可被模仿的，這也是她的秘密武器。

林小寧的小毛驢拉風地昂著驢腦袋，噠噠地往林府走去。

林家棟的馬停在院外，進了廳屋，林家棟、小方師傅、王大人、夜首領、影首領坐在廳堂談事。

林小寧便道：「大哥，下午你的馬兒借我用一下吧，我想去看看那邊的千頃地。太遠了，我的毛驢太慢了。」

林家棟道：「小寧，不可，那邊太遠，又荒，騎馬都要半個時辰，和到清水縣差不多呢，還是回頭讓爺爺帶妳去吧。」

「那麼遠啊？大哥，你下午陪我去吧。」

林家棟道：「不行，我沒時間，正談建磚窯之事呢。」

林小寧看著悠然的王大人，笑了。官二代果然是個傻的，磚是好做，成本也不高，擴大磚窯也不是問題，空地還有著呢，可運送卻是大難題，朝堂要林家捐磚泥，卻忽略了運送的問題，這不是捨近求遠嗎？

林小寧坐下來，笑道：「想要擴窯？」

林家棟道：「是，現在這出磚的速度，跟不上邊境防禦所需。」

林小寧道：「大哥，擴窯簡單，不過就是半月工夫，但出磚數量追上了，王大人要如何運去邊境？我們的窯廠現有的十幾個窯，燒上一窯，一百輛車就裝滿了，運送一回卻要來回近一個月，這還是最趕的速度，對吧？王大人。」

王大人不緊不慢笑著說：「是。」

「王大人要如何解決運送的問題呢？一塊磚的成本不高，可運送的成本卻比磚高。」

王大人淡然道：「所以與妳大哥正商議此事，打算讓妳大哥與方大人去邊境處建窯，這樣一來，當日內就可送到邊境，就省下了運送成本，方大人現在是磚事大人，妳大哥又是安通大人，目前要負責邊境防禦一事，這是公職所在。」

林小寧愣了。「王大人，你說什麼？你讓我大哥去邊境戰亂之地？你要害死我大哥與方大人嗎？」

王大人道：「林小姐何出此言？妳林家捐磚泥是奇功，有此功勞，你們等同於握著免死金牌，怎麼反過來說我害你們？」

林小寧怒了。「王大人，邊境蠻荒之地環境惡劣，稍不留神，一窯沒燒好，不如現在出品，那就是大麻煩，還免死金牌？我都沒看到呢！你說等同於免死金牌，你倒是給我去朝堂求一塊免死金牌！」

王大人看白癡一樣地看著林小寧。「林小姐是擔心什麼？堂堂男子為朝堂效力，在邊境處待一陣子又如何，女子哪懂政事，妳做好妳的傷藥便是，這是我與林兄在談公事，妳不必多操心。」

林家棟也道：「小寧，妳不用操心了，我與方大人商量好了，打算去邊境處燒磚，燒磚的出品不用擔心，我們會不斷運送這邊的好泥過去，摻著燒，不會有問題。這事做好了，那可是大功。」

「那世事無常，萬一有問題怎麼辦？還有，你們這一去，要多久才能回？」

林家棟沈吟道：「我們要帶一些老手過去燒，這樣才能保持出品，按我們的速度，如果建二十個大窯，兩個老手負責一個窯，這樣半年也許能把邊境所需磚泥全部備好。」

「那打磚坯的呢，用誰？」

王大人道：「邊境有軍隊，可提供人專門做磚坯。」

「原來你們都商量好了？」

王大人道：「是的，林小姐，這是桃村的榮耀之事。」

林小寧正色道：「王大人，你們商量好的事情，我也不便再說什麼，只是有兩個條件。一、運這邊的泥，得由你親信的人親自送運；二、我要有專人保護大哥與方大人的安危。」

「林小姐擔心什麼？」

「王大人，世事無常，小心些總歸是好的。大哥與方大人去邊境，離家千里，諸多艱難。這運泥到邊境，路途遙遠，中間難保有所不慎，萬一這泥出了問題，磚的出品不如之前，那朝堂一怪罪，我們有口難辯。還有，我大哥與方大人可是磚窯大師傅，他們的手藝出的活，那是沒話說的，這本事不是看著就能學會的，他們一個是從四品，一個是五品，去了邊境之地，沒人保護說不過去吧？」

王大人笑了。「行，林小姐的要求我應了，但林小姐得應我一個條件，就是把大、小白給獻出來幫一下忙。」

「大、小白，那兩頭蠢貨？王大人說笑了，牠們能幫什麼忙？」林小寧撇著嘴道。

王大人與夜首領、影首領都笑了，尤其是王大人，笑得有點傻。「林小姐是醫仙，卻又是個隱世的醫仙，妳可知道妳的大、小白是兩隻銀狼？」

「是銀狼啊，村裡誰都知道啊，又懶又蠢的銀狼。」

王大人笑著。「銀狼有兩種，一種是白狼，也叫銀狼，另一種就是大、小白這種，通體銀毛的狼，是真正的銀狼。這種銀狼可日行千里以上，比汗血寶馬跑得都快，力氣又大，可負重千斤，林小姐何不用這兩頭銀狼來做妳大哥與方大人的坐騎，同時也可負責運送你們村裡的好泥去邊境。」

「啊，大、小白能跑得比汗血寶馬還快？」

王大人笑看著林小寧道：「大、小白是妳的望仔的玩伴，妳看呢？林小姐，大、小白做妳大哥與方大人坐騎，從邊境到桃村，不過一日時間就可到，不用擔心了妳大哥與方大人了吧。大、小白運泥，那可是妳的親信，妳更不用擔心節外生枝了吧？」

林小寧還沒從這消息中回過神來，一直想著，望仔怎麼不知道？望仔真是什麼都不知道。

林小寧呆呆地問：「王大人，你可確認大、小白能跑得比汗血寶馬還快？」

王大人笑道：「當然確認，妳大哥也知道。」

「大哥，你也知道？」

林家棟笑說：「知道的，但大、小白太貪玩了，我可沒指望過牠們。」

林小寧道：「大哥，你怎麼知道？」

林家棟苦笑道：「小寧，銀狼跑得快，就像黃鼠狼愛偷雞一樣，我是獵戶當然知道。」

「那我為什麼不知道？」

林家棟笑。「妳知道華佗術，不知道銀狼跑得快，有什麼好奇怪？」

「那大哥為何從來不告訴我？」

林家棟樂了。「我哪知道妳不知道啊？」

王大人、夜首領、影首領都笑了。

林小寧一言不發，走到院子，抬頭一叫：「望仔，立刻叫大、小白回家，立刻、馬上，最快的速度。」

話間一落沒多久，只見大、小白揹著望仔與火兒就飛奔進院子，看到林小寧，屁顛顛地上前，舔著她的手。

林小寧不敢相信地問：「你們是在後山上玩著嗎？」

望仔吱叫了幾聲，林小寧一把抱住望仔急急告退，跑到自己的院子，確認不會有人聽到自己說話後，便低聲問：「望仔，你說，大、小白跑的速度是不是天下第一？」

望仔點點頭。

「那你之前為何不說？」

望仔迷茫地叫著。

林小寧吐血道：「大、小白跑的速度快是天生的，不是本事，牠們一個月不吃不喝也能生龍活虎才是本事！牠們會識路也是本事！狼雖都會識路，可大、小白的識路不同，是與你一樣的，是從沒去過的地方也能認得，是在再深的林子裡也能直著走出來。望仔啊望仔，你能活活把我氣死！」

大、小白這時也跟著進了院子，討好地、小心地上前，舔著林小寧的手。

林小寧又道：「那我以前喊你們回家時，你們都不會這麼快啊，怎麼今天這麼快？」

望仔又叫著。

林小寧苦笑。「你能聽到我在哪兒喊你，你會算好時間，在我到家時才回，這就是本事，你怎麼也從不告訴我！」

她崩潰地又說道：「對，你會說那是天生的，不是本事。你還有什麼是天生的？還有火兒，還有大、小白，還有什麼是我不知道的？快說，這天下也就我是最蠢笨。」

望仔又叫了叫。

「大、小白天生就是速度快，能負重，火兒天下最媚，你天生就是最有靈氣，是世間最有靈氣的活物！說了等於沒說！還有，你能不能不要時時自誇啊？」林小寧哭笑不得。

望仔不好意思地咧著嘴笑了。

林小寧笑罵著。「看你那樣，原諒你了。你給大、小白說，從今天起，牠們得成為大哥與小方師傅的坐騎，因為大哥與小方師傅要去邊境建窯燒磚。大、小白不是速度快嘛，有牠們兩個，大哥與小方師傅在路上的安危，我就不擔心了。」

望仔鄭重點點頭，對著大、小白一通叫，大、小白竟然歡快地跳起來，趴在林小寧的肩上，表示高興。

林小寧罵道：「看來大、小白早就想出去了，牠們兩個傢伙性子太野了，出去也好。不過，一定要聽大哥與小方師傅的話，當一天坐騎，就有要坐騎的樣子。聽明白沒？」

大、小白看著林小寧。林小寧十分肯定地相信，大、小白一定聽明白了她所說的話，便摸了摸大、小白，說：「大白、小白啊，你們兩個記得半月回來一趟，我好餵些好水給你們喝。走，我們去找大哥去。」

林小寧回到廳堂，看到王大人幾人還坐在廳堂發笑，便清清喉嚨道：「王大人，大、小白給我大哥與小方師傅做坐騎是沒有問題的，不過，大、小白運泥，還是要考慮一下。雖然大、小白速度快，也能負重，就算大、小白一次能運一千斤泥，可大、小白身體不大，不能駕車啊，身上揹負的泥，怎麼裝？用麻袋？不如還是用馬車更為方便。」

王大人笑道：「林小姐不捨得大、小白多跑幾回，心疼了是嗎？行，依妳，妳大哥與方大人先到西北邊境建窯燒磚，軍隊負責把好泥運去邊境。妳大哥與方大人有大、小白為坐騎，可半月回一次家，很是方便。」

「那就多謝王大人體諒了。」林小寧回道。

「林小姐，妳怎麼不讓妳大哥與方大人試一下大白與小白的速度？」王大人看著林小寧，聲音帶笑。

「王大人好建議，走，我們出門去，大、小白跟上，望仔、火兒在家玩。咦，大黃呢？」

王大人樂了。「大黃和牠們一起上山去玩了，妳叫大、小白回來，大黃哪裡能追得上牠們兩個？定是在後面急著往山下趕呢，沒事。」

眾人一起走到院外，林家棟笑著跨上大白的背，又扭身扶著林小寧坐在自己身後。「小寧，坐穩了，我們正好去那千頃荒地看看。」

方大人看著白牙森森的小白，儘管大家都知道大、小白又蠢又不傷人，但牠們長大後，凶樣越來越明顯，這麼近看著，心中便有些膽怯。

王大人笑問：「方大人，我代你一試如何？」

「好好，王大人來試試。」方大人不斷點頭。

王大人輕身一跨，就坐穩在小白身上。「林兄，林小姐，出發吧。」

「大、小白，出發，去千頃荒地上去逛一圈。」林家棟試探地對大白與小白說。

話音一落，大、小白就如飛一般竄出去，林小寧雙腳頓時就凌空了，嚇得一把抱住林家棟的腰。她想說話，卻說不出話來，一張嘴就滿嘴的風聲，眼睛都睜不開了，只感到雙耳邊呼呼的風聲呼嘯而過，像騰雲駕霧一般。

不過三、兩分鐘，林小寧感覺大白停了下來。她的雙腳著地，睜開眼，大白這個調皮的傢伙，從林小寧與林家棟兩腿間一滑就離開了，然後轉身到林小寧身邊，討好地跳著。

林小寧有些緊張道：「大、小白的速度當真快，不過大哥，你以後騎牠們時，可要抓穩抓緊了，太快了，太危險了！」

林家棟疼愛地摸了摸林小寧的頭。「小寧，大哥哪會害怕，妳是姑娘家，太快的速度，有些緊張是正常的。」

林小寧看著林家棟，突然發現大哥高大俊朗，已是大男人了。是啊，獵戶林家的長孫，哪會害怕大、小白的速度。

轉眼望著眼前的一大片地，雖是荒地，但野草是黃綠色，還有星星點點的黃色白色紅色的小野花，一看便是好地。

「大哥這塊地好得很呢。」林小寧開心極了。

林家棟也開心而笑。「去年挑地時，當時還沒這麼漂亮，現在春天，這草都綠了，還有小花，真好看。小寧，這地可是王大人幫著挑的，共兩千頃，有一半劃了我們家。」

林小寧轉眼看王大人，只見他安然笑著，正翩翩等她上前道謝一般。

王大人穿著天青色有著網底的錦袍，身邊立著小白，一側是青翠的高深的山群，一側是開闊地綠草野花遍野的土地，真是其人也是風景，風景也是其人。

林小寧有些走神。禮貌說道：「王大人，謝謝你挑了這麼好一塊地。」

王大人翩然笑道：「林小姐客氣了，舉手之勞。不過，現在林小姐不會對妳大哥路上的安危擔心了吧？」

林小寧看此事已定，只得笑道：「大、小白能為朝堂立功，也是喜事一件。還是要多謝王大人幫我們挑的地，這地真是不錯。晚上，我讓小香做涼拌三絲，表示一下我的謝意。」

王大人笑如春風，聲音也輕柔許多。「林小姐若是真心感謝，這幾日便多製些傷藥與拉肚子藥，我們好一起拉去軍營。妳的傷藥好，太醫還特意看過的，說配方就是普通的止血止疼傷藥配方，只是妳的藥就有奇效，別的藥一樣配出來，就不如林家的傷藥這般有效。曾姑娘說是心法使然，現在太醫院還養著曾姑娘帶去的兔子，那母兔子肚子上縫合的傷口還依稀可辨，真是不敢想像，是剖開肚子取出的小兔子，華佗術果真是神。」

林小寧笑道：「本是要謝謝王大人為我們挑的地，與華佗術有何關係？傷藥與治拉肚子的藥，李師傅一直在製著，成藥都堆在空屋裡呢。不過大人如果有時間的話，我倒是想問一下西南那邊兵將們的一些身體情況，或是還能配出治其他病症的藥丸來。」

「林小姐一心為我朝兵將們著想，醫仙封號果然不是虛名。」王大人的笑意更為濃醇了。

自從大、小白知道自己將要離開桃村去更遠的地方時，興奮得不行，老是圍著林家棟、方大人還有王大人、夜首領、影首領打轉轉。

牠們的模樣雖凶，但學著望仔、火兒撒嬌賣萌、討好賣乖的樣子實在招人笑，竟把小方師傅也逗笑了，還試著摸牠們，與牠們說話，偷了一個時間騎上小白也去跑了跑，回來時，竟然就癱軟在地，然後哇哇大吐，把磚窯的人笑得肚子疼，心下對大、小白的速度也更敬畏了。

林小寧的空間水色澤已接近白色，但聽望仔的意思是還會更白，還沒到時候。

林小寧每天偷偷地找個機會給大黃餵些白色的空間水，大黃一嗅到空間水的味道，就一通狂飲，喝的樣子貪得很，逗得林小寧開心極了，摸著大黃道：「好大黃，你是好狗，以後每次來桃村時，都要喝一些好水，身體好，才能活得久，我想你多多享福呢。當初家裡窮，沒能好好對你，現在算我補償你的。」

第二十七章

王大人與林小寧就邊境的兵將們身體情況，好好地聊了聊。

邊境環境惡劣，有時喝的水髒，吃的食物不乾淨，或者天氣變化大，會拉肚子。尤其是西南邊境疫症流行，除了拉肚子還會嘔吐、打擺子，通常都是用艾草，雖有效果但是慢，得硬生生熬著，熬到能一整天不吐不打擺子，就沒事了，熬不過去，就……

所以，西南邊的兵力一直不能壯大，這個疫症倒也怪，只在軍隊裡盛傳，百姓人家也有得，但到底少。

這可能便是瘧疾。軍營在林間，少不得被蚊蟲叮咬，自然就容易發病。瘧疾治療最好的中藥就是青蒿，但這個年代的人似乎並不知道。

林小寧沈吟道：「王大人，我會做好藥丸，你們這次回去一起拉去便是。方子也交於你，如果有效果，就把方子給地方衙門公布。」

王大人眼睛一亮，道：「林小姐真有辦法治好西南盛行的疫症？」

「不是好辦法，就是普通方子，只是軍醫沒瞧對症而已。」

「林小姐為何不在西南開個藥鋪，專賣成藥？」

「王大人有所不知，我雖有醫仙封號，但處方水平很是一般。得華佗術是機緣，但這處方不是看機緣，是看真本事，所以不敢妄想。天下之症，多般複雜，再好的大夫也會有瞧錯的時候，何況是成藥。成藥是定量定劑，何人用都是同一個方子，本就是大謬，只是軍營中，得病原因多半差不多，服用成藥也方便，才想出這法子。」

「林小姐心細周全，卻道自己處方水平一般，這才是大謬。」

「王大人過獎了，我處方水平的確一般。你之前也說到太醫們也看過傷藥，就是普通的方子，他們開的方子或許比我的更為精湛，我只是偷了個巧。我這水平也就是做一些成藥便是，只是製藥者用了心，藥材也是挑好的，所以才效果顯著。不過王大人，傷藥方子、拉肚子的方子、還有疫方，你都可帶去給太醫們看看，也可以公布給百姓。」

「林小姐如此謙恭，令我心生佩服。」

「那王大人以後可常帶大黃來桃村玩玩，桃村可是好地方，上回沈公子來了都不想離開呢，那身體給我家的廚房養得棒棒的，走的時候至少重了十斤。」

王大人意味深長地笑說：「林小姐可是也想把我與銀夜、銀影三人也養得胖胖的，打獵都跳不起來。」

「哪裡的話，男人嘛，就得像我大哥那樣壯才好，雖然王大人這樣也好，不像方大人，來桃村後，事再多、再忙也發胖。不過到底日子踏實了，心寬體胖啊，也是好事。」

「林小姐的道理怪得很。」

「王大人，天下道理最怪的當屬曾嫣嫣了。」

「其實林小姐與曾姑娘有許多相似之處。」

「王大人說笑了，哪來的相似之處？以前張年倒是說過，曾嫣嫣從小就去軍中給人瞧病，沒有男女分際，這一點與我相似，但那也是與桃村的所有女子都相似，畢竟莊戶人家，女子都是要幹活下力的，講究不了這些禮節，我林家也是窮困出身，自然現在也不會過多講究。」

「林小姐錯了，妳與曾姑娘相似不是這方面。」

「就是啊，曾嫣嫣心氣高，我卻市儈，哪一點像了？雖說我們是金蘭姊妹，但我可不要像她。」林小寧樂道。

王大人瞇著眼睛笑了。「林小姐看似聰慧非凡，實則蠢笨不堪，妳與曾姑娘相似處不是男女大防，不是性子，而是妳們兩個人都是隨心的，做事是隨著自己的心，這才是妳們的相似之處。」

林小寧愣了一下。「王大人，我有一事相問。」

「林小姐請問。」

「聽說王大人把大黃的病治好了？」

「是的。」

「王大人如何知道大黃的病？」林小寧笑了。

王大人聽了此話，穩如泰山，端坐在紅木椅子上，喝了喝茶，眼光輕輕掃了掃林小寧全身上下，面不改色，悠悠然微微笑道：「林小姐，是個人就能看出大黃得的是什麼病，這招，也是個人就能想得出來。所以我說林小姐有時聰慧之極，有時又蠢笨不堪。」

「王大人好像非常喜歡說我蠢笨不堪。」

「林小姐，我喜歡說實話，我是君子。」王大人放下茶盅，悅色道。

林小寧心中頓起疑惑。

這王大人到底是個什麼身分？幾天接觸下來，竟然覺得這傢伙腦袋靈光得很，看起事物也眼毒辣，且說話做事老謀深算，聽爺爺上回說，他是武將。

這年紀的武將，難道不是那種憑著一把力氣，殺了幾個敵兵，因著身世就順勢坐上位，那種有勇無謀的官二代嗎？就如同項羽一般。

說他如同項羽真是抬舉了他，項羽何許人也，西楚霸王，力拔山兮氣蓋世。李清照還寫，至今思項羽，不肯過江東呢。楚霸王項羽雖是匹夫之勇、婦人之仁，卻到底是貴族英雄，就憑這般氣節也讓後世人嗟嘆。

便試探著問：「王大人，說到底，我就是一個鄉下丫頭，蠢笨些也是正常，聽王大人口氣，與嫣嫣或是很熟悉。嫣嫣是太傅之女，才得以隨心所欲，我不敢與她相比，到底身分不同，敢問王大人府上與曾太傅府上可是世交？」

王大人心如明鏡一般地笑著。

林小寧頓時覺得自己的問得極不高明，讓人一聽就知目的，蠢笨極了，不僅有些難為情。

卻不料王大人回答：「林小姐，我與曾姑娘熟悉，一是因為曾姑娘自小去軍營為醫，二是因為其父與我大哥極為相熟。」

林小寧想反正這官二代也看出她的目的了，便硬著頭皮繼續說：「喔，王大人大哥定也是京城高官，怪不得王大人貴氣渾然天成，世代官家之子，著實令我這鄉下丫頭惶恐。」

「林小姐看上去倒是一點也不惶恐。」王大人笑了一聲。

「哪裡，哪裡。」林小寧汗顏，圓道：「王大人，表症不是主症，肉眼看到的事物不一定是真實，我心下是極為惶恐的。」

「林小姐身為醫仙，對我等軍營裡的漢子，兵也好、將也好，都不必惶恐，將來有需要林小姐相助的地方多著呢。這幾天大黃看起來，精神頭可是尋常時候不能比的，眼睛都是透亮的，竟覺得不像狗了。那皮毛摸起來，比之前更為不同，肌肉與骨一摸也大為不同，不知道林小姐是給大黃用了什麼靈丹妙藥？」

林小寧萬分警覺，暗想這個王大人厲害得很，一眼就看出大黃的不同之處，以後定要處處小心，以後與他還是少說話為妙。

於是便笑笑。「王大人可知精氣神來自於天地平衡，五內平衡。大黃跟了王大人後，吃住行都與之前有所不同，身體漸好，又與王大人投緣，長伴左右，心中踏實，心情也好。再回到了桃村，這桃村天地可是與外面不同，好山好水好風光，人好馬好牛也好，這樣的寶地，大黃若是沒有更好的變化才怪了呢。」

「林小姐說話極有趣。好山好水好風光，人好馬好牛也好，倒是不知道，這好，到底是哪裡好？哪裡都好便不是好，定是有與外界不同的地方。胡大人待在清水縣一陣子有了變化，沈常宇在桃村待一陣子也有變化，請問林小姐何解？」

林小寧硬著頭皮道：「心法，王大人，這便是心法。」

王大人沈思。「我不懂心法，但請林小姐賜教。」

林小寧果斷說道：「王大人，心法在你心中，心法看機緣，無緣者，得不了心法。」

王大人又道：「林小姐，心法我得聞已久，太醫院、胡大人那兒，早早就已把妳的心法之說傳得神乎其技，但我只是武將，更不懂醫術，請林小姐指點一二。」

「王大人既是武將，為何又糾結於醫術心法？」

「林小姐有所不知，心法既在心中，那又豈只限於醫術。曾姑娘從桃村回京後告訴我，天下心法無處不在，境便是心法，悟境，卻要看機緣。所以，我在此請林小姐也面授機緣。」

「王大人，既是明白心法看機緣，又如何面授？」

「不，林小姐心中明白，我要的是什麼。」

「王大人，你可忘了，我蠢笨不堪。」

「林小姐正是由於蠢笨，才得以得慧。世間萬物有陰就有陽，林小姐便是這樣的人。」

林小寧正頭疼怎麼讓這個執著精明的男人放棄糾纏，一聽到世間萬物有陰就有陽，頓時靈光一閃，說道：「王大人料事如神，請隨我來。」

王大人與林小寧站在村裡的荒山群腳下。

他們身邊不遠處是大片的林家幾千畝開好的地，一塊塊整整齊齊，青翠的稻苗長得鬱鬱蔥蔥，間隔著排排的青磚房。曾經的流民、如今的桃村村民們忙裡忙外的勞作，有在田間忙活的，有趁著地裡的事不多，就去窯廠幫工的，大家都熱情似火，富足的生活像地裡的莊稼，每天都在成長。

林小寧聞著田地間散出的泥土的氣味、稻苗的氣味以及施肥的氣味，覺得心都鼓起來了，快樂地笑道：「王大人，上山。」

王大人一聲不吭，隨著林小寧的腳步，就躍上了荒山群。

村裡的荒山群是鄭老的寶貝泥巴。

林小寧笑道：「王大人，不嚐嚐這些泥嗎?方老可是嚐過的，這就叫天材地寶。」

王大人彎腰抓起一把泥，聞聞，卻並不嚐。「這是名朝的泥，名朝處處是寶啊。」

林小寧正色道：「王大人，這是我林家的泥。」

「普天之下，莫非王土。是妳林家的泥，也是名朝的泥。名朝地廣物博，哪裡都是寶物，但也要如同林家這樣的慧眼，才能識得。」

林小寧道：「王大人，你這樣說話累不累啊？」

「為何會累？」

「王大人可喝過魏家的神仙酒？」

「當然喝過。」

「那王大人還喝過魏家的清泉酒，對吧？」

「是啊。」

「那王大人覺得神仙酒與清泉酒有何不同？」

「神仙酒，酒如其名，似神仙快樂。清泉酒卻百轉千迴，只取清泉之名，卻是天涼好個秋之意。」

「王大人正解。神仙酒，酒如其名，而清泉酒卻不再強調，只清泉二字，卻道盡人間感慨，最終歸真返璞，便只往實處說，往看得到、摸得到的說。比如餓了就要吃飯，睏了就了睡覺，可不正是天涼好個秋？」

王大人沈思。「林小姐想說我凡事執著，有些事物不必時時強調。天下再大，到頭來，不過是一日三餐，一夜一眠一張床，有太陽便曬太陽，天涼了，卻正是好個秋。」

「這泥，是林家的，這地，是林家的，後邊那座青山頭也是林家的，這都是當今皇上賜給我林家的，也有我林家買的，交了銀子的，有地契的。」林小寧驕傲地說。「但也是名朝的，我們所有的這些村民，我爺爺、我大哥、我嫂子、我妹妹、弟弟，還有你，王大人，都是名朝的。但王大人，你既是名朝的子民，可你又是王大人，又是你府上的少爺、你大哥的弟弟。」

王大人深深地看著林小寧，半晌才道：「林小姐說得沒錯，天涼了正是好個秋，一句話道破天機。天下之大，卻是每個人的天下。」

林小寧笑了，這京城來的王大人聰明過人，卻只要遇到禪句，不由自主就會自說自話。看來，對付他不能直話說，得繞著說，這朝代的人都喜歡繞著說話，一遇到禪句就發呆深思，這個朝代的佛學一定十分盛行。

便拍著馬屁道：「王大人智慧過人，我的心法本源於醫術，但王大人卻能悟到心法既在心，便不止於醫術，王大人不同凡響。」

王大人溫和說道：「林小姐，前年秋天在青山上的山洞裡，妳救治我一事，我一直沒有親自謝妳，請林小姐不要介懷。」

林小寧聽到這句話，覺得有什麼東西在心中轟然巨響，有些呆住了。

那年救他的事，突然歷歷在目。

林小寧就這樣看著王大人。

王大人笑了，輕聲問道：「林小姐可是還在介懷？或是不習慣人家給妳道謝？」

林小寧覺得失態丟人，尷尬笑道：「王大人不必道謝，那天我就是不救治你，你的人也快到了，我只是提前給你包紮了一下傷口而已。」

「林小姐，我有一事相當奇怪。為何讓妳包紮過的傷口竟連疤痕都沒有，且很快不再痛楚，體力也恢復大半。」

「喔，這倒要怎麼說呢……」林小寧又開始胡說瞎編。「王大人，你可知道，所有的大夫醫人時，不僅僅是醫人，還要看緣，所以有些普通的大夫也能治好重病人，而有些高超的大夫，卻治不好普通病症。這在佛學上來說，有時傷與病痛，本就是業力。」

王大人眼神一怔。林小寧分明清楚看到了，竟覺這眼神讓她說不出的感動，又說不出是何原因。

王大人欲言又止，最後輕聲道：「繼續走吧，林小姐。」

山頂上，正是未時剛過，日頭偏西，明晃晃地照著兩人。林小寧得意自豪地指著腳下的荒山群道：「王大人，你看，這山群的形狀像什麼？」

王大人看了半天，看了右側再看左側，最後嘆道：「原來如此，竟是八卦陰陽之相，山群正是陰陽分隔處，怪不得桃村風水好，真真切切是風水寶地啊，當初怎麼就沒發現呢？」

「現在王大人知道，為何桃村的水喝了清爽、傷藥有效果、漢子健壯、女子漂亮，就是因為風水好。」

下山時，林小寧跟在後面。王大人下山的姿勢如大雁一般輕鬆敏捷漂亮。

林小寧羨慕地看著，這便是輕功了吧，怪不得爺爺說他射箭的動作漂亮，是有輕功的底子。她是學不來了，頂多就是一頭小母狼的姿勢了。

山下，白唇白蹄的小毛驢與黑色駿馬靜靜候著。

王大人與林小寧跳下山腳，一馬一驢就親密地踏著四蹄。

林小寧笑。「看，桃村的驢都是比外面的驢有靈氣。」

王大人看著白唇白蹄的小毛驢，竟然上前摸了一把道：「是有靈氣，是頭好驢，叫什麼名字？」

林小寧說：「小毛驢。」

王大人微笑。「很好聽的名字。」

第二天，桃村便下起了雨，淅淅瀝瀝不停，開荒工地上，漢子們穿著雨蓑，還在開著地。磚窯瓷窯處，工人們紛紛把曬好的坯搬進專門建造的大空屋裡。雨水天氣是老天給村民們放的假，可以稍事休息一下，大家都在心中盤算著，今年莊稼的收成能是多少，看今年開春後風調雨順，是個好兆頭。

王大人與夜首領、影首領，帶著一百個趕車的兵去了磚窯處與瓷窯處幫忙運坯。人多，不一會兒的工夫就搬好了，然後就跟著林家棟一起回了林府，林老爺子讓荒地上的幾個工頭管著事，就去鄭老家打牌去了。

如今鄭老在自己的院裡建了一個小作坊，有時帶著孫女兒在裡面描畫什麼的，有時也去瓷窯處待一待。

自從有了孫女後，鄭老更喜歡在家多待著，三個老頭打牌都是去鄭老家了。

下了雨，大黃、大、小白、望仔、火兒幾個竟然沒出去，只在後院的雨中玩耍著，玩得一身泥水。

大黃每天都有林小寧偷餵牠喝空間水，越發健碩，加上來桃村後與望仔、火兒、大、小白一起玩得久了，野性也顯現出來，不再溫順，特別貪玩。

王大人對大黃的身體上的變化不再吃驚，對大黃性情的變化更有些樂見其成。他總是優雅地摸著大黃的腦袋，真是人狗情深。

當大黃一身泥水從後院回到前廳，把夜首領與影首領逗樂了。

大黃的模樣從沒像現在這樣可笑狼狽過。

大、小白跟在後面，也是一身泥水。望仔與火兒坐到大、小白的背上，濕淋淋的。五個傢伙因為毛髮淋濕，貼在身上，看起來相當逗趣。

大、小白甩甩身上的水，就衝去了林小寧的院子。

林家棟笑了。「王大人，你看大、小白這樣，如此貪玩，怕是難擔大任。」

王大人道：「林兄，大白與小白這樣貪玩正是天性，天性在，卻又不傷人，是好狼。」

大黃走到王大人身邊蹲下，王大人伸手便摸。

大黃的小廝趕緊上前。「爺，等奴才把大黃伺候乾淨了您再摸。」便拿著一塊大大的乾巾給大黃擦拭著。大黃一邊安靜地讓小廝伺候著，一邊看著王大人，眼中是幸福的深情。

林家棟道：「王大人對大黃如此情義，實在教在下心中感慨。」

王大人笑著說：「林兄言重了，我是牠的主人。」

林家棟嘆道：「正是，大黃是最有福的狗。」

「林兄也有福，你有一個這樣的妹妹，豈不是福氣？」

林家棟有些自豪地笑了。「林兄所言確是，我這個大妹妹著實不一般，林家是因為她才得以這樣光宗耀祖。」

「林兄，上回你與林老說和順法師給她批命，還說了些什麼？」王大人問道。

林家棟想著。「和順法師說得不多，只道身分太賤，可命格又貴，給了一個『寧』字做名，說壓壓她的命格，如果十二歲沒夭折，就是大富大貴。」

「她的『寧』字是和順法師賜的？」

「是的王大人，說是用這個名壓一壓，或許不會夭折。現在過了十二歲了，沒事了，她十二歲那年跌到河裡差點淹死了呢，和順法師真是靈。」

王大人沈思不語，又問：「林兄可知和順法師為何單單賜一個『寧』字給你妹妹？」

「只說這是寧王的封號，用了這個字，才能壓她的命格，又說本朝不忌諱這些，讓我們用便是。」

王大人良久才道：「林兄，你妹妹或是度寧王之人。」

林家棟大驚。「王大人不可亂說，寧王是何許人也，妹妹用『寧』作名那是和順法師所賜，加上本朝也不忌諱，但萬不可這樣言語上攀高，或會惹來聖顏大怒！」

王大人微微一笑。「林兄不必擔心，只是一說。」

夜首領與影首領意味深長地笑了。

林小寧這時正在自己的院裡睡懶覺。只要一下雨，她就懶得很，她覺得下雨天氣就是對她的懲罰。她的身體一向極好，並不會因為雨天就有些不適的反應，可心情卻會憂鬱起來。她討厭下雨，前世就極討厭，這世還是一樣。

梅子看到大、小白揹著望仔與火兒進屋來，叫道：「小姐，望仔牠們來回來了，牠們濕淋淋的，讓不讓牠們進屋啊？」

「讓牠們進來吧。」林小寧笑道。

大、小白在屋門口又甩甩身上的水，然後討好地進了屋裡。林小寧笑道：「你們髒死了，去裡面洗了澡再出來。」便把四個傢伙收進空間。

不一會兒，付冠月笑咪咪地也進了屋來，喜道：「小寧，大牛被鄭老收為徒弟了。」

「什麼？大牛被鄭老收為徒弟了？」

「是啊，就今天的事。鄭老早就看好大牛了，大牛平時功課做完了，便喜歡去鄭老那兒待著、學畫畫。鄭老說，大牛的畫功是一般，畢竟年紀小，學畫不久，但畫畫極有靈氣，還有做瓷坯也是極為靈性。一直等今天才收了徒弟，鄭老說是要看看大牛的性子。」

「哈，鄭老終於有傳人了，大牛好福氣啊，張嬸生大牛可一點沒生錯，大牛踏實、性子穩，鄭老不喜歡才怪呢。」

「是啊是啊，鄭老收了大牛高興著呢，今天爺爺與方老在鄭老家裡，爺爺與方老做的見證，張嬸帶著大牛去了鄭老家正式拜了師，晚上就留在鄭老家吃飯，王大人那兒有妳哥陪著就行。去年，王大人他們來時就說過不必太講究，都是軍隊漢子，不喜鋪張浪費。話是這麼說，但也是要精心招待的。這王大人啊，氣勢有些逼人，吃東西又有些挑食，可說挑食吧又極能吃，跟妳大哥一樣。我可沒看到過哪個當官的這麼能吃的，不過王大人是武將，與蘇大人不同的，那夜首領與影首領也一樣能吃能喝。不管怎麼著，也是比曾姑娘好伺候多了。」

「嫂子，天下還有比曾嫣嫣更難伺候的人嗎，妳可見過？」

「沒見過。」付冠月笑了起來，又道：「小寧，張嬸同意了，等張年回村後，就把兩人的事給辦了，讓張年搬去張嬸家住就行。」

「張嬸答應與張年的事了？」

「是的，答應了。」付冠月抿嘴笑著。

「太好了，張嬸與張年才真是配。」林小寧由衷地高興。

「現在就是等張年回來了。這回，王剛他們怎麼去了這麼久啊。」付冠月叨唸著，就去安排事務去了。

林小寧聽著屋外的雨聲，有些焦躁，閃身進了空間。

大、小白洗了澡，正在木屋裡睡著，望仔與火兒一個在吃三七，一個在吃靈芝。

林小寧進去後就犯懶，也進了小木屋裡，抱著大、小白就睡著了。這一睡便舒服多了，不再是潮濕的感覺，是明亮溫暖乾燥的。

她醒來後，覺得心裡的鬱氣一掃而空，大大地伸了個懶腰，帶著望仔牠們四個出了空間躺到床上。

門口傳來梅子的聲音。「小姐，王剛少爺來了，說有急事。」

林小寧迅速整理好自己。「讓王剛他們在我院裡的廳屋等一下，不要去前廳，前廳人多。」

林小寧撐著傘在院裡走著，雨越來越大，順著傘簷流淌下來，傘裡的人是潮濕的，傘外是嘩啦的雨，雨的聲音是永遠的頻率，就是擾著耳朵、憂著心的頻率。

來到廳屋，看到王剛與魏清凡、張年、付冠月都在。

王剛他們還是一臉風塵，顯然是才進村就直接來林府了，且所有人神情都不對勁。

林小寧收起傘緊張地問：「是京城鋪子出什麼事了？」

王剛道：「沒事京城鋪子沒事。但是小姐，蘇大人……」

「蘇大人？蘇大人怎麼了？」林小寧開始發慌。

「蘇大人要做郡馬了。」張年氣道。

林小寧坐下，疑惑問道：「郡馬？」

王剛接話。「小姐，是青青郡主相中了蘇大人，求了皇帝賜婚，又允了小姐妳進門做貴妾。但胡大人說就是平妻，小姐也不會答應，蘇大人也絕不會派人來林家提親了。蘇大人不會做這種辱沒小姐的事。」

林小寧靜坐在桌前，不發一言。

這個消息，意料之外又是情理之中，蘇大人那樣溫暖的笑容，是只能留在桃村的。他那樣在泥濘中也乾淨如鶴的身影，也是只能留在桃村的。

那樣的男子，只能是留在桃村的印象中，是不真實的。

江南蘇家嫡子，百年絲綢世家，蘇大人這樣的人才是郡馬。

林小寧輕輕嘆了一氣，說道：「王剛，我知道了，你們回去吧。路上累了，好好休息下，今天天氣不好，很不好。」

王剛看著林小寧說話怪異，擔憂道：「小姐，胡大人給妳帶了信。」

魏清凡也掏出，道：「小姐，嫣嫣也給妳寫了信。」

張年道：「小姐，我揍了蘇大人一拳。」

林小寧嘆息。「唉，張年，你揍蘇大人有何用？皇帝賜婚，蘇大人能怎麼辦？」

「小姐……」

「你們回去吧，我真的累了。」林小寧拿著信、撐起傘，就回了自己的屋子。

她坐在自己的屋裡，發呆。

蘇大人注定是世家大族之後，不是林家暴富之家的女婿。

本就無緣之人，何苦執著？倒不如安心做個地主婆，做到比曾嫣嫣還老一些再考慮嫁人之事。

林家將來也要成為世家，這一代雖然是暴富之家，但大哥的孩子、小寶，他們的下一代呢？下一代的下一代呢？

林家，也要有著世家的底蘊，也要一磚一瓦一草一木間透著氣質。

第二十八章

林小寧坐在椅子上發呆。

不行，林家要做世家大族，要有世家底蘊，要有厚重氣質，她要林家成為最乾淨的世家大族。

她前世就喜歡世家大族，喜歡那種對自己身分的驕傲，喜歡那種對祖輩們的恭敬，喜歡那種有著傳承意義的人生。這一世穿越來，雖是貧困之戶，現在做了暴發戶、地主婆，可她最終要打造一個有著林家氣質的大家族。

林家應是什麼氣質？是世俗，但又是乾淨的；是溫暖，但又是睿智的；是真誠，但又是強硬的。

林小寧坐在椅子上胡思亂想，打開了曾嫣嫣的信。

曾嫣嫣的信，仍是她一向的刻薄口吻。對於蘇大人要做郡馬一事，她相當高興，直言那蘇大人再好，也不過是凡夫俗子，也只能娶郡主為妻，根本配不上林小寧。

並且，她又買了一具屍體，熱情地邀請林小寧近日進京一同研究。

曾姑娘膽大無雙，沒什麼事不敢做，說是付了一千兩銀子，買了一個臨產的孕婦施華佗術，竟然還母子平安，請來觀看的兩個太醫吐得一塌糊塗。

不過事後婦人恢復得不好，老有腹痛，還伴著微微發熱，因此向林小寧求助。

林小寧快要崩潰了。

這個十八歲還沒嫁人的老姑娘天天都在做些什麼啊？太瘋狂了！花錢買通活人孕婦讓她做剖腹產？肯定是手術過程消毒不嚴格，引起了感染，這樣拖下去，婦人怕是性命不保。

林小寧心情極壞。她還沒有來得及為了蘇大人的事悲傷一會兒呢，難道她與蘇大人的緣分竟是這般薄？

她又打開了胡大人的信。

胡大人在信中說：「知音丫頭，如得到蘇小哥做郡馬的消息，切莫傷心難過，本就不是命定之人。蘇小哥雖是不錯，但終是與妳無緣。妳可要明白，凡事必有宿世因，才有今世果。做好當下的事便是，切莫與我當初那般，以指望月，卻忘月追指。妳是奇女子，妳以前做的事，現在做的事，將來做的事，才是妳的大事。丫頭，妳的良人未到。」

林小寧看到胡大人的信，哭了。

她獨自坐在自己的屋裡哭著，外面的雨聲蓋住了她的哭聲。

這天氣，真是悲傷時的好天氣，因為大家都不想讓她難過傷心。

她哭完了，卻突然輕鬆。

是啊，凡事必有宿世因，才有今世果。胡大人是智者。

她腦袋突然清明了。我的知音老頭，你真是我的知音，我來此世，難道是為了蘇大人嗎？當然不是！胡老頭啊胡老頭，你雖不瞭解我的底，卻是點醒夢中人。

林小寧仔細洗臉，搽了上好的面脂，換了乾淨衣服，叫來梅子去找一個乾淨的水袋。

梅子愣愣地問：「小姐，妳要水袋做什麼？要什麼樣的水袋？」

「蠢貨，就是那種行軍時備的水袋，可以裝水不會灑出來的那種，聽到沒？快去，小心我打斷妳的小腿。」

梅子笑了。「好的，小姐，我馬上去，小姐不捨得打我的。」

「快去！再胡扯，真打斷妳的小腿！」

梅子一會兒就拿來水袋，洗得乾乾淨淨的。林小寧關上門，把水袋濾乾水，然後注滿了空間裡的白色水。又去了側室，取筆寫了幾句話，疊好。

叫梅子取一張油紙，把信裝進油紙套裡，綁在水袋上，然後把水袋掛上大白脖子，說道：「去，大白，把水袋與信送去京城太傅府。不要驚嚇到他人，送到曾嫣嫣手上後就馬上回來，快去快回。」

大白興奮得尾巴都發抖了，一跳一跳地扒在林小寧的肩上，伸出舌，舔著林小寧的臉。

林小寧笑著說：「去之前去廚房要些吃的，吃飽了再出發。記得，送到後就馬上回，大哥還要等你回來後一起去邊境。」

大白聽了林小寧的話，衝出門就不見影了。

晚上吃飯時，付冠月帶著端著飯菜的丫鬟進了林小寧的屋子，小心翼翼地看了看林小寧的神色，驚奇不已。

林小寧一口一口吃著飯，直到吃完。

付冠月小心問道：「小寧，吃飽了？」

「吃飽了，嫂子。」

「沒事了？」

「沒事了，嫂子。」

「那，我出去了？」

「嗯。」

「小寧，妳真沒事了？」

「真沒事了，嫂子。」

付冠月在一邊坐下。「小寧，妳不難過？」

「不難過。我為什麼要難過？他答應我的三個條件沒做到，我之前就說過，這三個條件，哪一個沒做到都不行。」

「聽梅子說妳沒事了，還笑了，妳這麼快就好了？小寧啊，爺爺也回來了，在外面站著呢，妳哥也在外面站著呢，他們都擔心妳，可又不知道該說些什麼，所以沒進來。」付冠月關切地小心說道。

林小寧馬上開門，看到林老爺子與林家棟站在屋簷下，滿臉的擔憂，身上都是濕的。

林小寧眼睛紅了，哽咽道：「爺爺、大哥，快進來，外面的雨這麼大，做什麼呢你們，擔心什麼？我不是好好的嗎？」

林老爺子與林家棟心疼又狐疑地問：「真沒事了？」

林小寧無奈地笑道：「真沒事了。爺爺、大哥，你看我這樣能吃能喝的，會有什麼事？你們放心吧，我好著呢，你們這樣我才難過。」

林老爺子徹底放下心來。「丫頭沒事就好，沒事就好。」

大家都心照不宣地閉口不提蘇大人，又寒暄了幾句，便與付冠月一同離開了。

林小寧看著三人離開的背影，在雨中撐著傘。他們的身影是那樣親密，那樣熟悉，那樣讓人心中發暖。

林小寧眼中熱熱地想著：我這一世還有什麼不滿足的，有這樣的親人，還有聽話懂事的弟弟與妹妹，我還有什麼不滿足的？他們這樣寵愛我，我卻要為一個男人傷心，這不是傷他們的心嗎？

林小寧又如同往常一樣，讓梅子叫來大黃。

大黃的小廝小陸子抱著大黃，梅子打著兩把傘，跟在邊上。

放下大黃，兩人退下，梅子順手就關上了林小寧的門。

林小寧打出白色的空間水在碗裡，大黃一邊喝一邊用腦袋頂著她的手，表示感謝。

林小寧感嘆道：「大黃啊大黃，一轉眼我到這個世界兩年，大哥娶了嫂子，林家也發家了，你也跟了官二代，成了貴族。」

她抱著大黃輕輕道：「大黃，我不知道我來這兒是什麼因，我想念我前世的家人，但他們太遠了，竟不如這一世的爺爺與大哥、小香、小寶這樣熟悉與親近了。人就是這樣，遠離的就會慢慢淡忘，更何況都已處在兩個時空，一生一世都過不去了。可是大黃，我連我前世親人的樣子都快記不清了……將來我會忘記蘇大人，蘇大人也會忘記我，對吧？真想像不出啊……」

望仔在一邊吱吱叫著。

林小寧道：「望仔啊，其實能忘記也是好事，人本來就是健忘的，會忘記，才會有快樂。」

望仔一臉迷惘。

林小寧輕嘆。「你雖是天下至靈，卻不懂人的複雜。我倒希望蘇大人快快就忘了我，這樣，他會快活些。我是要快活生活的，所以，我會忘記他。」

望仔愣愣地看著林小寧，又叫了叫。

林小寧道：「望仔啊，你說人的記性不如大黃是吧？是啊，人可不就是因為記性不好，才能活得長長久久嗎？」

望仔歪著腦袋叫著。林小寧道：「雨停了呢，這雨下了一天，我前世最討厭雨天，連帶著這一世也討厭。」

望仔卻跳到門前，吱吱叫著。她打開門栓。「你要出去玩嗎？晚上你也沒吃，一會兒再去裡面吃些三七吧。」

望仔走神似的跳進院子，就不見影了。火兒還傻傻地在屋裡向外看著望仔。

林小寧叫來梅子，讓小陸子把大黃抱回去。

小陸子來到門前，恭敬地對林小寧行了禮。「林小姐，雨停了，這雨下得好，一天下來，天地間的氣味都是甜的了，何不出去走走？我這也帶大黃去消消食兒。」

林小寧道：「好的，謝謝你有心了。」

小陸子抱著大黃退下。「大黃，一會兒在後院的石橋上再放你下來，那兒乾淨。」

「梅子。」林小寧叫著。

「來了，小姐。」梅子快步走來。

「走，陪我逛逛。」

「去哪逛啊？小姐。」

「還能有哪，後院啊。」

「後院有王大人。王大人天天吃完飯都去後院消食的，小姐，我怕王大人，還有夜首領與影首領。」

「看妳那點出息，屍身都不怕，還怕活人。算了，我們去屋外逛。」

「好的，小姐，我去拿把傘，怕一會兒又下雨。」

「拿什麼傘啊，妳沒看到星星都出來了嗎？行了，我一個人去逛。」

「小姐，外面泥多，妳換雙厚一些的鞋子再去吧。」

「不用了，梅子，我騎我的小毛驢去逛，下一天雨，悶死了。」

林小寧牽著她的小毛驢，大搖大擺地去屋外消食。出了大門，小毛驢四蹄動了動，就背著林小寧走進了閃亮的星空之下。

火兒突然撲著過來，林小寧抱起火兒笑著。「哈，火兒，任你這麼漂亮呢，望仔還是自己去玩了，不理你了。」

把火兒放在肩上，呼吸著甜絲絲的空氣，心想著等到下一回給莊稼灌水時，得加些空間水，尤其是種魏家所要五穀的地得多注些空間水。

小毛驢慢慢走著，林小寧看著星光下無盡的山巒，大片大片的田地，一排排整齊漂亮的磚房，還有鑽石一樣閃亮的星星，竟然覺得這一刻是這樣熟悉。她在星空之下微笑，對自己說：「妳，來了這一世，是宿世的因，這才是妳的地方。」

話音一落，就見星光燦爛下，小白揹著望仔飛奔而來。望仔撲到林小寧的懷裡，吱吱亂叫。

林小寧愣住了。「望仔，我的天命之星升起了？」

望仔吱吱點頭。

「東邊那顆最亮的星星邊上，那顆小的，就是我的天命之星？」

望仔興奮地點頭。

此刻，林家的後院水亭中，王大人坐在亭中飲著茶。大黃伏在他的身邊，夜首領與影首領在橋邊守著。

王大人面上有著無限欣喜，指著天上的星星道：「大黃，你看到東邊最亮的那顆星嗎？那是大哥的帝王星，邊上那一顆閃亮的小星星，那就是我的天命之星。大黃，我的天命之星升起了。」

夏國，現任大巫師正坐在壇上，看著天空，嘆息道：「名朝寧王的天命之星已升起，再殺他，難啊……如今，名朝帝王星一掃之前的黯淡無光，熠熠生輝，夏國……唉……快去通報皇上，一年、二年、三年……定要殺了寧王，快去！」

而京城，御書房內，欽天監監正跪地道：「皇上，六王爺的天命之星已然升起，如今，帝星之光更甚從前，大喜啊！」

林小寧匆匆趕回自己的院裡，關上門，拴緊。

她強壓著複雜的心情，輕輕問：「望仔，你確定我的天命之星升起了，那顆小星星就是？」

望仔點頭。

林小寧自語道：「當初說天命之星升起要看機緣，是什麼機緣讓它升起來了呢？」

望仔迷惑地沈思著。

「嗯，那機緣是什麼，誰也不知道，只是為何這時升起，偏偏是知道他要做郡馬時就升起了。」林小寧難過嘆息。

望仔又叫著。

「喔，與蘇大人做郡馬沒關係，機緣是我的機緣。算了，這個世界神鬼難測，所有人都繞著圈說話，我也要計較那就傻了。我們進去裡面吧。」

林小寧帶著三個傢伙閃身進了空間。

空間裡一如往常，地裡的寶藥生長的速度與外界已無異樣，慢得很，但普通藥材卻是長得快，幾天就能收一次，還有那一小簇草莓結成一片紅豔豔的果實，煞是喜人。

林小寧拿起放在田邊的農具，就開始收普通藥材。卻見望仔與火兒還有小白都衝向木屋後面的湧泉處。

林小寧突有一絲異感，也疾步跟了上前，只見湧泉處上方的霧氣濃得像一朵清晰可見的棉花團，白中帶著淡紫色。下方的泉水也已是濃濃的乳白色。

她呆呆看著問：「咦，望仔，白天我在這兒睡覺時，都沒看到這些變化啊？」

望仔三個傢伙理也不理，一頭栽進泉水裡，一通牛飲。

林小寧走到湧泉的石墩邊，也捧起一些乳白色的泉水喝了喝，頓覺得精神大振。又看到泉眼處，竟然有三團拇指大的透明顆粒，像水晶一般在乳白色的泉水中閃耀著。林小寧撈起那三團顆粒，仔細瞧著。

望仔看到後。跳起舞來，吱吱興奮叫著。

林小寧道：「喔，這些顆粒，放一顆到家裡的井裡，就能一直讓井水與我的空間水一樣是嗎？」

望仔點頭。

林小寧笑了。「這倒是好事，可以不用天天偷偷打水那麼麻煩了。這樣就解決家人用水的問題了。」

望仔抓起一塊就放進嘴裡嚼著，然後再吐出來，竟是把邊緣的角角都啃掉了，成了一顆圓潤的珠子。

她拿起珠子，開心極了，說道：「望仔，這個做珠子真好看。」

卻見望仔對著火兒叫了幾聲，火兒過來，望仔把嘴中的碎物吐了一些給火兒吃，火兒一點點接著吃了，手舞足蹈地跳著、叫著。

「望仔，你好像很喜歡吃這些碎渣，火兒也愛吃，那火兒吃了會怎麼樣？」林小寧詫異問道。

望仔看著火兒，溫情地叫了幾聲。火兒羞澀地低下了腦袋。

「喔，火兒靈氣不夠，所以你餵牠吃這些，牠吃了就更有靈氣，與你更配了。」

望仔也有些害羞地點點頭。

林小寧笑了。「那你把這個也給我嚼成珠子，我去鑲一對耳墜子去，碎渣嘛……」又看了看在一邊眼巴巴立著的小白，有些不好意思道：「那這顆的碎渣就給大、小白分著吃吧。望仔，好不好？」

望仔點點頭，把另一小塊顆粒又放進口中嚼著，然後把珠子與碎渣吐在林小寧手中。

林小寧把珠子取出，將碎渣分成兩半，一半給了小白吃。小白吃得眼睛透亮，拚命用腦袋蹭著林小寧。

她好奇地問：「望仔，你們這麼愛吃啊？那我這兒還會不會有更多的這些顆粒呢？」

望仔搖頭，又叫了幾聲。

「沒有了？就這三塊，以後也沒有了？那麼一塊我放到家裡的井裡去，另外兩塊我就帶在身上，做裝飾。」

望仔又叫了。

「這幾塊石頭有靈氣，只要有一息尚存就能將人救活，但一塊只能用一次，全部用完後，我的空間的靈氣也沒有了。望仔，那我不鑲耳墜子了，帶在身上，萬一掉了可是虧大了。」

望仔不屑地叫了幾聲。

林小寧笑道：「喔，鑲成耳墜子沒事，它們丟不掉，只能隨著我。」

這一夜，林小寧一夜未眠，一是蘇大人之事，二是想念起前世的親人，三是天命之星升起，四是空間的變化。

她被多種情愫攪得輾轉反側，想起前世父母對她的關愛，她就低泣不已；想起蘇大人與她無緣，她又悲傷感嘆；想起天命之星與空間變化，又興奮激動。她想，為何偏在一天內要承受這麼多。其實人應該當個傻子才對，這樣就更加簡單了……

直到清晨聽到雞鳴時，她才昏昏睡去。

第二日是個大晴天，太陽早早升起。田裡的青苗因為一場雨，長高了一截，在太陽底下綠蔭蔭的一大片，讓村民們歡喜無比。

天空洗過一樣乾淨，地上的泥土還是濕潤的、柔軟的，一腳踩下去，泥與草的氣味就散出來。

王大人正與林家棟指揮著百名士兵將好泥裝車，打算後日就出發去邊境。付冠月與小方夫人也正收拾著自家相公的行裝，百般思緒與牽掛。

這個時候，京城太傅府裡的曾姑娘也被一聲熟悉的狼嚎給驚動了，她從散著異味的手術室出來，看到一隻銀白色的狼立在她院裡的屋頂上。

「大白？還是小白？」曾姑娘驚喜叫道。

蘭兒也驚叫著：「姑娘，真的是銀狼來了，那林小姐呢，林小姐沒來嗎？」

大白聽到曾姑娘的叫聲，從屋頂上跳到院內。

曾姑娘激動上前，摸了摸大白，道：「原來是大白。」

蘭兒看到大白脖子上掛著的水袋，取了下來。這時，一個護衛衝進曾姑娘院裡，看到大白，喜道：「可是林小姐的銀狼？」

曾姑娘親熱地摸著大白道：「是大白。沒事，你下去吧。」

曾姑娘把大白帶進自己的屋裡，折開水袋上的信。

按信中所說，將水袋裡的水倒了三分之一出來摻水泡屍體。剩下的藥水，讓了護衛送給那婦人每日一勺飲用，並再每日一勺摻純陽水清洗傷口與下體，嬰孩則每日一滴餵入，十日即可。

當天夜裡，大白返回桃村。林小寧摸著大白驚道：「大白，你真把信與水袋送到曾嫣嫣手上了？這麼快？」

大白蹭了蹭林小寧，望仔則吱吱叫著。林小寧笑了。「真送到了，還吃了一盆肉，喝了水。好大白，辛苦了，後天你與小白就要隨大哥與小方師傅一起去邊境了，我再餵你一些好東西，來。」

說完，便把留著的碎渣拿出來。大白舌頭一捲，就把碎物舔得乾乾淨淨，然後也如同小白昨天吃時一樣興奮，竟衝至屋外，立在院裡大聲嚎叫起來。小白也跟著跳到院裡大聲嚎叫著，一時間，林小寧的院裡，兩頭狼嚎此起彼伏。

林府的人驚動了，紛紛笑著議論：「大、小白知道不日就要離開村裡去外面，竟這麼開心。」

終於到了林家棟與方大人離村的時候。

林小寧讓梅子去鋪子街買了一個大水袋，注滿了乳白的泉水，塞給林家棟道：「大哥，到了邊境後，環境惡劣，你與小方師傅隔日喝一小口。記得，隔日，只能一小口，不要讓其他人喝，知道嗎？」

林家棟收了水袋，帶著男兒的豪情，還有對家的眷戀，上了馬車。大、小白跟在他的身邊，尾巴像鞭子似的不斷甩著。

王大人坐在純黑的高頭駿馬上，居高臨下地對林小寧輕聲道：「林小姐，可記得那天妳在荒山上說的話？妳也許是對的。」

他說這句話時，如春天的暖風拂過林小寧的雙耳。

還有一句話沒說，就是他對林家棟說：「她或是來度寧王的」。

他想，以後也永遠不會說。

他是在前日的雨天，說了這句話後的晚上，他的天命之星就升起。

這樣的天機，不可再次道破。

桃村歸於以往的平靜，林老爺子還是天天指揮著開地，付冠月天天打理著林府各種事務。小香教書，小寶學習，一切都一如既往，只是少了林家棟與大、小白。磚窯裡，現在只有方老與二兒子小方師傅一起帶著漢子們燒著磚。

林小寧在後院又打了一口井。

然後鄭重地對家人說：「井地是望仔所尋，此井水貴重如寶，只做吃食飲用。還有，魏家釀酒用水、棉巾作坊用水得來此處打取，其他用水則用另兩口井水。」

付冠月與林老爺子深信不疑，付冠月便馬上又安排人做了井蓋，還加建了一個小亭子以遮風擋雨，如需用水還得派出辛婆跟隨，確保沒有糟蹋寶水。

這口井底，躺著一塊林小寧丟進去的晶石。

望仔說，只要天命之星亮著，這井水就能一直如同之前的清澈泉水一般。

另外兩顆透明珠子，林小寧去了商鋪街的首飾鋪子，讓老師傅鑲嵌成一對耳墜子帶上。

張年與張嬸的親事在初夏時進行，只是簡單請了一些熟悉的村民與村婦們，在孫氏娘親的大食堂擺了幾桌，買了紅燭，還有紅緞做成被子，剪了喜字貼在門上與窗上，就罷了。

魏家也著手準備銀票，要去京城購置聘禮，打算請胡夫人作媒，去太傅府提親。親事一定下，就得在京城置宅子與下人，還要聘請管家、護院什麼的，以便王剛與清凡兩家四口居住。

林小寧每天晚上消食時，坐在小毛驢背上，在每塊地裡都注上一些空間水。兩千畝地，即使每塊地裡只注一點點，也費了她許多精力。

又安排好作坊與傷藥坊的事務，讓李師傅定點從鋪子街訂了傷藥的配藥、藥材、幾味主藥材。她每天到空間奮力收割，放到自己院裡的空屋，擺滿了兩間空屋，又把要定時運往邊境的泥事交代給爺爺。

林老爺子心知肚明道：「丫頭，妳也大了，妳若想去京城鋪子去便是，我不攔妳，但得帶幾個人一同前去。」

一同前來的村長道：「人可以帶幾個機靈體健的村民一同去，張年能去最好。張年有功夫，能護妳周全。王剛與清凡雖然在妳邊上開酒鋪，但到底隔了一家，不能時時跟在妳身邊。」

「張年不行，剛成親呢，作坊離不開張嬸，不可讓人家成親就分離。」林小寧道。

林老爺子怕戳到林小寧的痛處，便應了讓張年留下。

最終，林小寧只帶了梅子，還有三個機靈、會打算盤的村民，一個煮飯不錯的婆娘。林家與魏家僱了車隊，裝滿清泉酒與各式淨房物就出發去京城了。

快到京城時，清凡單獨騎馬去了太傅府，給曾姑娘報了信。

曾姑娘看到魏清凡風塵僕僕，滿面心疼，聽聞林小寧與大隊人馬隔日就到，便安排三個護衛前去迎接。

兩家購置的南街鋪子，曾姑娘馬上派人去布置。

曾姑娘雖不是心細體貼之人，但她的丫鬟婆子有二十多個，從上回魏清凡修葺好鋪子後，曾姑娘就天天派人去打掃兩家鋪子。

曾太傅與夫人對寶貝女兒的舉動有些哭笑不得，但好容易有個女兒能看得上眼的男子，又是嫡子，人也不錯，家世什麼的，哪能計較呢？況且現在魏清凡好歹也是釀仙之後，也算門當戶對，又有女兒金蘭姊妹的鋪子在一邊，可擋住口舌，也就不計較了。

魏清凡上回指揮人給府裡修淨房，那小哥長得英俊又懂禮，配得上自己家閨女，心下便歡喜這性子出格的閨女總算是找到良人了。

車隊到京城城門下時，已是第二天傍晚，曾姑娘派出的三個護衛護著車隊，一路人帶著貨物進了南街的鋪子。

兩個鋪子的後院細軟被褥布置得極為齊全，曾姑娘還叫一品軒酒樓送了兩桌菜食到兩家院子，並沒露面，應是怕打擾了大家的休息。很是體貼。

林小寧一路顛簸，吃過飯就睡下了。

第二日，林小寧精神抖擻地安排梅子指揮三個漢子，把淨房東西在鋪裡子擺放好，望仔與火兒在後院裡好奇地到處竄跳著，熟悉新的環境。

曾姑娘與蘭兒前來拜訪。

曾姑娘看著林小寧微笑。「小寧，妳這個院子太小了，置個外宅吧，我放不下那麼多丫鬟婆子。」

林小寧有些莫名其妙。「嫣嫣，妳說什麼呢？」

曾姑娘理直氣壯地說：「妳置個外宅，我好搬到妳那兒去住啊，我不喜歡住家裡。」

林小寧活兩世沒見過曾嫣嫣這樣沒心沒肺的千金小姐，說道：「妳家在京城，妳是太傅之女，住在我的宅子裡做什麼？」

「妳就教我華佗術嘛！還有妳那個藥水，不能教我配嗎？妳又不住我家，那我不去妳那兒住去哪住？」

林小寧苦笑著。「嫣嫣，妳在家待著，妳與清凡的事今年就能定下，魏家要置大宅子的，妳到時就要去魏家做新娘子了。這算個什麼事？我雖然不講規矩，但也知道有些事不能太出格。」

曾姑娘淡了笑臉，冷冰冰道：「我原以為我們是金蘭姊妹，卻是妳並沒有把我當姊妹。妳來京城，不置外宅，不住我家，那我去哪裡住去？妳就把我丟在一堆規矩的深宅大院裡，一個人自由自在快活無比。我擺弄個屍身都要偷偷摸摸避開眾人，家裡除了蘭兒，除了我爹娘，還有祖父、祖母，沒一個人與我親近，都怕我身上的味，說是怪味。什麼怪味？就是那具屍身的味。好不容易把妳盼來了，卻仍是要重複過著這般日子，被一幫可笑的姨娘及下人在背後議論。」

林小寧招架不住曾姑娘的非凡邏輯，連聲道：「行了行了，我置外宅。置，行了吧？但妳不許住我那兒，早上來，晚上回，妳給我選個地，我付銀子就是了，不要太熱鬧的地方，靜一些。」

「選好了，靜得很，是一個富商的舊宅，周邊住的人也不多，但要稍稍修葺一下，那淨房是一定要重建的。我已付了訂銀了，就等妳來交足銀子呢。」

「嫣嫣，看來妳早就盤算好了，宅子都挑好了。宅子多少錢？」

「兩萬兩。」

「妳交了多少訂銀？」

「一百六十兩。」

林小寧噗哧笑了。「嫣嫣，妳可是太傅之女，兩萬兩的宅子只交一百六十兩的訂銀？」

曾姑娘正色說道：「我原是想買下來送妳的，但我沒銀子了，我爹聽了太醫院的人說我花錢把人家婦人的肚子剖開，取嬰孩，還落下了病，他也不給我銀子了。我是京城護城軍的大夫，也有俸祿，但不多，一年才一百六十兩，我便把今年的討來了，交了訂銀。」

林小寧笑得肚子疼。「妳沒銀子花，昨天還訂了飯菜，又布置我們兩家的院子？」

「這些是我娘付的銀子，她付銀子，但不給我銀子。」

林小寧笑得眼淚快出來了。「嫣嫣，要不要我給妳銀子花？」

「好啊，我本打算問清凡要銀子花，清凡會給我的。不過他的銀子肯定沒妳多，妳也給我一些吧。」曾姑娘面不改色道。

林小寧笑得快說不出話來。「嫣嫣，妳真是活寶。」便從懷中掏出兩千兩銀票遞去。

曾姑娘大大方方收了銀票，道：「蘭兒，茶水還不送上來？」

著。」

蘭兒就從屋外進來了，笑說：「姑娘與林小姐有要事相商，我不便進來，在門口候

林小寧樂得不行，蘭兒殷勤地倒了茶，道：「林小姐請品茶。」

林小寧細細品著。「確是好茶。嫣嫣有心了。」

「可不是嘛，是今年的貢茶，姑娘得了一罐，一口沒喝，便送來林小姐這兒了。」蘭兒熱情地接過話。

林小寧一邊喝茶，一邊心中樂著。當朝一品太傅之女竟是這般性子，在桃村時見識過她的尖酸刻薄，現在又見識了她的厚臉皮。

林小寧一盅茶才喝完，曾姑娘就道：「小寧，去看宅子吧？」

宅子交了一萬九千八百四十兩，又馬上去衙門過戶備檔。

曾姑娘叫來護衛，把宅子裡的家具全拉出去扔了，然後帶著林小寧去京城的鋪子採買各種新家具，全是要最上好的，紫檀木床、木櫃子，連個洗臉盆的架子都要紫檀的。

又去採買被子、褥子。枕頭全是要絲棉的，還採買了一堆華而不實的裝飾東西，貴族奢華氣派盡顯。

林小寧道：「嫣嫣，這是妳喜歡用的，不是我喜歡用的。」

曾姑娘道：「我中午要在妳家休息啊，這是給我備的啊。」

每一家鋪子採買全了後，曾姑娘就讓掌櫃半月後直接送去新宅，貨單交於太傅府，由太

傅夫人支銀子。

曾姑娘說：「這些東西可以由我娘親付的。他們不給我銀子，但買東西是會付銀子的。」

林小寧心下一算計，這些東西，加一起可是能抵得上這座宅子了，可不要占這便宜，便要自己出銀子。

曾姑娘道：「小寧，妳是我的金蘭姊妹，我沒銀子花，妳就給我銀子，我送妳幾件家具妳卻要推辭，定是不把我當姊妹了。」

林小寧笑問：「嫣嫣，太傅可是在京城有生意在打理？」

曾姑娘道：「是，有許多鋪子，還有莊子，不然府裡那麼多姨娘和下人，拿什麼白養著他們？一堆無用的東西，只知道爭風吃醋、邀寵獻媚，要不就偷奸耍滑、陽奉陰違。」

林小寧笑笑便不再推辭，由著她折騰去，那宅子只當是她出了兩萬兩，買了幾間住吧，估計將來就是曾姑娘的基地了。看這架式，好像那不是她林小寧的宅子，是曾姑娘的宅子了。

曾姑娘轉頭便對護衛說：「找人把宅子修葺好，半個月，多一天都不行，茅坑由林小姐派專人去指點修葺。」

林家與魏家的鋪子開張當天，胡大人與胡夫人送來了千年不變的牌匾，沈尚書、沈公子，曾太傅與夫人都來到鋪子剪綵、題字。

魏家的酒鋪掛著「釀仙」二字，是太傅給皇上討來的御筆。

皇上因為青青郡主與鎮國將軍甥孫前陣子大婚，了卻心事，然後又是六弟的天命之星升起，帝星更閃耀，心情大好，這又聽聞著名的老姑娘曾醫聖也訂下親事，對象正是他開春時親封的「釀仙」之後，樂道：「太傅，你那小女可終算是能嫁出去了，大喜啊！」

便龍飛鳳舞，寫下「釀仙」二字。

魏清凡臨摹一塊牌子，在開張這日鄭重掛上，御筆親書則是裱好，先放置太傅府保管。

太傅大人說道：「清凡，宅子置好後，把御筆隆重請去。等嫣嫣嫁去後，要夫妻恩愛，嫣嫣一心向醫，與常人有所不同，要夫妻體諒。」

太傅之所以這般伏低說話，實是有難以出口隱情，因為他無意間入了曾姑娘的華佗術室，看到了那具屍身。他到底見多識廣，鎮定自若，只當什麼也沒看到，也沒與家人透露半分，只是斷了女兒的零花銀子。

如今清凡與嫣嫣情投意合，得趁熱打鐵。

太傅當然不知，魏清凡在桃村就知道他的寶貝女兒擺弄屍體。

兩家鋪子一開張，眾多早已慕名的高官王候、世家大族便派出管家前來採買。不過半日，兩家鋪子全斷貨。

第二十九章

林小寧置下的新宅修葺好，魏家的新宅也由太傅親自選好地址，只等建起。

林小寧帶著梅子入了新宅。

胡大人與胡夫人又送來牌匾，上書「醫仙府」。

這牌匾也是御筆。皇上聽到胡大人的請求後，二話不說就拿出一卷紙笑道：「六弟早早就來打了招呼，要朕賜字，還與朕打賭，說你一定會前來求字。胡兆祥，朕一直等著你開口呢！太傅都開口求字了，你卻一直不開口。」

胡大人笑言：「皇上，微臣不敢，林家受皇恩浩蕩，哪敢再求？只是這丫頭性子野，怕在京城得罪了什麼人，惹來禍事，思前想後，微臣還是厚著臉皮來求字。」

皇帝大笑。「拿去吧，早就寫好了。林家不錯，為邊境防禦出力，那丫頭更是個不藏私的，得了華佗術，知道傳給太傅之女。」

林小寧看到胡大人的牌匾，笑得不行。

胡夫人拿著裱好的字笑道：「小寧，牌匾是臨摹的，這字可是御筆親書，還不快請進府去。後面還有其他的不能一起送，妳把字請進府裡去後再接禮單，禮車都停在兩里外呢。」

林小寧便隨著胡夫人的指導，莊嚴鄭重地接字、請字，又把字幅掛到了正廳屋裡，一眾人等行了大禮。

胡夫人這才派出丫鬟前去叫禮車進院，說道：「小寧，這些是我與老胡的一點心意，恭賀醫仙小姐遷入醫仙府。」

林小寧接過厚厚的禮單，嬌笑著。「胡夫人可是比胡大人大方多了，胡大人多年來就只會送牌匾。」

胡大人笑道：「我不如夫人懂這些，更不懂挑禮品。」

這時，曾姑娘帶著蘭兒進了府來，身後跟著一大群丫鬟婆子，還拎著大包小包一堆。

曾姑娘入了屋來向胡大人與胡夫人行了禮，反客為主笑道：「胡大人、胡夫人，坐坐坐，我帶了好茶。」然後又轉身對著丫鬟婆子道：「去燒水泡茶，去門口迎接來客，去後院廚房備置點心，去給我把房間布置好，還有，林小姐的房間也加些佈置。」

胡大人與胡夫人笑了。

胡大人笑得鬍子不停抖動著。「丫頭，妳才入新府，事多，回頭再聚。」又對曾姑娘道：「曾姑娘，妳們年輕人有話說，我們這對老朽就不喝茶了，先告辭。」

曾姑娘也不客氣，行了一禮道：「胡大人與胡夫人細心體貼，的確，今天的客人一定很多，回頭我與小寧送一罐好茶去您府上……」

胡大人又笑。「丫頭，京城的禮節規矩多，妳怕是要適應一陣子，要不就讓曾姑娘替妳擋了。呵呵，我與夫人回府了。」

曾姑娘微微笑道：「胡大人所言極是，一堆的禮節，都是浪費時間，我自會擋住。怪不得胡大人是小寧的知音呢，您也是我的知音啊，胡大人、胡夫人，我送兩位出府。」

林小寧目瞪口呆地看著曾姑娘帶著兩人出去了。

不一會兒，沈尚書來了。

梅子接過禮單。曾姑娘道：「蘭兒，上茶，請貴客入座。」

沈尚書笑著客氣地告辭。

又一會兒，銀影來了。

銀影朗聲笑道：「恭賀林小姐遷入新府。林小姐，銀夜去了邊境，便沒有一同前來，這是銀夜的禮單。」

梅子恭敬地接過兩份禮單，曾姑娘就像鸚鵡學舌一般說道：「蘭兒，上茶，請貴客入座。」

銀影也是忍俊不禁，客氣告辭了。

然後便是一堆林小寧不認識的人陸續前來，多是太醫院的，全部都如出一轍，梅子接過禮單，曾姑娘在旁邊像鸚鵡學舌一般重複。「蘭兒，上茶，請貴客入座。」

所有人都茶水不沾便告辭了。

一直折騰了到了午飯前，才安靜下來。

林小寧耳朵邊一直嗡嗡縈繞著曾姑娘的話：「蘭兒，上茶，請貴客入座。」感覺特別像前世路過商店街時，那些喇叭裡放的聲音：「走過路過，不要錯過，廠商倒閉，虧本拍賣……」

突然就笑了出來。

一個丫鬟進屋來問：「姑娘、林小姐，一品軒送來飯菜了，是現在擺膳嗎？」

曾姑娘道：「擺去側廳吧，我與小寧在側廳用膳。」

一品軒的飯菜的確做得不錯，林小寧覺得很好吃，當然價格也極貴，林小寧讓梅子付了銀子。她可不想再占太傅府的便宜，現在這府裡所有家具都是太傅府上付的銀子。

吃過飯，曾姑娘便神情複雜地問：「小寧，那個婦人昨天來說病好了，全好了，不腹痛，不發熱。關健是那婦人現在比以前漂亮了，身形瘦了，臉色好了，皮膚好了。妳配的是什麼藥水，這麼奇？」

「那婦人怎麼現在才好？應該一週就能好的。從我給妳藥水起，都過了多久了？」

曾姑娘淡然道：「那能怪誰？那婦人不信我，不肯服用送去的藥水，我後來再去看她時，站在她身邊都能聞到一股異味。我再把妳的藥水拿了出來給她，她才服用，現在才好。」

林小寧搖頭。「嫣嫣，這不是妳自己折騰的嗎？怎麼能怪她？」

曾姑娘道：「怎能這樣說我？我付了銀子給她，她也願意讓我施華佗術，後面情況不好，我也不想這樣的。我讓清凡給妳帶信，妳千里迢迢送來藥水，她卻不信。既然不信，得了錢兩便是交易，是我於心不忍，又去看她，才救得她一命，妳還怪我？」

曾姑娘紅了眼，看著林小寧又道：「我知道華佗術神奇，可為何只有妳的藥有效果，我的藥沒效果？妳說妳傾囊授我，但還是留了絕技，妳不是我的好姊妹。」

林小寧懶得與曾姑娘口頭糾纏，道：「妳先去找清凡，要不就回府去，回頭我再找妳。」

曾姑娘冰冷冷看著林小寧道：「小寧，妳得絕技，卻留著不授，還出言讓我將華佗術發揚光大，口是心非！妳來京城忙了半個月，卻沒有半點傳授醫術之意。」

林小寧道：「嫣嫣，沒有絕技，就是妳過程中沒做好，加上那婦人體質差。而且，我不忙哪來的銀子賺，妳哪來的銀子花？清凡給不了妳多少銀子，他要建大宅子，又要置上好的家具，生怕委屈了妳，他又不肯要妳爹的銀子。光下聘，魏家就出了好幾萬兩，那是魏家與清凡看重妳，妳可知道？」

曾嫣嫣換了面孔嘆道：「銀子、銀子……天天就是銀子，我也去賺銀子，我去開個醫館，專給人施華佗術。」然後泣道：「華佗術如此神奇，卻要淪為斂財的手段，悲莫悲兮。」

林小寧再次為她折服。「嫣嫣，妳不用賺銀子，清凡有銀子。妳看清泉酒賣得多好，魏家賺到手軟。」

「妳再拿一些銀子給我，小寧。」曾姑娘止了泣，淡然道。

林小寧驚愕。「妳怎麼花銀子的？半個月前才給了妳二千兩，怎麼就花完了？清凡說也給了妳五百兩。」

「我買了東西。」

「妳買了什麼東西？妳娘親不是會付銀子嗎？」

「我買的東西我娘親不會付銀子。」

「妳買的是什麼東西？」

「我買了宅子。」

「嫣嫣，妳腦子是不是有什麼問題？妳買宅子做什麼？我這兒不是有宅子嗎？宅子裡都有妳的院子，妳還要買什麼宅子？」

曾姑娘自說自話道：「小寧，宅子在這兒後面，不遠，兩炷香就能到。」

「嫣嫣，妳還沒回答我的話，妳又買宅子做什麼？」

「我買了宅子不是給我住，是個小宅子，我還買了人。」

「嫣嫣，我真是搞不明白了，妳又買人？妳丫鬟婆子一大堆，二十幾個，還不嫌多啊？」

「不是的，我買的是小姑娘，還有小男孩，又買了一些婆子丫鬟伺候著，所以沒銀子了。」

到了這時，林小寧才意識到曾姑娘腦子不是壞了，絕對是有其他隱情，便問：「嫣嫣，妳為何買宅子與人，還有丫鬟與婆子？」

曾姑娘臉上露出神秘的笑容。「小寧，我買的這些小女孩與小男孩，都是從人牙子那兒買來的，都是有賣身契的，不會鬧出事。我們要教他們華佗術，他們大了後，全都做神醫，讓華佗術發揚光大。當初我選宅子就看好了這兩間宅子，一大一小，離得又不遠，白天可以教他們，晚上他們回自己的宅裡住。」

林小寧又驚又喜。「嫣嫣，妳這事籌謀多久了？從當初讓我置外宅，又問我要銀子，買小宅又買人，妳早就想好了，是嗎？」

「是的。」

「那妳為何不給妳爹爹說清楚，這是好事啊，他會支持妳的。」

「我為何要說？這是我的事，我做事一向不愛與他們說，他們既不給我銀子，我便不要就是，這是我們的事業，我們自己決定就行。」

「這是妳的事業，嫣嫣，我不要這個事業。」

「這是我們的事業，所以，妳要出銀子。」曾姑娘強調。「妳是華佗術的最早傳人，當初讓我把華佗術發揚光大，我試了，但太醫院那幫老朽們雖對華佗術驚嘆不已，卻是膽子太小。我給那孕婦手術時，他們全吐了，真是一幫沒用的傢伙，過後還傳出各種風言風語，著實可笑。想要仰仗他們把華佗術廣傳，根本是癡人說夢，我才想了這個法子，買孩子從小養大，好好教授，便不會曲解華佗術的神奇。」

林小寧笑了。「好媽媽，華佗他老人家一定為妳感到驕傲與自豪。現在要多少銀子？」

「不多，再給二千兩吧，宅子還欠了一些錢呢，還要買些家具，還要準備華佗術的用具，還有每月他們的吃食用度。回頭我再問清凡要一些。」

「媽媽，既然是我們的事業，我出錢是應當的，不要問清凡要銀子。清凡的銀子還是魏家的，又要建宅，又要與妳大婚，沒個十萬兩不行。」

「那就好，還有一事，我把今日娘親讓我送來的賀禮換了銀子，得了一千兩。我留下了，這些孩子們將來的用度會很大，我現在沒銀子，得存一些銀子以備不時之需。哪，這是禮單，妳收下吧。」

曾姑娘大大方方把沒有禮品的禮單遞給梅子。梅子偷笑著雙手接過。

林小寧心中發笑。

怪不得太傅府沒來送禮呢，本以為是太傅府出了府裡的這些家具，便不再送賀禮，卻未料原來是被他們的寶貝女兒給私吞了！這曾姑娘是前無古人後無來者啊，在這樣的情況下，還能想出辦法湊得銀子，想到買來孩子學華佗術，以斷絕不必要的麻煩，沒有銀子的曾姑娘比有銀子的曾姑娘可愛多了。

「媽媽，這些孩子的用度我出便是，妳以後不要為銀子煩惱了，採買東西讓丫鬟婆子們去。不是不捨得給那些孩子們用好的，是得買實用的才行，可別養大的孩子們都如妳一般奢侈。還有，要有一個會算帳的丫頭來做帳房，記算著這些孩子的開支用度，這些都是成本，不是說將來要賺回來，是要心中明白。」林小寧笑道。

曾姑娘道：「行，這些都聽妳的。」

下午時分，醫仙府裡來了貴客，正是青青郡主與郡馬蘇大人。

梅子慌慌張張地迎了青青郡主與蘇大人一行人入了廳。

林小寧與曾姑娘行了禮，請了青青郡主與蘇大人入座。

郡主的丫鬟比曾姑娘更多，貼身就站了四個，其他都在院裡候著。

曾姑娘示意慌張的梅子接過禮單，蘭兒泡上了一壺好茶。

青青郡主審視著廳裡的擺設，還有那幅皇帝賜的「醫仙府」三個字，笑了笑。「得聞醫仙林小姐在京城置下宅子，便與郡馬一同前來恭賀。畢竟林小姐與郡馬曾有過口頭婚約不是？」

蘇大人清瘦了些許，看著林小寧道：「郡主不要捕風捉影，是當初我仰慕林小姐，向她爺爺提了親事，但林家提出的三個條件，我沒有應承，所以不算有婚約。」

郡主又笑。「郡馬看來是極顧惜林小姐的聲名。」

林小寧迎上蘇大人的目光。

她為他傷心過，但現在不會再傷心了。她有自己的生活，蘇大人已遠離她的生活了。

便笑道：「青青郡主來我府中，真是讓我這小小府邸蓬蓽生輝。」

「郡馬如此顧惜林小姐，林小姐卻彷彿並不上心，林小姐莫不是對郡馬本就無情？」郡主神情複雜。

「郡主何出此言？眾生皆有情，哪裡會真正無情，只是緣分天定，又何苦執著？」

「林小姐好肚量，可我不是允了妳進門嗎？」

林小寧已看出來郡主是來找碴的。郡主曾允了她進門為妾，可蘇大人沒去林家提親，在郡主的心思中，郡馬這般行為正是對她用情至深，肯定不悅。

林小寧還沒開得及開口，曾姑娘就冷冰冰道：「青青郡主是皇室血脈，莫要丟了皇室尊嚴，妳允人為妾，人家就得進門為妾？林小姐這樣的華佗術傳人，不藏私而想著將奇術發揚光大，造福我朝神兵勇將黎民百姓，情操高潔，郡主卻成日想著讓其屈人之下，進門為妾。笑話！當皇上賜的醫仙封號是擺設嗎？」

青青郡主被曾姑娘說得愣住了，當下便惱，說道：「曾姑娘，妳敢對我出言不遜？我定要辦妳不敬之罪！」

蘇大人開口道：「青青，是妳先對林小姐不敬的，曾姑娘說得沒錯，醫仙封號可不是擺設。」

青青郡主心酸道：「你怎麼可以這樣說我……你心中有她，我便允了她進門為妾，今日一見，卻不料她心胸狹隘，粗野無禮，更是無情無義──」

蘇大人輕聲打斷。「青青，是我沒有應承林家的條件，不可這樣指責林小姐。」

青青郡主紅了眼眶，說：「你處處維護於她，她不過是個鄉下丫頭，你……」

蘇大人又道：「青青，我不會納妾，回去吧。」

曾姑娘與林小寧起身相送。「郡主，請走好。」

蘇大人極有禮貌地溫聲說道：「林小姐、曾姑娘，郡主性子天真任性，若有失禮，請不要介懷。」便拉著與郡主還有一群丫鬟離去。

林小寧看著蘇大人的背影，感覺這一次才是真正的別離，情緒低落，回屋休息。

林小寧躺在曾姑娘挑的紫檀大木床上，屋裡還掛了許多精美紗簾，女人味十足，都是曾姑娘的手筆。

林小寧覺得極累，躺下便睡。望仔與火兒也進了屋來，火兒打了一個大呵欠，精神不大好。

望仔叫著，知道是火兒到犯懶的時候了，且火兒犯懶怕是會比較長時間，便把兩個傢伙帶到空間去。

等到她醒來後，院子裡已是暮色四合，曾姑娘已回府，但她帶來的丫鬟婆子卻沒走，在廚房忙碌著晚飯。

梅子道：「小姐，淨房東西的貨明日上午就能到，車隊已派出人提前來鋪子報信了。袁掌櫃把一切事情都安排妥當，又叫了柳青前來打招呼，說把價格再提一成。讓來問妳的意思，袁掌櫃還說小姐要是忙，可不用去鋪子，那邊都好，只要一句看看帳本就成。」

「行，按袁掌櫃的意思辦。」

梅子又道：「曾姑娘把那些丫鬟婆子的賣身契都給我了，我把那匣子放在小姐屋裡的桌上。曾姑娘說，這些丫鬟婆子都是調教好的，比較機靈，送給小姐，是她娘親作的主，讓小姐放心收下。」

「多少個？」

「十六個。」

「不收也得收啊，太傅夫人盛情難卻，有這些人也好，人氣旺，省得冷清清的，就妳我二人。」

「還有小姐，曾姑娘下午看妳睡著，便沒打擾妳，但是她把太傅府的屍身搬來了，還又買了一具漢子的屍體，我收拾了一間空屋放了進去。曾姑娘說，明日用過早膳後再過府來。」

「放在哪間屋裡的？」

「放在北邊那個小院子裡。曾姑娘說，北邊小院到時再開個對外的小門，可讓小宅的孩子們從那個門進出府中。」

「嫣嫣倒是心細。」

梅子笑了。「我當時也這麼說來著，曾姑娘道：『心不細，如何能診脈』。」

林小寧聞言笑了。「梅子，妳覺得嫣嫣人如何？」

梅子想了想道：「我覺得曾姑娘雖然說話難聽了些，人卻極好，沒壞心思。曾姑娘一點也不像太傅之女，倒是與小姐妳可像呢，沒架子，卻貴氣十足。不過曾姑娘會打扮，小姐不愛打扮。蘭兒人也好，膽子又大，我最開心我們四個一起擺弄屍身時的那種感覺，我覺得我對小姐來說可有用處呢，就特別開心。蘭兒也是我這樣的想法。我與蘭兒都是好命之人，我跟了小姐，蘭兒跟了曾姑娘。我們這種人是奴身，卻有幸學到華佗術，蘭兒還教我診脈，我真開心……」

梅子說到此，泣不成聲。

林小寧最怕人哭，笑道：「別哭了，妳這不是開心著嗎？」

梅子擦著淚道：「是我不好，小姐心情不好，我竟說這些話。今天青青郡主說小姐無情無義，她哪裡知道小姐妳對蘇大人的情意？小姐明明是要與蘇大人成婚的，卻被郡主搶走了。這也罷了，今日還過府拿話試探小姐的態度，青青郡主真是小人之心。小姐說眾生都有情，哪有人會真正無情，小姐對蘇大人真是情深義重。」

「妳覺得我對蘇大人情深義重？」

「是啊，去年蘇府之行，小姐放過蘇府表小姐，不也是對蘇大人的情意嗎？」

「其實現在想來，倒不如不放過她，或許還不會有這提親的事了。」

「小姐，」梅子眼中閃著興奮的光。「張年告訴我，他在京城翻新鋪子時，正逢蘇府人到了京城，竟然傳出小姐有不足之症，他氣火了，上門把表小姐的事說了出來，為小姐出了一口氣。」

林小寧苦笑了一下。「本是想饒了她一回，卻傳出這等閒言，可見又是她在暗中算計。怕是表小姐認為，我把寒子誤當是其他毒物，不然豈可輕易放過她？這個蠢笨的表小姐，正是自作孽。」

「不知道蘇府的人會怎麼懲治表小姐。」

「妳關心那麼多做什麼？怎麼懲治都與我無關了，如今，我與蘇大人也無關了。」

「唉。」梅子幽幽地嘆息。

「梅子，去買一口棺材，要不漏水的那種，然後北院屋子上鎖，妳與蘭兒一人一把鑰匙。」

「知道了。」

第三十章

醫仙府裡北院，曾姑娘、蘭兒、林小寧和梅子站在屍身邊上。

這是一具漢子的屍體，約四十多歲，一條腿從大腿處被砸爛，是嚴重外傷失血過多而死。

屋裡的一應用具齊全，邊上側屋裡還燒著沸水，是昨天打好的水，林小寧摻了一些空間水進去。

曾姑娘道：「小寧，我讓夏護衛在院外守著，一會兒棺材送來時，他負責搬進這屋子。」

「夏護衛口緊不緊？」

「緊。」

林小寧便不再問，吩咐著。「梅子，把他的衣服脫了。」

梅子扭扭捏捏得不肯上前。「小姐，那具屍身是個漢子。」

「漢子、婦人都是肉身一具，死了能給活人做貢獻，就是功德。」

「但我們是女子。」

「梅子，妳現在也是醫者了，曾姑娘說過，醫者不可有區別心，漢子、婦人都一樣。不過這不是在桃村，大家一定要注意，切莫說漏嘴。」

曾姑娘道：「蘭兒妳也要注意了，要是讓人知道我們擺弄漢子的屍體，那我與林小姐就得做一世老姑娘了。」

林小寧笑了。「嫣嫣，可我覺得不管漢子還是婦人，擺弄屍身一事，都不能外傳。」

醫仙府前廳，新來的丫鬟婆子們不知道這位年輕的王大人是誰。家裡的主子與大丫鬟梅子，還有曾姑娘都在北院，便前去報信。北院的夏護衛冷聲道：「什麼王大人？主子們有要事商議，誰也不見，讓他留下禮單，回頭主子必回府上拜謝。」

寧王得了回話，不動聲色飲著茶，摸了摸大黃，大黃嗖地一下就向北院竄去，他跟隨著大黃的身影而去。丫鬟們想攔，但看到他的面色，膽怯地止了聲。

北院門口守著的夏護衛看到大黃的身影以及跟上來的人，大驚失色，忙單跪行禮道：「六王爺……曾姑娘與林小姐在裡面商議要事。」

寧王面露惱色。「曾姑娘與林小姐商議什麼要事，要在這偏僻北院？」

夏護衛吞吞吐吐不肯言明。

寧王看了夏護衛一眼。「起來吧，守好院子。」

夏護衛起身，神情不安。

寧王叫了聲。「大黃。」
大黃便向院內奔跑而去，他在後面快步跟著。
過了小花園，離屋二十來丈處時，他就覺得氣味不對，聞到了血腥味，還有一種奇詭的味道，像是沙場上的氣味，但更乾淨。
他輕吁了一聲，大黃便止了興奮，安靜地帶著寧王前往一間屋前。
他站在門口。
裡面傳來林小寧的聲音。「嫣嫣，妳擺弄屍身這麼久了，可有什麼心得？從一開始吐到現在面不改色，妳真讓我佩服。」
曾姑娘說道：「我正想問，我們都吐了，吐了那麼久才適應過來，可就妳沒吐。」
林小寧的聲又傳出來。「妳可知道，我看死山鼠時都想吐，還有死得難看的其他動物，但看屍身反而不同，或者說，看到所有我們要施華佗術的動物或屍身，我都不會吐。最初也不適，但我對他們有敬重之心，是他們給我們更多的機會來學習神奇的華佗術。有了敬重之心，就是吐也不會吐多久，更不會害怕。不過妳早已不會吐了，更是從沒害怕過，妳對屍身的敬重之心還有對醫術的敬重之心，是與生俱來，妳是當之無愧的醫聖。」
又聽得梅子的聲音。「小姐，妳說得真好，我雖然是習慣了才不吐，但我與蘭兒私下聊時，覺得那些屍身是極有功德的，我們也不害怕。以前路過墳堆我都怕，可這樣對著屍身我卻不怕，一直不清楚原因，原來是這麼回事。」

寧王聽到此，轉身而去，大黃疑惑地跟著，沒有叫。

寧王走到院口，夏護衛臉色發白，又單跪行禮道：「六王爺……」

「你去通報，我去前廳等著，若不見我，馬上報我。我今日是王大人，和你的主子也打好招呼，不得洩漏半分。」寧王臉上沒有表情。

林小寧得了夏護衛通報，淨手，換回日常衣服，便前往前廳。

王大人帶著禮來恭賀，定是要去面謝一番。

王大人正在飲茶，大黃在一邊坐著，看到林小寧進來，嗚嗚地撒嬌。

林小寧摸了摸大黃，笑道：「王大人久等了，真是抱歉。我到京城本應該去拜見大人的，本是想給府上送十套淨房東西去，卻不知道貴府在何處。問了胡大人，卻是說大人住軍營，便作罷，卻沒料到今天還帶禮前來恭賀，實在惶恐不安。」

王大人笑了笑。「今天前來賀喜林小姐喬遷醫仙府，不料妳的丫鬟們說妳與太傅之女曾姑娘在商議要事。林小姐要事在身，卻百忙中抽身相見，倒真是感謝林小姐高看。」

這話聽著就不對勁。林小寧打著哈哈道：「王大人言重了，實在是抱歉。王大人光臨府上是萬分榮幸，只是丫鬟婆子不識大體，怠慢了王大人，多有失禮處，請見諒。」

「道謝就不必了，林小姐，妳家的茶不錯。」

「茶是曾姑娘帶來的，我倒品不出好壞，鄉下丫頭一個，只品得出香，卻品不出層次。」

「能品出香便行。」王大人抬眼，眼神讓林小寧難以形容，說不清楚，只覺得他此時十分怪異。

只好笑道：「王大人，若是喜歡品茗，帶一罐回府去。」

王大人掃了林小寧一眼，道：「林小姐一向不帶香囊，對吧？」

林小寧越發疑惑，回答說：「香囊那是大家千金喜帶，我並不喜，況且我平時穿著打扮若是帶個香囊，是萬萬不相配的。」

「香囊有多種，我看林小姐手上應是少了一串香珠。」

林小寧暗自猜想：這王大人今天到底怎麼了？便試探道：「王大人，你今天前來，令敝府蓬蓽增輝，不過香珠我不愛帶。」

「不知道林小姐醫仙府裡，除了丫鬟婆子，還有沒有護衛？醫仙府是皇上御筆，妳又是獨身一人，沒有護衛護院怕是不安全。」王大人換了話題。

「多謝王大人，曾姑娘有夏護衛呢。」

今天這王大人怎麼說話這麼怪？林小寧暗自猜想。

「夏護衛的主子是曾姑娘。」

「王大人，我不需要護衛。」

「妳是我朝醫仙，不要護衛如何能行？」

護衛？那不就多了兩個跟班嗎？要知道這院裡放著兩具屍身，如何是好。林小寧面色掩飾不住地急了，不客氣道：「王大人，我要護衛做什麼？我是一個女子，府裡杵著兩個大男人，像什麼話？」

王大人眼神掃視過來，林小寧頓覺不自在。

「我朝身分尊貴的女子配有護衛，不會有閒話。下午，我送兩個護衛過來，林小姐可以信任。還有，出門帶一串香珠。」王大人聲音不輕不重，不疾不緩。

林小寧有些奇怪的感覺，她覺得王大人的眼神像穿進了她的胸膛。她硬著頭皮迎著他的目光，道：「多謝王大人了，下回我出門帶香珠。」

「林小姐，妳大哥在邊境很好，銀夜在他身邊。」王大人又轉了話題。

「多謝王大人有心了。」

他便不再說話。

林小寧看著也沈默的大黃，渾身不自在，聲音便稍稍抬高了些，有些虛張聲勢的味道。「王大人，在此用膳可好？府裡有清泉酒。」

「多謝林小姐，下回吧。」

林小寧覺得氣氛怪異。有些心虛，但不應該心虛啊，王大人的氣勢比桃村時更為不同，這到底是怎麼回事？難道離了桃村，我就這般無用？

王大人又開口道：「林小姐若是有心，便給大黃配一些在桃村時，妳每日餵牠喝的藥水吧！」

「請稍等。」林小寧離了廳，找了一個空酒罈，注滿空間水。

她抱著酒罈又進了廳屋，道：「隔日給大黃服用一勺。」停了一下又道：「若不嫌棄，你也可隔日服用一勺，服完後再派人來府中取，可強身健體。」

王大人抱著酒罈，帶著大黃走了。

林小寧看著他的背影，心中一陣陣發慌得緊，不知是何原因。

寧王明白北院那間屋裡發生了什麼。

但他不明白，北院的氣味讓他心裡沈沈的，尤其是聞到了林小寧身上隱隱的血腥味道，是新鮮乾淨的腥味，他的心中就說不出的怪異。

他很想搞清楚，這是怎麼回事？那味道如同他第一次前往桃村被夢魘住時，驚醒過來的那一刻，鼻端還隱隱縈繞著夢中的血腥味，卻又是陽光的，讓人並不厭惡，還混著夢裡她救治他時，一絲極特殊的清爽氣味。

帶一串香珠，別人就不會聞到這味道。寧王想：這味道，太奇異，讓他老是想起去桃村的那個夢。

下午，夏護衛把棺材抬進北院的屋裡時，有兩個護衛模樣的人前來，約三十歲左右，冷面無表情，看到林小寧便道：「主子派我們前來跟隨林小姐，從今日起，林小姐便是我們的新主子，我們誓死保護林小姐安全。」

林小寧被這架勢震住了。曾姑娘馬上便道：「你們叫什麼名字？」

「安風。」

「安雨。」

曾姑娘道：「安風、安雨，從今後，你們便是林小姐的護衛，要效忠於林小姐，只聽命於林小姐一人。」

「明白。」

長敬公主今日頭疼病犯了。

她的寶貝女兒是入了死胡同，非要替郡馬偷納林家大小姐為妾，還是賤妾。

這個青青喲，怎麼就這般想不開呢？英俊文雅的郡馬是多好的性子，大婚時還承諾一生一世不納妾，說與林家大小姐還有表妹都是過往，再也不提。可青青非要背著郡馬偷納林家大小姐為妾，林家大小姐到底是有醫仙封號啊，如何強求？況且還與太傅之女又是金蘭姊妹。若是依著青青的任性，事情鬧開來，怕是從曾姑娘的嘴中一傳，京城便是風言風語到朝堂苛待華佗傳人。

罷罷罷，還是以貴妾身分去林家提親吧！

第二日，胡大人入了宮，獻出人參、靈芝、三七各一株。

胡大人道：「皇上，這是我那知音丫頭獻於皇上的寶藥，望皇上龍體康健，與日月同輝。」

劉公公接過三個木匣打開一瞧，激動地聲音發抖。「皇上，這樣的品相，非千年而不可啊！皇上請看。」

皇帝喜道：「老胡，你這知音丫頭是個寶啊，竟能得這等千年寶藥，還一下得了三株。」

胡大人沈默一會兒，才道：「丫頭得此寶藥，不敢藏私。普天之下，莫非王土，既得天材地寶，當是要進獻給皇上才對。這不，就託微臣送來宮中。」

皇帝笑了。「老胡你個老狐狸，說吧，有何事相求？」

胡大人恭敬道：「皇上多慮了，那丫頭一片赤誠，無事相求。」

皇帝笑道：「朕賜了那丫頭五品封號，又賜了字，此等殊榮，我朝這等家世之人，確是獨一無二，再行賞賜，怕有不妥。行，朕記下了林家的心意。」

胡大人又去了醫仙府，說道：「丫頭，郡主背著郡馬已去桃村林家下聘，要納妳為妾，這事是長敬公主安排。妳去年讓王剛帶我的那些寶藥，我一直存著沒送，前陣子才以妳的名義獻上去。當時收下這些寶藥，也是想著，有朝一日或能給妳避些麻煩。」

看來郡主那天定是懷恨在心，非要整治她不可。

林小寧哽咽道：「胡大人，我以前還一直為磚泥之事心裡偷偷怪你，現在想來，是我眼界太窄了。你真是我的知音大人，那藥材本是讓你去獻給皇帝，好加官升職的，你卻一直留著……」

胡大人拍拍林小寧的肩膀笑道：「丫頭啊，我升官有何用？沈尚書的官職比我高，太傅官職高，可都是閒得沒事。如今朝堂佞臣當道，我守著通政司這個口，還能得些消息，在朝堂上與之暗地裡抗衡，又能護得一些人的周全；若升了官，把這口子丟於佞臣，豈不是讓對方心裡樂開了花。」

林小寧疑惑道：「胡大人，可又是王丞相？」

胡大人道：「丫頭，不要議政事，朝政局勢對你們的影響不大，妳且做好自己的事就行了，莫要操心。郡主納妳為妾之事，有三株寶藥在皇上那兒打底，妳可自己處理，但處理時要有個度。雖是長敬公主寵溺郡主，一味由著郡主任性，可畢竟皇家尊嚴擺那兒。還有，妳院裡那兩個護衛，看起來功夫相當不錯，應是絕世高手，從哪得來？」

「王大人送的。」

「喔？護衛是他所送？看來我是操心多餘了，」胡大人低聲自語，又道：「既是他送的，便放心用，丫頭，有處理不了的麻煩事，可去找王大人，王大人比我管用。」

「胡大人，王大人比你管用？可他只是個武將啊。」

「丫頭，這個妳別管，有麻煩處理不了可找王大人就是，他才能真正護妳周全。」

「胡大人，王大人是跟你一派的嗎？」

胡大人笑了，說道：「丫頭，不要猜想這些。」

「胡大人，一直沒見過師爺呢。他去了哪裡？」

胡大人沈默一會兒，才道：「老董回京不久去西南接新寡的妹妹，結果正逢朝中的三個王爺在封地聯手自立為王，邊境禁嚴，出不來了，一直困在蜀王境內。」

「啊，怪不得一直沒看到過他。那他在蜀王境內安全嗎？」

「應該是安全的。他去時也是帶了銀票的，就是在那兒先置個屋子什麼的，也應該能好生過活，師爺有才，可教書，也可做人幕僚，就是不知道這西南廣袤土地，何時能歸回我朝。」胡大人嘆道。

桃村的林家門前來了幾輛馬車，卸下了如山一般的禮。

領頭的婆子自稱是青青郡主的乳娘徐嬤嬤，因郡主念及郡馬對林家大小姐的一往情深，又有長敬公主授意，專程前來為林家大小姐提親，入郡主府為貴妾。因是妾室，便直接下聘。

林家如今主事之人只有付冠月與林老爺子，聽聞此言，大感迷惑。這是怎麼回事？

林老爺子在桃村拒收聘禮不成，正一籌莫展，王剛到了桃村，帶了林小寧的口信，說了事情原由，又帶上幾個漢子，把聘禮拉回京城。

林小寧還沒有等到桃村拉回的聘禮，卻等到了吹吹打打的迎親隊伍。

林小寧怒火沖天，饒是曾姑娘如何刻薄，卻無奈聲音太小，早被淹沒在銅鑼與嗩吶聲中，激不出半點波瀾。

安風不在，安雨則一直面無表情地跟在林小寧身邊，形影不離。

喜婆子道：「恭喜醫仙小姐，賀喜醫仙小姐，當真是貴人貴命，有醫仙封號不算，這又被郡馬相中，聘禮已送於清水縣桃村林家，今日迎進府裡做貴妾。」

林小寧一茶盅就摔在喜婆的腳下，怒道：「誰允了要進門的？堂堂郡主，竟然幹這等齷齪之事，強行迎娶！」

喜婆得了私下的指示，膽大氣壯道：「醫仙小姐，您是貴人，可到底家世單薄，如今能與青青郡主姊妹相稱，可不正是喜事、好事！郡主可是皇家血統，是看了您有醫仙封號，才允您進門為妾，您不要這般不識好歹，封號能給您，也能撤掉，這天下所有的事，可不就是皇上的一句話嘛？」

林小寧笑道：「倒是，天下所有的事，可不就是皇上的一句話嘛！可我今日倒要知道，這封號是皇上賜我的，青青郡主是不是能給我撤了？還是說，青青郡主的話比皇上的話還管用？」

喜婆愣住了，以眼神示意一下，頓時，嗩吶聲又響起。喜婆道：「送醫仙小姐入轎！」

林小寧對安雨道：「安雨，你去把他們的喜樂聲都給我停了，用什麼法子都行。只要不出人命就行。」

安雨身影一動，所有的喜樂聲便停住了，那些正在吹著嗩吶的喜班子目瞪口呆地看著手中被砍成一半的銅鑼與嗩吶。喜婆子嚇得渾身發抖。

醫仙府的院裡頓時寂靜無聲。

曾姑娘輕輕淡淡的聲音這時便清晰無比。「夏護衛，這一招很漂亮，下回學上。」

林小寧興奮道：「安雨，去，把他們都打趴了。」

安雨道：「小姐，這些人禁不起打。」

林小寧火道：「你是我的護衛，只聽命於我，我叫你打呢。」

曾姑娘也火了。「夏護衛，上前去打，打出府去。」

安雨還是沒有表情道：「小姐、曾姑娘，他們禁不起打，會出人命，那便正中了郡主下懷。但放心，他們接不走小姐，有我在。」

林小寧道：「那我們就這樣乾坐著？」

安雨道：「小姐，如果您想現在就眼不見為淨，可容我去把北院棺材裡的東西搬來嚇他們，如果您不想讓人知道這事，就等安風回來。」

曾姑娘與林小寧驚道：「安雨，你如何知道……」

安雨道：「天下任何氣味都逃不過我的鼻子。二位小姐不用擔心，除了我們，誰也不知道。」

林小寧問：「安雨，你是不是一進府就知道了？」

安雨道：「是。」

「那王大人也知道？」

安雨道：「小姐，天下所有氣味都逃不過我們的鼻子，也包括王大人。」

林小寧與曾姑娘相視，都傻了。

林小寧突然明白，那天王大人讓她帶一串香珠是什麼意思。

她摸著腕上的香珠，心中莫名情緒翻騰。

他說話怪異，原是知道了，卻不問也不說，只讓她出門帶香珠，又送來兩個護衛。

曾姑娘問道：「安風是去找王大人了嗎？」

安雨道：「是。」

曾姑娘道：「小寧，那我們候著便是。蘭兒，上好茶。」

院外的隊伍也在犯傻，看著曾姑娘與林小寧旁若無人地交談，心下盤算，其實兩邊都不好惹啊，一邊是郡主，一邊是醫仙與太傅之女，還有那個臉上沒有表情的護衛，真是嚇人。這下應該如何是好？他們不動手傷人，怎麼辦？不是應該會動手嗎？

兩刻鐘後，便見王大人帶著銀影與安風前來，進了院中。彷彿大家都有默契一般，夏護衛、安雨、安風還有影首領，一句話也不說，一手一個，把迎親的隊伍揪了扔了出去，有好幾個當場就嚥氣。

迎親的隊伍卻連屁也不敢放，拖著死去的屍體走了。

林小寧雖是常與屍身打交道，卻沒有看過這樣活生生的人被扔死、摔死，口鼻流血，死相極其難看，當下就吐了。

梅子急急在一邊伺候著。

林小寧吐得下氣不接下氣。「一扔一摔就死？這是圈套，怪不得安雨說他們不禁打。」醫仙府裡十幾個丫鬟婆子，快手快腳地就把院裡收拾乾淨。

林小寧吐完了，覺得舒服多了，曾姑娘卻起身告辭，面色有些奇怪。

林小寧顧及不了曾姑娘，只覺得剛才那一幕，那幾個死去的人，還眼睜睜地看著她，她突然就哭了。

廳屋裡只有她、王大人、影首領，安風安雨兩人在門口守著。梅子一看到王大人與影首領就膽小如鼠，溜去廚房安排丫鬟婆子備午飯。

林小寧哭完了，拿起梅子放在桌上的溫毛巾擦臉，道：「王大人，見笑了。」

第三十一章

王大人看著毫不顧忌哭相的林小寧，生出奇異之感。

這丫頭，蠢笨得要命，卻有智慧，又膽大得要命，敢用屍身來試華佗術。院裡放著屍體的姑娘，名朝就她一個，今天卻因為幾個死人吐完又哭，又是為哪樣？她今日身上的味道帶著檀香，血味壓住了，成了甘味，竟如渾然天成之味……

便溫聲道：「林小姐膽識過人，與曾姑娘二人可堪稱為女中豪傑，卻為那幾個被人收買的，用命換銀子必死之人而吐，倒真是令人意外。」

林小寧表情有些呆。「那些人死相太難看。」

「那又為何哭？」

「我第一次看到活人成死人。」

銀影笑了。「林小姐，今天我們不動手，他們也活不了多久，那幾個都是將死之人，以參吊著精氣神，看似與常人無異，卻是一碰就會噏氣。」

「郡主如此恨我，下圈套給我鑽。」林小寧仍是有些發呆。

銀影又道：「以林小姐的身分，林大人又是從四品，殺幾個鬧事的平民本不會有什麼麻煩，卻因為這幾個人是郡主的迎親班子，便不那麼簡單。林小姐打死了迎親之人，便是藐視皇室尊嚴，雖不至獲罪，但也足夠添堵。」

「但現在還是死了……」

銀影道：「爺殺幾個人，沒問題，林小姐儘管放心便是。」

林小寧看著這個比胡大人管用的王大人，說：「王大人、影首領，剛才多有失禮之處，可否容我去收拾一下，但請不要離開，我一直想要謝謝王大人。」

王大人笑笑。「去吧。」

林小寧洗了臉，漱了口，換了衣便又進了廳屋，卻見王大人一人坐在廳屋裡品著茶，不見銀影。

梅子低眉順眼地立門外，看到林小寧來才小心跟著。

林小寧問：「王大人，影首領呢？」

王大人道：「他去辦事去了。」

林小寧道：「王大人，真是多有歉意，梅子見到你就怕，不敢進身。」

王大人笑了。「梅子為何怕我？」

梅子一在邊囁嚅著。「不知道，就是怕……」

王大人大笑起來。「梅子，妳既怕就去門口候著，有事叫妳便是。」

梅子得令，如獲大赦，兔子一般溜了出去。

王大人看到梅子這模樣，笑了。

林小寧尷尬道：「王大人，失禮了，梅子雖笨，但跟著我久了，熟悉我的習慣作風，不喜再換人伺候。」

王大人笑笑。

林小寧一看那笑容，覺得極有深意，是心知肚明的笑。又想起安雨的話：「天下所有的味道都逃不過我們的鼻子，也包括王大人。」

便道：「王大人，你那天來府裡時，讓我帶香珠，我帶了。」

「我聞到了，是檀香味的。」

這句聞到了，讓林小寧不知如何接話，更不想挑明此事，隱晦問道：「王大人不嫌惡？」

王大人並不接話，卻道：「檀香味很好，很適合妳。」

林小寧沈默不語。自從那天他讓她帶一串香珠，便有些神不守舍。今日，安雨的話一出，更是覺得這是與他之間守著共同的秘密一般。

他越是不問、不說，她便越是心中有些隱隱發慌，有些隱隱等待。

王大人看著她，林小寧不安地慌亂著。

王大人的聲音如同桌上的熱茶一般，透著沒蓋嚴的茶蓋，散著霧氣。「林小姐，我先告辭了。」

林小寧怔怔道：「我本是要謝謝王大人的，還沒謝呢。」

王大人道：「妳已謝過了，林小姐。」

林小寧只得起身行禮，有些失神地說道：「王大人走好。」

王大人目光輕輕掃來，說道：「林小姐，備好清泉酒，我明天晚上前來赴妳的答謝宴，帶大黃一起來。」

整整一個下午，林小寧就坐在屋裡沈默不語，十六個丫鬟婆子自是理解，小姐碰到這等鬧心的事，又吐了又哭了，肯定失了體力，要休息。

梅子也識相地守在側屋裡，不敢多言語。

第二天清早，林小寧在府裡散步。

這個宅子是舊宅翻新，雖是舊宅，但也曾精心打造，翻新主要是貼木板與瓷片，還有建新茅坑，花園請人打理了一番，又種植了新的花草，木門也換成了新的。太傅夫人送的那十六個丫鬟婆子，有四個專門是打理花園的，其他的分了掃灑、洗衣、廚房，只有梅子是林小寧的貼身大丫鬟，但也提了荷花在她的院裡，隨時伺候著。

如今，北院的門也開了，那後面小宅裡的孩子們共二十個，十二個女孩，八個男孩，請了兩個先生，一個教他們識字，一個教他們識別藥材。

曾姑娘興致勃勃地奔波於太傅府與醫仙府，還有這個小宅子之間，有了魏清凡，有了事業，曾姑娘從來沒有現在這麼漂亮、和氣過。

太傅府裡前幾日就開始給曾姑娘銀子花了。

曾姑娘說，好像是胡大人與太傅聊了聊，太傅府便重新一疊疊銀票送到曾姑娘手上。早飯後半個多時辰，曾姑娘便來了，興沖沖地道：「小寧，今天可以教我配那個保存屍身的水嗎？」

林小寧心不靜，昨天的那幾個死人還是讓她不適，還有王大人……便敷衍道：「嫣嫣，改天吧。」

曾姑娘立刻就變臉道：「小寧，妳多番推辭，到底是為何？」

林小寧心想，這真是搬起石頭砸自己的腳了，她哪會保存屍體啊？保存屍體在現代都是用甲醛溶液，也就是福馬林，但她一直是用空間水作弊。

便只好道：「有一事我得和妳說，我不會配那個水。」

曾姑娘看著林小寧，一句話也沒說。

林小寧有些抱歉。「真的，我沒撒謊，是真不會。北院裡保存屍身的水，就是桃村我家的井水，每回送貨來京時都會帶一些。嫣嫣，妳應該知道，我家井水比一般井水不同，特別甘甜。我以前就試過把肉放在裡面，結果不會腐爛，所以就想著來泡屍身，沒想到果然管用。」

曾姑娘竟然非常真誠地笑了。「我信妳。我就想著妳怎麼就那麼神，什麼都會，原來妳也有不會的。不過，聽人說是以前皇室帝后下葬時，會做屍體保存的處理，我們找這種人來試下如何？」

「那是乾屍。」

曾姑娘道：「那怎麼辦？」

「我覺得保存屍體，目的是為了讓我們瞭解人的各個器官與結構，對我們將來施華佗術有很大幫助。現在要做的不是如何保存屍體，是要把我們這陣子所學所得，全部都記下來，裝成書冊。這樣，才可以教那些孩子們書面的醫術，再慢慢教他們親自動手。而這些書將來很可能會流傳下去，如同當初的華佗手稿一般。」

曾姑娘淡淡地說：「小寧，這事我已做了，每日我回家都記的，也畫了。」

林小寧喜得抱住她，道：「嫣嫣，妳真是好樣的！」

曾姑娘驕傲地說：「妳說過華佗他老人家會為我驕傲與自豪的。」

下午時，王剛拉回了郡主下的聘禮，林小寧與曾姑娘帶著眾丫鬟，細細對著禮單與物品，確認無誤後，便讓安風與梅子把聘禮送去蘇大人府上。

林小寧道：「嫣嫣，晚上王大人來赴宴，我要好好答謝人家幫我解了這個困境。王大人說，我一個人招待不便，請妳與清凡也一起。」

曾姑娘道：「哪來的不便？京城就講究個這些，真是討厭。我不喜歡王大人。」

林小寧疑惑道：「妳為何不喜王大人？」

梅子道：「是啊是啊，我也害怕王大人。」

曾姑娘淡然反駁。「梅子，我不是害怕。」

林小寧道：「嫣嫣，妳說明白。」

曾姑娘沈默一會兒才道：「小寧，有些人不好交往，如同郡主一般，那些人不規矩起來，什麼都不講，講起規矩起來，又什麼都較真。」

「嫣嫣，妳把話說清楚。」

曾姑娘道：「王大人身居要職，這種人喜怒無常。」

「王大人到底是個什麼官？」

「回頭妳自己問他吧。」

林小寧更是疑惑，沈吟道：「嫣嫣，妳這樣的性子，也會說人家喜怒無常？我倒覺得王大人性子可比妳好多了。王大人到底是什麼人？」

曾姑娘把林小寧拉一邊，悄聲道：「小寧啊小寧，我應該怎麼說妳好呢，妳到京城也一個多月了吧？妳就沒聽說過京城有個六王爺，養了一條狗，極其疼愛？」

林小寧呆住了。

曾姑娘接著道：「那條狗的名字，叫大黃。」

曾姑娘走了。

林小寧發著呆。什麼人，能比胡大人更管用？什麼人能這樣氣度不凡？什麼人，能這樣說起郡主這事雲淡風輕？什麼人，身後老跟著一條狗？

明明是聽過京城的傳言，卻一直沒反應過來。

掌燈時分，林小寧聽到了院裡傳來大黃的叫聲。

梅子小心翼翼道：「小姐，王大人來了。」

林小寧道：「請他進府中，擺宴招待。」

宴席間，梅子掌了八支蠟燭，照得亮堂堂的。

小陸子在一邊伺候著大黃吃飯，先是拿著一個專用的碗，盛了飯，肉塊、肉汁又加了青菜。大黃很自在地吃著，吃完後，小陸子還用另一個專用的碗盛了沒有放鹽的肉湯給大黃喝，再用乾淨的軟帕給大黃淨嘴，然後帶著大黃退在一邊。

林小寧一口一口地吃著，一句話也不說，三杯酒後便滴酒不沾。

彼時的王大人，此刻的寧王也不動聲色地吃著。

一桌精緻菜餚吃得沈悶無比，梅子與荷花在席間緊張地伺候著。

寧王索然無味地放下筷子。「撤了吧。」

荷花與兩個丫鬟把桌上的殘羹撤走，上了茶果。梅子上前，小心地伺候著淨口淨手。

林小寧用溫熱的毛巾擦著手，道：「王大人吃得不好。」

寧王道：「你們下去吧，我有話與林小姐說。」

眾人帶著大黃退下了。

林小寧又道：「王大人，你沒吃好。」

寧王沒說話。

林小寧又問：「王大人，你到底是誰？」

寧王道：「妳說我是誰？」

林小寧垂首低嘆。「王大人不姓王，應是國姓，姓蕭，王大人便是六王爺寧王，養了一條狗，那狗的名字叫大黃。我確是蠢笨，一直沒想到是你。」

寧王淡然道：「並非針對於妳，我出京城，又不前往戰場，若不隱瞞，怕會引得各地官家惶恐。」

「那我到了京城，想面謝於你，胡大人也不肯道明你的身分。」

寧王仍是淡然道：「是我打了招呼，看妳何時能猜出來。」

林小寧問：「只有我沒猜出來嗎？」

寧王道：「在桃村自是猜不出，但妳的傷藥坊的舊兵，或許看著大黃有人能猜到，到底是我朝士兵，知道什麼能說，什麼不能說，一絲口風也沒在桃村透出。到了京城，不過三、五日，王剛與魏清凡就都知道了。」

「他們沒和我說。」

「他們或許以為妳已知道了。」

「我真蠢。」

「妳一直蠢。」

林小寧發怔地看著寧王，說道：「多謝六王爺昨天護我周全，為我解困。」
寧王道：「林小姐，妳大哥在邊境為我朝出力，護妳周全是應該的。」
「再次多謝六王爺。」
「林小姐這般客氣，倒顯生疏。」
林小寧笑了笑，不語。
寧王又道：「林小姐，妳在桃村時說過，我是王大人，是我府的少爺，是我大哥的弟弟，那現在我是六王爺，是我府裡的王爺，是我皇兄的六弟。」
林小寧道：「六王爺好記性，還記得這句呢。」
「林小姐不正是想說，我是王大人也好，少爺也好，大哥的弟弟也好，是誰都行，都是當下與妳說話之人。」
這時，梅子又怯生生地進了門，手中端著熱茶。
寧王卻忽然一把將桌子掀翻，桌上的茶點全砸碎在地。
林小寧來不及驚愕，就感覺自己被人摟住。
她完全傻了，只聽得摟住自己的寧王大聲道：「安風、安雨！」
然後，她感覺頭髮被人一碰。
等她返過神來，定睛一看，梅子已躺在地上，喉間插著一支玉簪，正是今天下午梅子為她插上的那支。

安風來了，說道：「小姐受驚了，安雨已去追刺客了，我來晚了。」

寧王這才放了她下來。

林小寧看著躺在地上的梅子，情緒激烈地對寧王尖叫著：「你殺了梅子！你瘋了！」

安風忙道：「小姐別急，這不是梅子。」手一動，便撕開了地上的梅子的面皮，赫然是個削瘦男子。

安風又道：「小姐，妳再看桌面。」

被掀翻的桌面上，釘著一枝雪亮的鏢。

寧王道：「安風，你去巡院，不可放過絲毫可疑之人。去找到梅子，這裡有我。」

林小寧驚魂未定，聲音有些抖。「你怎麼知道她不是梅子？」

「氣味不同，眼神不同，走路不同，是易了容的。」寧王安慰地拍拍她的肩道：「梅子應是無事的，放心。」

林小寧呆呆地哆嗦著。地上的一片狼藉與假梅子的屍體也無人來收，屋裡靜悄悄的，只有八簇巨大的燭火在閃動，亮得有些假。林小寧腦袋鈍了，覺得這一切根本不真實，她不自覺地不斷顫抖著，老半天才問道：「王大人……不，六王爺，怎麼會有刺客？」

寧王溫聲道：「讓妳受驚了，刺客是為我而來。」

林小寧顫抖著。「你？那年在山上，也是遇上刺客？」

寧王看著林小寧。「是的。」

林小寧驚慌問道：「大黃呢？小陸子呢？」
「在後院玩著吧。刺客的目標是我，不會驚動其他人。」寧王說道。
「府裡太大了，廳裡死了一個人，也無人前來收拾。」
寧王輕輕嘆息。「是我讓安風把她們都撤下去的。」
林小寧聽了這話，像秋風中的落葉一般又抖動起來，寧王又把林小寧抱在懷裡。
這一次與剛才的突如其來的一抱不同。
寧王身上散著特別的氣味，林小寧只覺得腦中嗡的一聲，軟在寧王的懷裡。
她本能地抓住寧王的胳膊，此時，她看不到地上的狼藉與屍體，她的眼中只有寧王的嘴唇。
她神志不清，顫抖著把嘴唇湊上前，寧王毫不遲疑地低頭含住了。
他的唇舌火熱濕潤，輾轉溫柔，帶著酒香。
林小寧猛地清醒過來，推開寧王，看到一地的狼藉與那具屍體，羞愧難當，無地自容。
寧王把林小寧的頭髮撫整了一下，她低著頭，說不出話來。
寧王溫聲道：「安風、安雨快來了。」
話音才落不久，安風、安雨便來到門口。
安風道：「小姐，找到梅子了，在北院花園的假山邊，她被打暈了，我把梅子送到她房間去了。」

安雨道：「爺，另一個刺客死了，是自殺。」

「安風，把這具屍體弄到北院去，然後繼續巡院，不要驚動府裡的任何人。安雨，叫個丫鬟前去林小姐院裡等著伺候，把桌上的鏢取下來，這裡不用管，你也去林小姐院裡守著。」寧王吩咐。

安風拎起地上的假梅子就飛速而去，安雨也退下了。

寧王低聲對林小寧道：「先去看看梅子再說。」

梅子躺在床上昏睡著，林小寧小心地檢查梅子全身，衣物完好，沒有破損，便又抬手號脈。

寧王道：「應是傷在後脖處，一掌擊暈，明日睡醒就無事了。」

安雨道：「小姐，我去門外候著，茶已泡好，在桌上。荷花也在門外，有事叫一下就行。」便退下了。

林小寧坐下，喝了兩盅茶才緩過勁來。

她看著眼前的這個男子，淡青色便服，高大健碩，目光銳利，皮膚稍黑，束髮一絲不苟，插著一根簪子。

她想到自己頭上的簪子，插在刺客喉間的簪子，問道：「六王爺，為何用我的簪子？」

寧王看了看她，便抬手取下了自己的簪子。

林小寧看著寧王近前，心中就慌，怦怦跳個不行。

寧王把手中的簪子插到了她的髮間。「這支才是妳的。」

林小寧的心跳動著。那簪子似是有著溫度，插在她的髮間，她的頭髮便有了觸覺，細細地體會著簪子的溫度。

寧王的手輕輕撫過了她的臉頰，指尖劃過之處便如火如荼燒了起來。他目光閃動，似是有話要說，林小寧沈默不語，床上還躺著昏睡不醒的梅子，門口候著安雨與荷花。

林小寧覺得晚上發生的一切都是奇怪而虛假的，她不能自已地深深羞愧。宴廳那一幕浮現在她的腦中，明亮的燭火像是舞臺上的燈光，太亮也太瘋狂了。

那屍體若是真有靈魂，看到眼前兩個發瘋的人，會作何猜想？假的，都是假的……

便沈聲道：「謝謝六王爺還我簪子，也謝謝六王爺來探望梅子，梅子已經無事……」

寧王微微笑了，接過話道：「那便請林小姐送我出府吧。」

出了梅子的房門，寧王對荷花道：「去叫小陸子與大黃回府。安風、安雨，還是一個巡院，一個守院。」

荷花應聲離去。

林小寧住的主院有三進，卻只有她與梅子，還有荷花以及曾姑娘使用。

林小寧打著燈籠與寧王走著。

醫仙府的花園大，假山池水，亭臺拱橋，石桌石椅，是所有大宅大院裡的最普遍的格局。

已是入夏時分，花園中有蛙叫蟲鳴，散著水、泥、青草與花的氣味。這些氣味，林小寧覺得像是桃村的氣味。

寧王的聲音在夜色星光下響起。「妳在想什麼呢？」

林小寧沈默片刻，道：「你若是王大人，多好。」

寧王笑了笑，把林小寧又抱住了。「那我就是王大人。」

林小寧頭暈腦脹，不知拒絕。

寧王嘴唇便貼上她的唇，卻是一掠而過，又低聲道：「在桃村時，我就喜歡妳了。」

林小寧呆呆發愣。

「我會去桃村提親。」

提親？林小寧忽然一把無名之火升起，尖厲說道：「你是不是覺得你是寧王，你提親了我就必然會同意？你與郡主有什麼不同，都是仗勢欺人！」

寧王怔住了，然後笑道：「妳生什麼氣呢，妳以為我想納妳為妾室？」

聽到妾室二字，林小寧頭腦一片混亂，脫口道：「作夢，我怎會為人妾室？」

寧王笑道：「我沒說要納妳為妾啊？」

林小寧冷哼一聲。「我也不會允妾室進門。」

寧王笑得更加愉悅。「我應了妳就是。」

林小寧驚覺自己思維被寧王的話帶跑了，說道：「我是說你哪來的自信？你提親，我就必然會同意？」

寧王奇怪地笑道：「妳讓我親了妳，還收了我的簪子，妳不嫁我，還能嫁哪個？」

這時大黃跑來，搖頭甩尾，汪汪叫著。小陸子與荷花打著燈籠跟在後面。

寧王低語。「明天再來找妳，天太暗，妳回吧。」

公主府。

長敬公主對青青郡主道：「青青，那個林家丫頭不要再去動她，怕是皇上看上的人，竟派子軒去處理迎親隊伍。我今日去見了皇上，他讓我好好管教妳，說妳任性妄為，用那下作手段，不過就是想讓林小姐屈於妳之下，好折騰她。妳說妳好好的，為何去買那幾個人使套呢？皇上而今身體越發好，是那丫頭尋得三株千年寶藥獻給了皇上。妳啊，妳就輕省些吧，與郡馬好好過日子吧！那丫頭，我看皇上多般維護，搞不好是要入宮為妃的。」

青青郡主氣道：「娘，那林家丫頭到底是使了什麼手段？之前讓郡馬為她一往情深，如今又把皇上給迷住了，真是嚥不下這口氣！」

長敬公主笑道：「青青，就那丫頭，鄉下出身，家世單薄，一朝入了後宮，怕是連骨頭也剩不下。妳就好好過妳的快活日子吧，操心那麼多做什麼？」

寧王府。

寧王進了書房，銀影正在書房候著，見了寧王，低聲道：「爺，邊境告急，西南三位王爺頻頻犯境，西北那兒又颳了七天七夜的大風沙，許多駐兵失蹤了。」

「皇兄知道嗎？」

「已報去了，我在這候著您。」

「進宮。」寧王目光又銳又冷。

醫仙府。

林小寧坐在屋裡，耳邊一直縈繞著那句：「明天再來找妳。」

第二天清早，梅子道：「小姐，我早晨醒來時，脖子疼得厲害，怕是落枕了。」

林小寧笑道：「妳哪是落枕了？妳是昨天被人打暈了。」

梅子恍然大悟道：「怪不得荷花看我怪怪的，想說什麼又不敢說似的。啊，我想起來了，昨天王大人讓我退下，我後來就去北院檢查門鎖，才入了院口就得脖子一痛，不知道後面的事了。」

「梅子，就妳與我不知道，王大人便是六王爺寧王。」

梅子大驚失色。「小姐，什麼時候的事情？」

「妳犯傻了，什麼叫什麼時候的事情？王大人一直就是六王爺，只是沒告訴我們，怪不得妳以前老是怕他。妳雖然笨，但比我聰明。」

梅子疑惑道：「小姐，昨天發生了什麼事？我早起時看到荷花有些慌，我問她，她只說宴廳的桌子掀翻了，小姐，是不是王大人……啊不，六王爺發火了？」

「不是，是安風巡院時，誤把妳當作賊人，擊了妳一掌，把妳打暈了，六王爺便發火掀了桌子。」

「安風怎麼會認錯我呢？」

林小寧敷衍著。「反正就是認錯了，許是被沙子迷住了眼吧。妳現在沒事了，安風昨天也被罰了，妳不要去問他，讓他難堪。」

「知道了，小姐，我不會問的。安風、安雨功夫那麼高，有他們兩個人在，我每天睡覺都覺得踏實。」

「人家安風做錯了事，心中內疚，連夜又給我們找了一具屍身來了。」

梅子笑道：「安風人真好。其實認錯人也不能怪他，誰沒有認錯人的時候？」

林小寧樂了。「是，現在安風、安雨就像夏護衛一樣，反正都知道我們的事了，也就不瞞了。妳這陣子把荷花好好調教一下，荷花手腳麻利，其實比妳好用，不過，她到底是新來的，心裡生怯。」

「小姐，妳不用我了？」梅子頓時失色。

「用，但妳是我的助手，有些細碎伺候人的活讓荷花做就行了。妳的精力要多放在醫術上，妳有這個天賦，不能埋沒了。」
梅子紅著眼睛，哽咽道：「小姐，妳對我真好，我一輩子伺候妳，報答小姐。」
林小寧笑道：「有妳嫁人的時候呢，到時我想留妳，妳估計會在心裡記恨我。」
梅子繼續哽咽道：「我才不嫁人，我只要跟著小姐。」
「行，那妳以後嫁了人也在我身邊，與妳相公一起跟在我身邊，跟一輩子。」
林小寧用過早膳，叫安風上前低語：「那具屍體上穿著的梅子的衣服脫了沒？」
安風道：「脫了。」
「那根簪子呢？」
「拔出來了，扔到了城外的河中。」
「安風你真厲害，你怎麼知道我所想的？」
安風道：「小姐，這樣不是省了五十兩銀子嗎？」
林小寧愉快地笑了，安風、安雨真是好用的人。
晚飯後，在空間洗了個澡，林小寧在自己的院裡慢慢逛著，手中還握著那根簪子。
入夏後，天氣漸熱，晚上空氣中的一些些涼意就顯得特別舒爽。
她低頭看著手中的玉簪，是白玉，白得溫潤，她摸在手中，似乎還能感覺這根簪子上的寧王的氣息。
她想，前世的三十年，加上來這世的二年，是三十二歲了，她是一個老姑娘，身邊曾有過男人，但都沒能停留在她身邊。直到來了這裡，遇到了蘇大人，但蘇大人現在是郡馬了，在桃村時就說過會忘記他，也真的忘記他了。

但寧王，她喜歡他什麼呢？

她胡思亂想。怎麼回事？他與她認識才多久，不過就是桃村那些日子。來了京城，他只來過三次，第一次，讓她帶香珠；第二次，為她解強納之困。第三次，便是昨夜，他說她讓他親了，不嫁他還能嫁哪個？

她瘋了，竟然讓他親了。

林小寧像是得了病一樣，怏怏地靠在石桌上，又覺得那石桌的氣息特別讓她煩躁不安，便起身走進亭中。

她坐在亭子裡，又想，現在茅坑東西供不應求，分鋪倒也不必開，反正大量地接著訂單，再從桃村運貨過來。棉巾作坊與瓷窯倒是應該擴張了。

卻忽然感到身邊微風一動，轉頭一看，寧王的臉就在她面前，帶著笑意，溫溫暖暖地看著她。

林小寧愣住了。

寧王坐下來，輕聲問：「在想什麼呢？」

林小寧張口結舌地問：「你，你怎麼進來的？」

寧王翹起嘴角低語：「昨天不是說好的嗎？」

「你偷偷摸摸進我的院子，不叫人通報一聲嗎？」

寧王笑了。「我哪裡是偷偷摸摸進妳的院子的，我是大大方方地跳進來的。」

林小寧無名怒火又起。「你出去，通報了再進來。當我是什麼人？」

寧王面色有些複雜。「是想通報的，但怕太過正式，與妳說不上什麼話，便這樣進來了。今天是來與妳道別的，我要去西南邊境了，怕是要三、四個月才能回京，妳在京城有安風、安雨護著，我也放心。妳等著我，我回來後去提親。」

林小寧無語地看著這個自大的男人。

寧王卻微笑地將林小寧手中一直攥著的簪子抽了出來，又插回到她的頭上。

林小寧頓時覺得顏面掃地。她都忘記自己手中這個簪子了。

「拿著我送妳的簪子胡思亂想？放心，我應承的事，不會食言。」

說完，俯身就親。

林小寧根本來不及拒絕就喪失了理智。這個吻讓她生出難言的情懷。

這個男子真是不錯，嫁他……真是不錯。

遠處有燈籠的光亮著，梅子的聲音遠遠傳來：「小姐……小姐……」

寧王鬆開林小寧。「妳蠢，妳的丫鬟也蠢。」

林小寧笑了。

「安心等我回來，知道嗎？」

「那你得早些回來。」林小寧中邪似的說道。

「會的。」寧王將林小寧的一綹頭髮撫去耳後，極不捨的模樣。

燈籠越來越近了。

「快走。」林小寧壓低聲音，如偷情一般鬼祟。

「怕什麼？」

「你是跳牆來的，府裡沒人知道，讓梅子看到不好。」林小寧推著寧王。「快走，等你提親後，什麼時候想來都行。」

寧王嘴角翹起。「走了。」身體一躍，便沒在了夜色中。

過了一會兒，梅子來了。「我就知道小姐在這兒。曾姑娘來了，好像是為宅子的事生氣。」

林小寧還沒走到前廳，就聽到曾姑娘尖酸的聲音。「一個宅子都不知道怎麼建，一群廢物！」

林小寧一聽就笑。「嫣嫣，妳就那麼關心妳那宅子？人家可是妳爹爹找來的老師傅，有經驗得很，定是妳亂挑毛病。」

曾姑娘氣道：「我亂挑毛病？瞎說什麼呢？那宅子廊道我覺得有點傻氣，想描些花，但師傅說描著金才漂亮，妳聽聽，多俗氣！我偏不肯，我說要描花，要竹或蘭。還有那磚，顏色就不對，青得就不正，不如妳桃村的那種磚。清凡說這裡沒有那種，桃村的泥不一樣，所以色極正。」

林小寧得意笑了。「可不是。」

曾姑娘道：「我想去桃村拉磚來建宅，我喜歡桃村的磚。」

林小寧想了想。「如果去桃村拉磚倒不是不行，可那得要多少時間？妳的宅子秋天時就不一定能建好了，到時妳怎麼大婚？」

「僱個百輛馬車的車隊拉就是了。」

林小寧搖頭笑著。「妳啊，妳就折騰吧，不嫌累得慌。」

曾姑娘輕蔑地看著林小寧。「妳就是品味差。妳哪知道，宅子是住一輩子的，這可是我將來住的地方，不花心思，將來入住了後，日日眼見處就是遺憾與不足，那多揪心。」

林小寧笑得肚子疼。「嗯，是的，嫣嫣，我不就是品味差嗎？可多虧了妳有品，時時還拉我一把，和妳站在一起，真是顏面增光。」

曾姑娘也笑了，故作淡然狀。「那是，知道就好。噯，聽我爹說，西南可能要開戰了。」

「怪不得他說要去西南呢……」林小寧喃喃自語。

曾姑娘聽到了，神秘地問：「他要去西南？他是誰，六王爺？妳給我說實話，妳和那六王爺怎麼回事？」

林小寧頓時一驚。「沒怎麼回事。他為我解困，我答謝他，就這麼回事。」

曾姑娘詭異笑著。「妳就是品味差，那六王爺面皮長得是不錯，可是皇室身分，還是唯一的嫡王爺，這種人哪有清凡討喜。」

「媽媽，妳不要哪個男人都拿妳的清凡相比好不好？」

「說，你們倆到哪一步了？」

「去去去。」林小寧白了曾姑娘一眼。

曾姑娘笑啐。「品味差就是品味差，只看面皮。」

林小寧轉換話題。「媽媽，我那棉巾想把它從鋪裡抽出來。這東西是千金女子用，進那淨房東西的鋪子總有不適，我想在東街賣布疋成衣的鋪子邊上開個新鋪，專門賣這個。但東街沒有空鋪賣了，妳出個主意，京城除了東街，還有哪條街適合賣這個？」

曾姑娘得意地笑了。「我們金蘭姊妹，這種小事，找我自然是對的。我在東街有兩間鋪子，是我的嫁妝，是賣布疋的與玉器的。」

「我可不能要妳的鋪子。」

曾姑娘誇張地嘆了一口氣。「我不送鋪子給妳。妳只是要賣棉巾不是？那就在布疋鋪子裡做一個隔間，專門派個婦人賣棉巾、接訂單不就成了嗎？為何還要專門置個鋪面，妳倒是不嫌鋪子空得慌。」

林小寧情不自禁地誇讚。「媽媽，妳真聰明！」

「可不是嗎？幸虧我是個聰明人，幸虧妳有我這個金蘭姊妹。」

林小寧樂出了聲，拉著曾姑娘的手。「嗯，我樂得很呢。」

三日後，曾姑娘東街的那間布疋鋪子，就用粉色厚紗簾隔出一個小間專門售賣棉巾，讓曾姑娘那間布疋鋪子老掌櫃的兒媳婦來做女掌櫃，曾姑娘的布疋鋪子竟然也帶得生意更旺了起來。

魏清凡僱了一個車隊去桃村拉磚，林小寧想到磚窯與瓷窯還有棉巾作坊要擴張一事，便書信一封，託人帶去桃村給爺爺。

——未完，待續，請看文創風205《醫仙地主婆》3

醫仙地主婆

全套五冊

她的命格據說貴不可言，
但現代女穿越來到大名朝，現代技能難施展，
只好立志坐擁良田向錢看，究竟會怎麼貴起來？

文創風 203 1

車禍穿越來到完全沒聽過的大名朝，中醫林小寧成了農村小姑娘！
上有老獵戶爺爺和大哥，下有年幼的妹妹小香和傻弟弟小寶，
一家人窮得快揭不開鍋，還好上天給她一個寶物——隨身空間！
既然已成定局，她乾脆「轉行」靠土地吃飯，
要是能坐擁百千良田，也不枉穿來這一遭了……

文創風 204 2

林小寧卻突發奇想，又是買地又是建設，
這廂她忙得不亦樂乎，那廂縣令卻換了個年輕的蘇大人，
林小寧好奇萬分，成天跟著她到處轉，莫非是對她有意思？
而她之前救了個陌生男子，如今對方現身桃村，自稱是「王大人」；
大人物同時出現，到底是關心地方，還是對她的「能力」起疑？

文創風 205 3

桃村漸漸開發，生氣盎然，林小寧更是賺得笑呵呵；
不過人怕出名豬怕肥，有了名之後，麻煩也就滾滾而來——
前有個太傅之女曾嫣嫣要跟她「切磋」醫術，卻是來了不走，
後有身分成謎的王大人，一副對她勢在必得的態度，又是在演哪一齣？
待她多方觀察，才知王大人並非姓「王」，而是本身就是個王！

文創風 206 4

林小寧被封為天下「醫仙」，在京城還有了自己的「醫仙府」，
好姊妹也一同創業，將華陀術發揚光大，但厲害如她也有解不開的難題！
寧王之母貴為太后，雖然心喜小兒子要娶親，
可嫌她只是平民，還曾經議過親，根本配不上皇子！
婆媳問題成了擋路石，縱然林小寧是醫仙也束手無策啊……

文創風 207 5 完

欽天監卜出一卦，寧王死劫只有林小寧能解，代價卻是以命相抵，
預言一出，教他怎麼敢娶？自己的深情將置她於死地，
捨棄令人痛，卻也必須捨，為保住心愛的女子，
他只得請皇上下旨退婚，又將醫仙府護衛得滴水不漏，便離京赴戰場；
但他的舉動卻讓林小寧誤會，有情人為此分隔兩地……

穿越時空／靈魂重生／政治鬥爭／婚姻經營之奇情佳品！

生動靈活、別具巧思／天然宅

年華似錦

全套四冊

多年前死裡逃生，只求平安度過下半輩子；
多年後風口浪尖，不想出頭卻是身不由己。
看她勇於抵抗命運，努力爭取幸福，活出一番錦繡人生！

文創風 199 **1**

這這這……這到底是穿越重生，還是重新投胎啊？!
丹華意識到自己變成小嬰兒，誕生在一個讓人感到陌生的地方，
在她只會哇哇大哭，還沒能真正弄清楚情況之前，
她的親爹突然抱著一個小男嬰回來，說他是當朝太子的遺孤，
要交換他們兩個人的身分，讓她這個親生女兒代替他去死！
就在丹華絕望地以為這次她真的得跟世界告別之際，
幸得忠君之士不顧危險救了她，並賦予她新身分——沈丹年。
之後沈氏一家借守喪之名遠離皇都，回到家鄉當起農戶，
雖然族人、鄰居不乏好事者，甚至還有人強占他們家的土地，
但她這個靈魂成熟的小女娃可不會讓這些人好過！

文創風 200 **2**

為了早日掙脫牢籠般的生活，又掛心養父與哥哥的安危，
丹年前去「威脅」親爹與那個太子遺孤，取得援助糧草的承諾，
甚至單槍匹馬前往遙遠的邊境，更深入敵營打探軍情，
遭到軟禁不說，還被挾持著逃命，換來一身傷。
雖然最後大昭打了勝仗，丹年一家也在外面另外找到住處，
然而她內心深處的願望卻落空了——
他們還得繼續待在京城，只因兩國之間的戰爭尚未完全結束，
養父與哥哥隨時都要準備好再上戰場賣命！

文創風 201 **3**

丹年就知道狗改不了吃屎，壞到骨子裡的人就是學不乖！
當初在家鄉欺負他們的族人，聽她養父與哥哥封了官受了賞，
竟厚著臉皮求她收容，實則想藉機揩油，好在京城橫著走；
而跟她討厭的堂姊一掛的蠢女人，則把腦筋動到她哥哥身上，
妄想藉機獻藝，再求得皇上賜婚，好成全一段「佳話」！
幸虧她明察秋毫，不但粉碎他們的野心，更一雪前恥，
在皇宮內大出風頭，讓眾人眼前一亮，刮目相看。
只可惜，她這麼做還是不足以杜絕某些人的癡心妄想，
看到那個笨蛋太子遺孤呆呆中了迷香，差點被人拉去「快活」，
還一副飄飄然、不明所以的模樣，她就氣得頭發暈！

文創風 202 **4** 完

就說她跟他一點關係也沒有，怎麼就是沒人相信呢？!
丹年很頭大地發現，古代八卦人士與狗仔隊的功力相當了得，
非但大肆渲染他們交往的「事實」，還把案情形容得很不單純，
不管她怎麼澄清，就是沒有人做出「更正報導」。
這下可好，以前追求過她或對她有意的人全翻了臉不說，
太子遺孤先生更正大光明地以另一半的身分自居，
不僅把她當成所有物，還對她毛手毛腳，簡直色情狂！
偏偏一波未平一波又起，新皇登基後想穩固治理根基也就罷了，
竟還把主意打到丹年這輩子最關心的人身上——
身處遠方的哥哥被陰謀算計，心愛的死對頭更是動輒得咎……

為流浪貓狗加油

和貓寶貝　狗寶貝

廝守終生(一定要終生喔！)的幸福機會

對人來說，貓寶貝狗寶貝只是生活的一部分，
但妳(你)對牠們來說，卻是生活的全部，領養前請一定要考慮清楚——

▲ 萌度滿滿的卡妞

性　　別：女生

品　　種：米克斯

年　　紀：3～4個月

個　　性：活潑黏人

健康狀況：已體內外除蟲除蚤，血液檢查，注射第一、二劑疫苗。

目前住所：台北市北投區

本期資料來源：台灣認養地圖 http://www.meetpets.org.tw/content/53309

『卡妞』的故事：

卡妞原本是流浪貓的寶貝，可能和貓媽咪走散而在外遊蕩，在她六週大時卻卡在摩托車側面的車殼，露出相當可憐的神情，我於心不忍便伸手救牠，好不容易抱牠出來，小貓咪卻一溜煙地跑掉，最後竟卡在汽車底盤縫隙，所幸汽車主人好心地將車子移到附近的修車廠，順利將牠救下來，可又擔心放走牠，怕牠難以維生，決定先將牠帶回照顧。為紀念與這小貓咪特殊相遇的緣分，所以我為牠取了個可愛的名字「卡妞」，成為名副其實的Catrina，卡車妞。

但在決定收養卡妞後，才想到家裡的貓口眾多，無法再多養一隻小貓咪，所以為了讓牠有更好的照顧，只好將卡妞暫時養在我的工作室裡，也期待能有新家人給牠完整的愛。正要將卡妞放在工作室前，就想到當初解救牠，那緊張害怕的樣子，讓我不禁擔心卡妞在新環境下會難以適應，還好牠一到工作室，很快就能與其他同事及偶爾到訪的貓咪們玩在一起。

日子漸漸久了，卡妞也越來越調皮。還是小幼幼的牠正是黏人賣萌的時候，常常依偎在人的身旁，像是穿著白色手套及短襪，舉止優雅的小淑女。牠總是露出一股「我想被摸摸」的神情，有時手還沒伸過去，牠就呼嚕個不停，看著牠可愛的萌樣，會讓人一整天的心情都變好呢。

如果你正好缺個貼心又黏人的寵物陪伴，卡妞一定是你最佳的選擇，歡迎來信至pyibli@gmail.com，在信件的主旨寫「認養卡妞」，給牠溫暖的呵護喔。

認養資格：

1. 須年滿20歲，有穩定收入及家人同意，租屋者須獲得室友及房東同意。
2. 須同意絕育。
3. 須同意簽訂愛心認養切結書，並出示身分文件。
4. 須同意接受送養人日後之追蹤探訪。

來信請說明：

a. 個人基本資料：姓名、性別、年齡、家庭狀況、職業與經濟來源等。
b. 想認養「卡妞」的理由。
c. 過去養寵物的經驗，及簡介一下您的飼養環境。
d. 若未來有當兵、結婚、懷孕、畢業、出國或搬家等計劃，將如何安置「卡妞」？

文創風 204

醫仙地主婆 2

國家圖書館出版品預行編目資料

醫仙地主婆 / 月色如華著. --
初版. -- 臺北市 : 狗屋, 民103.07
冊 ; 公分. --（文創風）
ISBN 978-986-328-323-2（第2冊 : 平裝）. --

857.7　　103011247

著作者	月色如華
編輯	張蕙芸
校對	林俐君　李文宜
發行所	狗屋出版社有限公司
地址	台北市104中山區龍江路71巷15號1樓
電話	02-2776-5889～0
發行字號	局版台業字845號
法律顧問	蕭雄淋律師
總經銷	知遠文化事業有限公司
電話	02-2664-8800
初版	103年7月
國際書碼	ISBN-13　978-986-328-323-2
原著書名	《贵女种田记》，由起點女生網（www.qdmm.com）授權出版

定價250元

狗屋劃撥帳號：19001626

網址：love.doghouse.com.tw　E-mail：love@doghouse.com.tw